中公文庫

キルワーカー

警視庁組対特捜K

鈴峯紅也

中央公論新社

目次

主な登場人物

東堂絆《とうどうきずな》……警視庁組織犯罪対策部特別捜査隊（警視庁第二池袋分庁舎）遊班所属、警部補。典明に正伝《しょうでん》一刀流を叩《たた》き込《こ》まれた

片桐亮介《かたぎりりょうすけ》……湯島坂上に事務所を持つ探偵

東堂礼子《れいこ》……元・千葉県警の刑事。絆を産み、その後、死別

東堂典明《てんめい》……絆の祖父。剣道の腕は警視庁に武道教練で招聘《しょうへい》されるほどの実力者

大河原正平《おおがわらしょうへい》……警視庁組織犯罪対策部部長、警視長。絆を組対に引っ張った張本人

金田洋二《かねだようじ》……警視庁組織犯罪対策部特別捜査隊遊班班長、警部補。叩き上げノンキャリア。絆の教育係を務める

下田広幸《しもだひろゆき》……警視庁渋谷署組織犯罪対策課所属、巡査部長

漆 原英介《うるしばらえいすけ》……警視庁公安部外事第二課所属、警部補

古畑正興《ふるはたまさおき》……警視総監

星野尚美《ほしのなおみ》……絆の恋人。絆も所属したＷ大ラグビー部の元マネージャー

渡邊千佳《わたなべちか》……絆の幼馴染みであり、元恋人

綿貫蘇鉄《わたぬきそてつ》……千葉県成田市の任俠《にんきょう》団体・大利根《おおとね》組の親分。昔気質《むかしかたぎ》のヤクザ

ゴルダ・アルテルマン……かつてＩ国の空挺部隊に所属し、今は車のジャンクパーツ

屋を営む

サラ・ウェイ……シンガポール人。成田駅前のキャバクラに勤める

西崎次郎《にしざきじろう》……S大学付属病院の精神科医

迫水保《さこみずたもつ》……MG興商代表取締役社長

沖田丈一《おきたじょういち》……竜神会《りゅうじんかい》系沖田組組長。亡父・剛毅《ごうき》の後を継いだ。西崎の腹違いの兄

沖田美加絵《みかえ》……沖田家の長女。丈一の妹にして、西崎の腹違いの姉

沖田敏子《としこ》……丈一の妻であり、竜神会会長・五条源太郎《げんたろう》の娘

五条国光《ごじょうくにみつ》……竜神会総本部長。源太郎の息子であり、敏子の兄

魏老五《ぎろうご》……上野（通称：ノガミ）のチャイニーズ・マフィア。長江漕幇《チョウコウソウバン》の流れを汲《く》む

本文イラスト　永井秀樹

キルワーカー　警視庁組対特捜K

前章

片桐亮介《かたぎりりょうすけ》が東堂礼子《とうどうれいこ》に初めて出会ったのは、片桐が埼玉の県立高校に通う三年生で、礼子が千葉の私立高校に通う一年生のときだった。場所は福岡の市民体育館だ。

埼玉と千葉の高校生がはるか九州の地で、と思えば運命的な感じもするが、別に大したことではない。出会ったのは片桐が剣道部の主将として出場した、七月の玉竜旗《ぎょくりゅうき》大会でのことだった。

玉竜旗大会は、インターハイ、全国選抜と合わせて、剣道において高校三大大会と言われる。高校で剣道部に所属する者、誰しもの目標であり、憧れの大会だった。

この年、片桐は高校男子の部で初優勝を果たした。女子の部の三位が、東堂礼子だった。一年生で三位はすごいと、片桐の周囲では話題になった。しかもかわいい、とこちらも男子出場者の間では大いに話題だった。

片桐も遠目に礼子を見はしたが、それだけだった。関心のあるなしではなく、一ケ月後に始まるインターハイのことで頭がいっぱいだったのだ。

県立高校で二冠を制した者は、高校剣道史上これまで皆無だった。しかも片桐の高校は、県下有数の進学校でもあった。

玉竜旗だけで満足することなく、さらなる猛稽古を自身に課し、片桐は玉竜旗に続き、見事にインターハイも制覇した。このとき、礼子は準優勝だった。

表彰式は男女同時に行われた。並んだ表彰式の後、

「お強いんですね」

これが、東堂礼子との最初の会話だった。ショートカットの黒髪に、こぼれるような大きな目が印象的な女の子だった。

「え、あ、いや。君こそすごいね。一年生で、大したものだ」

一目惚《ぼ》れの瞬間だった。大目標を達成した片桐が、健全な高校三年生男子に戻った瞬間でもある。

だが、剣道一筋に生きてきた片桐は恋に免疫がなかった。自身の疼《うず》く心が理解できず、礼子に対してアクションを起こすことはなかった。かえってインターハイ直前のとき以上の猛稽古で、惑う心を引き締めようとする始末だった。

そのままだったなら、なにもなく終わった淡い恋だっただろう。

片桐は高校を卒業すると、千葉の国立大学に進学した。インターハイ後は多くの私立大の剣道部から引く手あまただったが、すべて断った。片桐の次の目標は、国立から初の大

学選手権王者だった。

ときに心が折れそうになるほどの苛烈な稽古に明け暮れる毎日だったが、決して挫《くじ》けることがなかったのは、後で思えば、礼子のお陰だった。

千葉の成田《なりた》に住む礼子は近いということもあってか、県内予選であっても学生大会があると、片桐の応援に来てくれるようになった。

最初は目礼を交わし、やがて手を振り、笑い合い、言葉を交わすようになるのにさして時間は掛からなかった。

正伝《しょうでん》一刀流、という言葉を初めて聞いたのは礼子からだった。家が代々古流剣術を継ぐというのは片桐にとって興味深く、東堂典明《てんめい》という今剣聖にも強く惹《ひ》かれた。教えを乞う形で礼子の自宅にも招かれた。礼子の父典明は片桐の想像をはるかに凌駕《りょうが》する人物で、母親はたいそう穏やかで優しかった。両親を早くに亡くし、親戚の家で育てられた片桐には眩《まぶ》しいものだった。これまで脇目も振らず剣道に没頭してきたのは、その親戚との関係を忘れたいということが動機だったかもしれない。

礼子が最後のインターハイで念願の優勝を果たした後、片桐は正式に交際を申し込んだ。

「私もこれで二冠ね」

小さくうなずき、礼子はそんなことを言ってくれた。

片桐は、大学選手権を三年次と四年次に連覇した。県立の星は国立の星になり、連覇によって伝説になった。

一途《いちず》に目指せば夢は叶《かな》うと、片桐はさらに輝く未来を夢想した。そんな時期だった。


礼子は高校を卒業すると、千葉県警の警察官になった。

剣道高校日本一の肩書きはずいぶん高く評価されたようだ。一年後には成田署交通課に配属され、二年後には県警本部の生活安全課に引っ張られた。

礼子に遅れること二年、大学卒業後、警視庁の採用試験に合格した片桐の方は、さらに評価が高かった。国立大学の秀才でありつつ大学選手権を連覇した片桐は、警視庁のホープだった。

研修と卒配の後、築地《つきじ》署で一年の経験を積んだ片桐は、警視庁刑事部捜査第四課に配属された。後の組織犯罪対策部だ。直属の上司である係長は大河原正平《おおがわらしょうへい》警部で、相棒となる男は、金田洋二《かねだようじ》巡査部長だった。

使命感に燃え、期待にもこたえるべく、片桐は職務に邁進《まいしん》した。

二人とも、休みがあってないような仕事ではあったが、今までよりもさらに深く大きく、大切に愛を育んだ。

そうして、二年が過ぎたとある日、

「赤ちゃん、出来たみたい」

礼子がはにかみながらそう告げた。自分だけにわかる体の変化に、検査薬を使ってみた結果らしい。

片桐は戸惑《とまど》った。喜ぶべきとはわかっていたが、両親を早くに亡くし、家族というものには不慣れだった。

人の家庭に見る家族とは、片桐にとって眩しいものだった。

「結婚、しよう」

後先にはなるが、礼子の両親にも互いの上司にも正式に妊娠を報告し、結婚を祝福してもらおうということだけは決めた。

上司と言っても、警視庁の金田と大河原は、片桐と礼子が付き合っていることは知っていた。酒の席で、この剣道馬鹿とからかう大河原に、片桐がつい口を滑らせたことがあったからだ。

「ただ、式は安定期に入ってからだよ。ぬか喜びは誰にもさせたくないし、その前にちょっと色々あってね」

安定期までは、あと二ケ月あまり。片桐にはちょうどその前に、どうしても集中しなければならない捜査案件があった。

「私もそのほうが、都合がいいな」

礼子も同意した。

警視庁の職員が本庁をホンシャ、所轄をシシャと言うように、県警はライバル会社のようなものだ。互いに奉職する会社の仕事内容については、これまでもあまり話したことはなかった。

あとになってみれば、これがいけなかったかもしれない。


一ケ月半後、雪の降るクリスマスの夜だった。

この日、片桐は金田とふたり、有明《ありあけ》の倉庫街の所定の位置にイヤホンをつけ立っていた。いわゆるウォーターフロント・ブームの時代だ。一見倉庫にしか見えない外観で立ち並ぶ建物は、すべて絢爛《けんらん》な照明に彩られたディスコやレストランばかりだった。片桐の場所からは、倉庫街で一番大きいディスコが見えた。

通り沿い、目指す場所から百メートルほど離れたところには、黒塗りのバンが一台停まっていた。捜査陣の指揮車だった。

この日は、刑事部と公安部の合同捜査だった。中に詰めているのは刑事部捜査第四課から大河原係長、そして公安外事第一課からは、なんと管理官だった。手代木《てしろぎ》という、キャリアの警視だ。

公安との合同捜査自体異例のことだが、実際それだけのヤマだったのだ。ディスコはこの日、大掛かりなクリスマス・イベントだった。それを隠れ蓑《みの》にしてとある取引が行われるという情報に、捜査第四課も公安も食いついた結果だ。

捜査第四課が追う沖田《おきた》組からは、二次団体筆頭の若柴会《わかしばかい》の組長が久し振りに表に出るという。新たに開発したシャブの、ソ連・ロシアルートの顔合わせのためらしい。検品目的の少量売買もあわせて行われる。

小口だからこその油断か、後で思えば、あるいはソ連崩壊直前の緩さだったか。なんにしても相手方からは、いずれ本国側のルートを取り仕切るはずの、現ソビエト大使館の参事官が出るようだった。

竜神会に送り込んだエスからの情報で動いたのが捜査第四課で、大使館側の油断に喰らいついてきたのが、公安外事第一課だった。

KGBのスパイとしても暗躍していた参事官は、任期満了での帰国を前にしていた。そのとき、COCOM（対共産圏輸出統制委員会）に関わるソフトウェアも持ち出すつもりらしいというのが、公安の仕入れた情報だった。千葉の湾岸工業地帯に本社を持つ、精密機械メーカーの常務が相手だという。

シャブもあり、COCOM違反もあり、暴力団の大物も、スパイの大物もあり。主にソ連側の油断だったろうが、後にも先にも例を見ない一日だった。

ディスコには、着飾った若者が続々と入っていった。ソビエト側の緩みがこの、参事官によるウォーターフロント見学も兼ねたクリスマス・イブに結実した。

――客イチ、入りました。

全捜査員同調のイヤホンから聞こえてきたのは、ディスコの入り口に客として紛れる捜査第四課の刑事の声だった。客イチは大使館の参事官のことを指す。

――客ニと先遣が到着しました。

これは公安外事側の捜査員からだ。客ニは千葉の常務のことだった。先遣とは、精密機械メーカーに送り込んだ公安課員のことだろう。

――先遣、聞こえるか。

手代木が問い掛けると、

――聞こえます。

突然、イヤホンにそれまでひとりもいなかった、女性課員の声が聞こえた。

――よし。鞄《かばん》からの電波は認識した。感度は良好だ。内部の様子は捜査員全員で共有する。こちらの送信機は近くに捨てろ。捜査員が回収する。

――はい。捨てます。

――以降の通信はない。上手《うま》くやれ。

――了解です。

たかがイヤホンの性能だが、片桐の背筋に悪寒が走った。聞き間違えるはずもない声だった。

「礼子！　なんで礼子が」

とっさに建物の陰から首を出す。距離はあったが、照明の明かりの中には写真で見た精密機械メーカーの常務と、その後ろを追いかける礼子の姿があった。

片桐は今になって初めて知った。礼子は千葉県警に配された、警察庁指示の公安マンだった。潜入捜査員として、精密機械メーカーの常務の懐《ふところ》に、おそらく秘書としていつからか潜り込んでいたに相違ない。

「れ、礼子」

飛び出そうとすると、金田が強い力で片桐の腕をつかんだ。

「カネさん」

「お前の言葉でわかったよ。わかったけどな、亮介」

金田は首を横に振った。

「駄目だ。お前が出れば、これまでの苦労がすべて無駄になる。うちだけじゃない。公安もだ。お前の彼女も、それは本意ではないんじゃないのか」

正論だった。礼子は礼子の正義に従って、彼女の職務を遂行中なのだ。

「くっ」

片桐にできることは、片桐の正義に従って自分の職務を全うすることだけだった。

片桐はイヤホンに全神経を集中した。

しばらくはかすかな靴音と、耳障りなディスコミュージックだけが聞こえていた。

やがて、

――じゃあ、私は商談に入る。中込《なかごみ》君は、この部屋で待っていてくれたまえ。

――えっ。ここでですか。

――そうだ。なに、そう長くは掛からない。

常務はここで声を落とした。

――ガラの悪い連中と相部屋で申し訳ないが、頼む。なにかあっても上手くあしらってくれ。

――はあ……。では、なんとか。

――うん。よろしく。

――行ってらっしゃいませ。

外事の参事官が言ったように、感度は良好だった。常務の声はクリアに聞こえた。中込というのが、礼子の使用する偽名だろう。

それで礼子は常務と別れ、別室に残されたようだ。以降聞こえてくるのは、若柴会の付き人に違いない三人のチンピラの声と、おそらくダンスフロアから漏れる、ブラックコンテンポラリーのベース音だけだった。

ソビエト大使館からの人間は、この待機部屋にはいないようだった。大使館側は若柴会にとっては大事なお客だ。付き人も特別室のようだと、これはチンピラのぼやきのような呟《つぶや》きで判明した。

――よし。先遣の送信機は有益ではなくなったが、想定内だ。全員、所定の位置に詰めろ。外から中から、慌てることはない。じっくりだ。その代わり、細大漏らすな。

手代木管理官の号令が掛かった。

各所から了解、と応答が返り、捜査員からの音声はしばらく一切が途絶えた。

チンピラたちが礼子をからかい、礼子が適当な受け答えをする音声だけが聞こえた。

片桐にとっては焦《じ》れに焦れる、なんの動きもない二十分が流れた。

そして、事件は起こった。

――暇だな、おい。イッパツやっちまうか。可愛《かわい》い姉ちゃんじゃねえか。たまんねぇよ。クリスマスイブだぜ。

――おっと。へっへっ。俺もちょうど今、そんなこと考えてたとこだ。

礼子の鞄が近くに置かれていたのか、送信機はやけに大きく、チンピラたちのひそやかな声を拾った。

「お、亮介っ。おい」

今度こそ金田の制止を聞かず、片桐は指揮車に走った。

その間にも、

――なにをするんですか。

――へっへっ。いいじゃねえか。

――やめてください。いやっ。

――騒ぐなよ。いいや、騒いでもいいぜぇ。それで、騒ぎになってもいいならよぉ。

などという声がイヤホンから聞こえてきた。

片桐は指揮車のドアを開け、中に飛び込んだ。

「なんだ」

手代木管理官の声と、冷ややかな目ばかりが片桐に向かってきた。片桐を見て、大河原だけがうつむいた。先遣の素性は、手代木に聞いていたに違いない。

怒りが先走った。片桐は低い車内の天井を叩《たた》いた。

「なんだって、襲われてんですよ。あんたの部下が」

「だからなんだ。彼女はこちら側の捜査員だ。彼女自体が耐え忍んでいる。――大河原係長、彼は君の部下だね」

「はい」

「なら、君が言って聞かせたまえ」

大河原は静かに顔を上げた。苦渋はわかったが、言葉は片桐の期待を裏切った。

「動くな。持ち場に戻れ」

片桐は全身が震えた。

イヤホンからはすでにベースに乗せるようなチンピラたちの下卑た言葉と、礼子のかすかな呻《うめ》きだけが聞こえていた。捜査員全員にだ。

片桐は、膝《ひざ》から崩れ落ちた。

「お、俺の、彼女です」

指揮車内の空気は、それでも動かなかった。


やがて、すべてが終わった。

捜査は上手くいった。談笑中の一行は、四方八方から現れた警視庁の捜査員たちに囲まれた。

「なんだ、手前《てめ》ぇらは」

凄《すご》むヤクザ連中の相手は捜査第四課が引き受け、青い顔の大使館員や一般企業の常務には公安外事第一課が当たった。

結果として、若柴会の組長は懲役刑となり、ソ連からの麻薬ルートは二十年近く封殺されることになる。

「礼子っ」

片桐は逮捕劇の中を擦《す》り抜け、奥に走った。

衣服も髪も整えきれない姿で、礼子が出てくるところだった。

激情に駆られて飛び込んだが、本人を前にしてようやく、片桐は掛ける言葉をなにも持たないことに気付いた。

「──亮介」

礼子の焦点が合わない目が、やがて片桐に収斂《しゅうれん》し、正確には片桐の耳のイヤホンに吸い付き、見開かれた。

「まさか。えっ。あなたも──」

なにか言おうとしたようだが、片桐は目を背《そむ》けた。背けてしまった。

礼子はその後、なにも言わなかった。

「東堂。ご苦労」

手代木管理官に抱えられるようにして、礼子は指揮車の中に消えた。

エンジンが掛かり、車両が消え去るまで、片桐はその場に立ち尽くした。動かしてくれたのは、肩に置かれた熱い手だった。大河原の手だ。

しかし──。

「すまねえ。あのときは、ああ言うしかなかった」

大河原の言葉に、片桐は心を感じなかった。手を邪険に振り払う。

「亮介」

近くでなにか言おうとした金田の口も、片桐はひと睨《にら》みで制した。

「今度言おうと思ってたんです。彼女のお腹の中には、赤ん坊がいるんですよ」

大河原と金田の驚きは気配でわかった。そのくらいの心はあるようだった。

片桐は天を振り仰いだ。

月も星も見えなかった。

「頭ではわかりますよ。一般市民の安全を守るのが俺たちの役目だって。でも、そのために誰かの人生が犠牲になっていいなんてのは、解《げ》せないです。いえ、わかっちゃいけないと思います」

片桐は歩き出した。

大河原も金田も、それ以上なにも言わなかった。


そのまま、東堂礼子は心身疲労を理由に、警察病院に入院した。

片桐は何度か見舞いに訪れたが、会話らしい会話にはならなかった。出来なかった。

片桐は日々を、命じられた仕事を命じられたままにこなすだけで、無為に送った。その間にも、子供は礼子の中で順調に育ったようだ。お腹が目に見えて大きくなる頃、警察病院を退院した礼子は、そのまま警察を辞めた。

結婚もなにもかも、うやむやのままだった。

片桐の砂を噛《か》むような殺伐とした日々は、それからも続いた。先はまるで見えなかった。やがて子供が生まれたと連絡をくれたのは、礼子の父、東堂典明だった。

足は、どうにも重かった。合わせる顔もあったものではなかった。迷いのまま、とにもかくにも、片桐は成田の産婦人科医院に向かった。

病室の礼子の隣で、生まれたての命が眠っていた。込み上げる喜びはあった。けれど同時に、同じくらいの悔しさも突き上げた。

自分はこの親子を、守れなかった——。

礼子は赤ん坊を抱き上げ、蜻蛉《かげろう》のような笑顔で片桐に差し出した。

「私たちの、子供よ」

片桐は手を出そうとし、出そうと藻掻《もが》き、出せなかった。

「すまない」

なにに対して謝ったのかは、自分でも分からなかった。

片桐は病室を飛び出した。すべてに対して力の足りない自分が呪わしかった。

その十日後だったそうだ。

家から姿が見えなくなった礼子は、銚子《ちょうし》に向かい、切り立った崖の屏風《びょうぶ》ケ浦《がうら》から太平洋に身を投げたという。

片桐は約二ケ月後、いきなり目の前に現れた典明から聞かされた。

「私にも責任はある。女の子だからと中途半端に鍛えた。腕も心も、中途半端にしてしまった。孫は私たち夫婦で、今度はなにがあっても挫けぬ強い心身に鍛える。育てる。ただ君には、娘のこの心だけは、知っておいてやって欲しい」

典明は切れ端のような、ノートの一ページを片桐に差し出した。

今となっては懐かしくもある、礼子の字が躍っていた。

――絆《きずな》。この子は、私たちの絆。

「君に向けたものだと、私は思う。孫の名は、絆だ」

典明はそれだけ言うと去っていった。

片桐は泣いた。声を上げて泣いた。

片桐が警視庁を辞めたのは、それから一ケ月後のことだった。

第一章

一

二〇一七年の一月いっぱいを掛けて、絆は沖田美加絵《みかえ》が仕掛けた、〈ティアドロップ〉とオーバーステイたちの事件の後始末に奔走した。

絆や警視庁だけでなく、全国で警察と労基署（労働基準監督署）、入管までもが慌ただしく動いた。特に全国の県警と関連諸官庁が本腰を入れた。外国人研修制度の悪用と、入国した彼らに対する過酷なまでの重労働は、この一件に関わる連中を超えて広く摘発され、マスコミと日本国民の関心をさらった。

その裏に隠れるように、警視庁の各所轄と絆の所属する組対特捜は、密《ひそ》かに〈ティアドロップ〉の殲滅《せんめつ》を目指した。前年のサ連事件の折り、警視庁上層部が殲滅を宣言してしまっていたため、宣言の瑕疵《かし》を極秘裏に塗り潰《つぶ》すような作業だった。

売人の摘発、在庫の押収、ルートの解明。

絆にとっては、恋人である星野尚美《ほしのなおみ》を守れなかったやりきれなさを、心の奥底にうずめるためにも、この東奔西走の慌ただしさは有《あ》り難《がた》かった。

世の中は一年の平穏無事を祈る人々で穏やかに年が明けたが、絆には寿《ことほ》ぐべき正月など、どこを探してもなかった。

捜査の結果として、全国で外国人労働者に重労働を強いる雇用主や企業が百社あまりも摘発された。入国業務に関わる悪徳仲介業者や行政書士もふた桁の数で検挙された。

警視庁管内でも、サ連事件以降追い続けた売人の逮捕は芋づるを辿《たど》るように順調に進み、前回の発表の体裁は整えられた。押収した在庫は底値の現在でも五億円分はあった。

それにしても――。

〈ティアドロップ〉のルートも、外国人研修制度を悪用した主なグループも、真の解明には至らなかった。すべてはJET企画のときと同様に霧の中だ。進展がまるでなかったわけではないが、どうしても届かない。

MG興商。

沖田組や魏老五《ぎろうご》、エムズのほかに、この会社は見えてきた。

社長の迫水保《さこみずたもつ》という男は、実に慇懃無礼《いんぎんぶれい》を絵に描いたような男だった。来歴によれば、沖田組のフロント企業に関わっているようだったが、本人と沖田組とに関係はない。一般入社の一般社員だった。MG興商へのガサ入れで帳簿類も押収したが、今のところなにも出てこない。

MG興商は見事なまでに普通の、しかも優良企業だった。右オフィスと左オフィスに分けられた会社の、左オフィスはたしかに若い女子社員も働く普通の会社のようであり、今回逮捕された連中はすべて、右オフィスに所属するという社員たちだった。

「更生の手助けができればと思いましてね。私としては、自分が保護司のつもりでした。私も昔は、彼らと同じようなことをした頃がありましたから。でもまさか、今でも裏でそんなことをしていたとは。私の、不徳の致すところです」

迫水は申し訳なさげにそう説明した。たしかに本人が暴走族だった時期もあるようだ。が、ヤクザとのつながりはそこでも見えず、迫水には微罪での逮捕歴さえなかった。

MG興商に対するそれ以上の強制捜査は無理だったが、一連の事件に関わりがないということだけは絶対にありえないと、これは捜査員全員の一致した意見だった。

ティアや強制売春、不法滞在労働者の斡旋《あっせん》、悪徳行政書士、ソフト闇金。

これらがすべて右オフィスの半グレ上がり社員の独断だったとしても、社長の迫水に沖田組の影が見え、ティアドロップに冒された星野尚美が勤めていた会社だということまでそろえば、関わりが一切ないという方がかえって不自然だろう。

登記簿から、百パーセントの出資者らしい人物にまで当たってみたりもしたが、天涯孤独だというその老人はアルツハイマーが進行していて、話はまるで聞けなかった。逆に言えば、迫水は上手い男に目をつけたものだ、と言えなくもない。

迅速さと成果をねだる警視庁上層部は、ひとまず〈ティアドロップ〉の流通が今度こそほぼ根絶されたことを良しとし、その先は関係部署の案件として放り投げた。

このことにより、全国合同ともいえる大捜査はいちおうの終結を見た。

付記するなら、五反田《ごたんだ》のペリエにおける沖田美加絵殺害事件は〈ティアドロップ〉に関わるものとの判断から、前年の印旛沼《いんばぬま》における宮地琢《みやちたく》殺害事件と合わせて、渋谷署刑事課の若松班《わかまつはん》が専従となった。

が、ペリエの入るビルに防犯カメラもなく、現場が客商売のパブでは、指紋そのほかの痕跡からも不審人物を特定するには至らず、若松班は専従となってすぐ暗礁に乗り上げた。

エムズの戸島健雅《としまたけまさ》は、花畑《はなはた》の倉庫において頭蓋骨骨折で即死した。そろえた九億円の金は簡単な調べでエムズに戻されたが、半分以上は戸島が勝手に社員の名義で街金から借りた物だった。

会社を継承した半グレ上がりの元副社長はすぐに返済したが、事業資金の大半を利子で失ったようだ。捜査の間に所属女優も次々に引き抜きにあってエムズから離れたらしい。会社は残っても先行きは決して明るくない。

エムズはまず間違いなく、業界最下層からのリスタートだった。

組長以下、主だった者たちが逮捕された不動《ふどう》組に至っては、倉庫に並べた見せ金の出所がはっきりせず、いまだに返金はされていない。

はっきりはしないが、沖田組本家が出所ということが明白な以上、どうせ真っ当な金であるわけもない。相当な理由がない限り、捜査陣に返金の意志は皆無だった。

〈ティアドロップ〉に関わった外国人たちは、全員がオーバーステイだということは間違いないが、ティアに関してはわずかな金で頼まれただけだということで一貫し、ほかに証拠もないことから入管預けとなった。多くはもう故郷へと帰されている。

その誰しもの顔に明るい微笑《ほほえ》みがあったことは、一連の〈犯罪事件〉というくくりの中では、不思議でもありまた、救いでもあった。

さらに、一件の事後について付け加えるなら――。


二月一日、午前九時半を回った頃だった。

絆は羽田空港国内線の第一ターミナルにいた。二階の出発ロビーだ。高い天井から、降るようなアナウンスが穏やかに聞こえていた。

「それじゃ先輩。そろそろですね」

絆の前には、笑顔の樫宮《かしみや》がいた。

この日は樫宮が、島根《しまね》の松江《まつえ》に向かう日だった。

都内の大手商社に勤める樫宮の転勤願いは、約一ケ月で受理されたらしい。だが、扱いは営業所への転勤ではなく、同じ松江の、製造工場を持つ子会社への出向だった。

絆にはよくわからなかったが、樫宮が言うにはそちらのほうが、〈栄転〉なのだそうだ。まだ年数的には新人の部類だが、会社にどれほど樫宮という社員が評価されているのかがわかる。

「ああ」

終始陽気な樫宮と違い、絆は言葉が少なく重かった。自分が守り切れなかった尚美を追い、今後の支えになってくれるという男に、どう言葉を掛けていいものか、わからなかったからだ。

「それにしても、東京を離れるのも悪いものじゃないですね。一度向こうに顔出しましたけど、本社からの出向って、なんだか違います。社長まで出てきちゃいまして」

「そうか」

樫宮は引っ越しのため、休日に何度か松江を訪れていた。それもあって、この日は小振りなキャリーバッグがひとつ。

荷物はそれで終わりだった。

「先輩のところもそんなんでしょ。なにかで読んだことがあります。警視庁と県警だと役職がワンランク違うって。俺もいきなり係長ですからね。なんか、いいことありそうですよ」

「そうだといいな。なあ、樫宮――」

「先輩。頭なんか下げないでくださいよ。後ろ向きな言葉も、ご無用に願います」

樫宮は口元を引き締めた。

「俺は、俺の意志と覚悟を持って行くんです。誰のためでもない。俺自身のためです。俺がそうしたいから行くんです」

「強いな。樫宮、お前は本当に強い」

「先輩にそう言わせられて、本望です」

絆の言葉に、照れたように樫宮はまた笑顔に戻った。

「じゃ、行きます」

「元気でな」

「はい」

樫宮は背を向けた。何歩か歩き、足を止める。

「先輩。俺、なにがあっても彼女から離れませんから。もう、離しませんから」

樫宮が振り向くことはなかった。絆も答えることはない。

キャスターの音が遠ざかっていった。絆は樫宮の背に、そっと頭を下げた。

上げたとき、もう樫宮の姿はどこにも見えなかった。

「頑張れよ」

せめて声だけ、エールだけ送る。

出発ゲートに背を向け、絆は腕のG‐SHOCKに目を落とした。

秒針の動き、五秒。

それで、絆は頭を切り替えた。

自分の時間は終わりだ。組対特捜遊班の顔に戻る。

「今から行けば、いい頃合いかな」

絆は歩き出した。

樫宮を送るとともに、もうひとつ、この日の午前中に決めた予定が絆にはあった。

二

この日の十一時過ぎ、沖田丈一《じょういち》は組事務所に掛かってきた一本の電話に出ていた。昨日から何度も携帯に着信があり、その都度無視してきた相手だった。

この日、というかこのところ、組事務所には滅多に人がいなかった。いると丈一が怒鳴り散らすからだ。

「だらけてんじゃねぇよ。金だ金。飯食うにもクソすんのにも金だろがっ。金作って来いよコラァ！」

そのため、主だった者たちはそれぞれの組にこもり、沖田組本家の若い衆たちも小銭集めに奔走している。

だから、事務所の鳴りやまない電話は丈一が取るしかなかった。

——おや。ご本人でっか。沖田はん。ガン無視はあきませんで。

電話の相手は昨日から無視し続けていた、いやらしい大阪弁の男だった。竜神会《りゅうじんかい》の総本部長、五条国光《ごじょうくにみつ》だ。

「悪《わり》いな。そうなんかい。携帯、どっかに置き忘れちまってよ」

ふぅんと国光は不服そうな声を出した。

すると、間を置くことなく丈一のポケットで携帯が鳴った。

——くっくっ。うそ言わんほうがよろしいで。沖田はん、すぐそばで鳴ってるやないか。

国光はこういう、小知恵を鼻に掛ける男だった。

それにしても、アドバンテージは握られた恰好《かっこう》だ。ぐちぐちとした話は国光のペースで進んだ。

益体《やくたい》もない話だ。内容は終始、ひとつに尽きた。

——上納、遅らせたらあきませんな。一月分は昨日まででっせ。

そんなことはわかり切っていた。だから電話に出なかった。百万や二百万の話ではないのだ。ない袖は振れない。

――本気で、そろそろ会社をなんぼかもらわなあかんようやな。ちょうどええやんか、沖田はん。

沖田はん沖田はんと、繰り返されるたびにこめかみが痛んだ。

――サツに置きっ放しの現金、出所はっきりさせたらどないでっか。少なくとも、フロントから借り上げてる分だけでも。

「なっ」

丈一は思わず絶句した。

「なんでそっちが、そんなこと知ってるんだ」

――ふっふっ。まあ、はっきりどことは言やしませんがね。沖田はん、部下は大事にせなあきませんで。怒鳴り散らすばっかりじゃ、愛想も尽きるってもんですわ。

そういうことか。沖田組傘下の二次団体かフロント企業、どこかの馬鹿が保身のために、親元である竜神会に情報を売ったのだ。

――前に話しましたな。フロントやとばらせば企業価値はガタ落ちや。けど、金は真っ当な社員の分やったら戻りまっしゃろ。上納分くらいは出るんちゃいますか。うちも善意の第三者として、沖田はんとこの金松《かねまつ》リースを買い叩ける。一石二鳥や。

「そりゃ、おい、総本部長」

誰にとって一石二鳥だ、と喉まで出掛かったがこらえる。言ったところでどうにもならない。上納金滞納という一点に、すべては集約されるのだ。

「も、もう少し待ってくれ。なんとかする」

――ええ案やと思いますがなあ。

電話の向こうから、国光の長い溜息《ためいき》が聞こえた。

――沖田本家ともあろう組の事務所で、沖田はん自身が電話を取ることからして、おたくの状況、見え見えやと思いまっけど、ま、いちおう言っときますわ。やれることあるなら、あんじょう気張りや。沖田はん。

切られた電話の受話器を握り締めたまま、しばらく丈一は動けなかった。

「こ、この、クソガキがぁっ」

受話器を叩きつける。固定電話のおかしなところに赤いランプが点灯した。

と、そのとき。

「なぁに。また荒れてんの？」

母屋に通じるドアが開き、敏子《としこ》の声がした。

「荒れてなんかねぇよ」

顔も見ずに丈一は言った。敏子は竜神会会長、五条源太郎《げんたろう》の娘だ。顔を見ればよく似た兄、国光が嫌でも重なる。

「なんだよ。なんの用だ」

「お水。乗っけてくれへん？」

「あ？　なんだって」

なんのことかわからない。仕方なく顔を向ける。

その昔、レディースの頭を張っていた頃から変えていないという、ソバージュヘアの痩せた女が立っていた。それが丈一の妻、五条源太郎の娘、敏子だった。

「なにって、お水。家のナチュラルウォーター」

「ああ。あれか」

東京に出てきて以来、敏子は大手のウォーターサーバーを使っている。一週間に一度、残りがあっても新しい物と交換するというのが売りの会社の水だ。留守でも置いていくという。

敏子に言わせると、

――東京の水っていややわ。なんか臭《くそ》うて。うち、嫌いや。

なのだそうだ。

「空になったってのか」

「そうやないけど、ちょっと留守した間に、新しいのが来てん」

いちいち癇《かん》に障る大阪弁だ。兄、国光を彷彿《ほうふつ》とさせるが、敏子は一向に変えようとしない。最近では一人息子の剛志《たけし》も、普通の会話は大阪弁だった。

「ちっ。自分でやりゃいいだろ」

「嫌や。二十リットルなんて、重うて上がらんもん」

「じゃあ、誰かにやらせろよ」

丈一が言うと、ふんと敏子は鼻で笑った。

「ここんとこ、どっかの誰かさん以外、誰がおるって言うんよ」

「ああ?」

「いつもは若いもんにやってもろてるわ。あんたがみぃんな追っ払うから、誰もおらへんのやないの」

また丈一を責める大阪弁だ。こめかみが次第に疼き始める。

「わかったよ。後でやる」

「嫌や。新しいお水でコーヒー淹《い》れたいねん」

刺すような痛みがこめかみに走った。

「うっせぇなあ。水なんか変わりゃしねぇだろうがっ。今積んでる水飲んどけやっ」

敏子は腕を組み、冷ややかな目で丈一を見た。国光の、いや五条の一族が丈一を見る目だ。家族や親族に対する愛情など、初めからない。

「もうダメダメやわ。兄さんが言っとった通りやね」

「んだとっ」

「銀座《ぎんざ》にコーヒー飲みに行ってくるわ。うちがおらんうちに、サーバに新しいの載っけといてな。お偉い、組長さん」

敏子は背中を見せ、捨て台詞《ぜりふ》のように言って後ろ手にドアを閉めた。

丈一は奥歯を噛み鳴らした。

遣り場の定まらない怒り。

八方ふさがりの現状。

「どいつもこいつも。畜生っ。どいつもこいつもよっ」

ひとりになっても、こめかみの痛みは消えなかった。

三

同日、十一時半のことだった。西崎《にしざき》は自分が勤務する、S大学付属病院の職員駐車場にいた。この日の診療はすべて終了していた。特別紹介状の新規患者もいなかった。

愛車の脇に立つ。

抜けるような青空に、レクサスのレッドマイカクリスタルシャインが輝いた。こういうとき、なるほど、ただの赤ではないのだとわかる。

　陽射しが暖かかった。コートが要《い》らないくらいだ。

ドアを開け、診療時には常にレクサスの車内に置きっ放しにする携帯を取り上げた。メモリーから〈社2〉という登録名を呼び出し、掛ける。

　この日の天気同様、西崎の気分は上々だった。

――はい。

〈社2〉は、迫水との連絡用のナンバーだ。迫水の周囲に問題がなく、近くにいれば出る。出られないときは半日でも一日でも出ない。そういう番号だった。

　この日の迫水は、すぐに出た。

「二月になった。そっちはどうだ？　すぐに出たということは、落ち着いた頃かな」

――そうですね。もっとも、調べたところでなにも出はしません。ほぼご自分で処理されているのですから、お分かりでしょう。

「まあな」

　ＭＧ興商には裏の記録はない。隠しているわけではなく、すべてを表に組み込んでいる。怪しい取引に関する帳簿類、通信記録類には、そもそもダミーにダミーを噛ませ、ときに取り込んだ現実の会社もちりばめ、グレーではあってもどこにも辿り着けないようにしている。

それを完璧に作り込んだのは、迫水が言うように西崎だ。

もっとも、堂々とすべてを表にしているから、税金はそれなりの額を支払うことになる。裏の商売をしながら、かえってMG興商は優良納税企業だ。

「OK、迫水。ということは、オールクリアだ。今日の天気のように」

――そうですね。油断は禁物ですが。

「それはそうだが、事業に停滞は許されない」

――わかってます。二月以降の売り上げ予測も、左オフィスは順調ですよ。予想を上方修正したいくらいです。右オフィスは壊滅ですが。

「また考えるさ。いや、現実に考えていることもある」

――お願いします。

「なんにしても、もう少し落ち着いたらということにはなる。丈一の方も、今月来月が山場だろうしな」

――そちらに関してはなんとも。こっちではなにもできることはありませんし。それより西崎さん。

「ちょっと待て」

西崎は口調を固いものにし、迫水を制した。

――どうしました。

「招かざる客かもしれない。切るぞ」

迫水の答えも待たず、西崎は電話を切った。救急外来口から、ひとりの男が出てくるのを認めたからだ。男は広く裏手の駐車場を見渡し、真っ直《まっす》ぐ西崎のほうに歩いてきた。

警視庁組織犯罪対策部特捜隊の、東堂絆だった。

たまたま、西崎は星野尚美という患者の担当になった。尚美は慣れない東京での暮らしと恋で、精神のバランスを崩していた。

聞き取りで心をほぐしていくうちに、精神的バランスを崩した元凶が、この年から警視庁に奉職することになった東堂絆という若者だとわかった。

ふとした興味が湧いた。

西崎は尚美が復学した後も定期的なチェックを続けた。

西崎にとって都合のいいことに、東堂は組織犯罪対策部に所属すると知った。

沖田組、竜神会、そんな辺りの情報が拾えればと、尚美にも治療という名の洗脳の一環として〈ティアドロップ〉を使った。尚美は西崎が論文を書いていた頃ならモルモットにしたいほど、実験材料に適した脆弱《ぜいじゃく》な心をしていた。

尚美が卒業の頃には公共事業略取で取り込んでいた島根の県会議員を使い、遠回しに尚美の実家にＭＧ興商を紹介させた。

すべては、東堂絆という若い捜査員から、定期的にマル暴の情報を聞き出させるためだ。

その程度の男のつもりだった。ただの駒。半グレ連中となにも変わらない。

それが——。

西崎が練り上げてきたことを、東堂はことごとく潰してくれた。救急外来口から姿を現しただけで、今日の抜けるような青空同様、晴れ渡っていたはずの西崎の心に黒雲が湧き始めた。

湧いただけではない。東堂の一歩ごとに、黒雲は急速に広がっていった。

「やあ。こちらでしたか。間に合ってよかった」

目の前に立つ東堂は、爽やかな笑顔でそう言った。だが、西崎にとってそれは、光が差す台風の目のように見えた。

周囲に暴風域を連れて動く、そんな感じだ。

艶光《つや》る目の眩しさにたじろげば、荒れ狂う風に巻き込まれる。

「ええと。あなたは？」

切れる男を演出したかったが、出てきた言葉はこれだった。自身、間の抜けた応答だと思うが、平静を装い暴風域に巻き込まれないためには、これが精いっぱいだった。

「東堂と言います。星野尚美さんのことは、覚えてらっしゃいますね。先生の患者だった」

「ああ。去年の、彼女の退院のときにいらっしゃった方。たしか、警視庁の」

「そう記憶していますが」

「はい」

東堂は証票を開いて見せた。

「組織犯罪対策部の、東堂です」

「なるほど。たしか組対は、暴力団関係、でしたか。そう記憶していますが」

「はい。間違いありません」

東堂はうなずいた。

「そんな方が、なんのご用でしょう。彼女の症状その他については、去年の内に報告書を提出していますから、私にできることはもうないと思いますが」

我ながら饒舌《じょうぜつ》だと思うが仕方ない。今まで潰されてきた数々を思えば、どうしても疑心が前に出てしまう。

「ない、ですか」

「ええ、なにも」

「あれ。おかしいな」

東堂が一歩、間を詰めてきた。

「先生。本当になにもありませんか?」

誘うように微笑みが深まった。

間近から見詰める目が、本当に発光するかのように眩しかった。

なにもかも見透かすような目であり、照らし出すような光だった。

「ないと言ったらないですよ。思い当たることすらありません」

懸命にこらえる。

これが東堂絆という男か。退《ひ》いたら間違いなく暴風域に巻き込まれ、翻弄されるに違いない。

「先生。ご出身は群馬《ぐんま》でしたね。本籍は東京で」

「そうですが」

「亡くなったお父さん。西崎義一《よしかず》さんは、暴力団関係だったと」

「――失敬ですね。私自身にやましいところはなにもないと思いますが。勝手にそんなことを調べたんですか」

「すいません。〈ティアドロップ〉という危険ドラッグが関わってます。星野尚美さんの関係者という意味で、捜査の一環とご容赦ください」

西崎は内心で嘆息した。

どれほど練り上げても、自分で画策できるようになる以前のことはどうしようもない。

戸籍上の父親のことは、西崎にとって昔から蟻《あり》の一穴《いっけつ》ではあった。

(そっちか。なら、まだいい)

ヤクザの息子と言われ続けてきた分、どうとでも言い繕うことはできる。

東堂という男から、いくぶんかの脅威が去った感じだ。西崎は余裕を持って肩を竦《すく》めた。

「親はどうしたって選べない。まあ、今の東堂さんと同じように、昔から色眼鏡《めがね》で見られ続けてきましたから、慣れっこではありますが」

「いいえ、色眼鏡ではありませんよ。あなたのお父さんが広域指定暴力団、沖田組の構成員で、エムズの戸島健雅とあなたにも接点がなくもないとなれば、これは一足す一の話じゃないんじゃないかと。どうしても引っ掛かりましてね」

「戸島？　あ、いや」

さすがにその名前には反応してしまった。

戸島との関係から西崎が浮かび上がることなどあり得ない。たとえ名前が浮かんだとしても、何十何百といる戸島の友人関係の端の方のひとりだ。

「知ってますよね」

東堂がまた、光を強めた。

「知ってはいます。地元ではその昔、ワルの代名詞だった。でも、その程度ですよ」

「彼が死んだことは？　葬式には出ましたか？」

「なんです？　いったい。戸島が死んだって？　そのことに興味すらないし、そもそも知りませんでした。だから、葬式に出るも出ないもないですよ」

「ほう」

東堂は額を指で叩いた。

「〈ティアドロップ〉の件は広く報道されました。戸島がその関わりで死んだ件は、扱いが小さかったですが、地元ではそれなりに話題らしいですよ。本当に、相当なワルだったんですね」

「そうなんですか。いや、それは知らなかった。これでも、医者としてそれなりに忙しい身でしてね」

「それはない」

東堂は言い切った。

「――どういう意味かな」

「年賀状です」

東堂はひとりの男の名前を口にした。西崎の高校時代の同級生だった。

背筋に悪寒が走った。東堂の言いたいことが分かったからだ。

「年賀状に書いたそうですよ。迷惑者の戸島が、変なクスリに関わって死んだぞって。ほかに話題もなかったんで、高校時代の友人関係には、全員分そう書いたそうです。まあ、これは戸島の事後処理で回った、刑事課からのまた聞きですが」

そんなことまで調べたのか。

いや、それにしても、戸島の事後処理などではないだろう。西崎をターゲットに据えなければ聞ける話ではない。

「……いや、見ていない。これまでの患者さんやら、年賀状は君が思っている以上に来るんだ。申し訳ないが、読み切れる量じゃないんでね」

全部を読むわけではない。これは本当のことだ。

「へえ。そういうものですか」

「さっきからなにが言いたいんだね。私がなにかしたって言うのか」

少し尖《とが》った声が出た。焦燥が隠し切れなかった。

「いえ。まだなにも」

「なんだね、まだ、とは。私は――」

とそのとき、西崎の携帯が振動した。

手に持ったままだった。とっさに上げてしまった。東堂の目が動いた。

液晶に、〈丈〉のひと文字があった。慌てて裏返す。

危なかった。

「どうぞ。私のことは気にしないでください」

言いながら東堂は数歩後ろに下がった。

だが、相手が丈一では、こんなところで出られるわけもない。

「いや」

当然、出なかった。すぐに留守番電話につながり、振動は止《や》んだ。

「大した用件じゃないことはわかっているのでね。後でいい」

西崎は余裕を見せるつもりで、携帯を掲げて振りながら笑って見せた。

すると、手の中でまた携帯が振動を始めた。

「先方の、丈さんですか？　どうやら、お急ぎのようですよ」

開いた口がふさがらなかった。

東堂はあの一瞬で、携帯の文字まで見定めたらしい。

「あ、いや」

西崎は笑顔を張り付かせたまま、固まった。我ながら間抜けだ。どうしようもないほどだ。自分自身にも苛立《いらだ》ちがつのった。

「そうだね。緊急らしいので失礼する」

西崎は東堂に背を向けた。

「え。あの、西崎さん」

東堂はまだ追いすがろうとする。

限界だった。

「うるさいっ。なんだね、さっきから。私はあれこれ詮索されるのが好きではない！　これ以上なにか聞きたいのなら、正式な手続きを踏んでから来たまえっ」

問答無用で車に乗り込み、発進させる。タイヤが悲鳴のように鳴った。

丈一からの二度目の電話は切れていたが、病院の敷地を出てハンズフリーにした途端、三度目が鳴った。

西崎は苛立ちのままにつないだ。

——おい、次郎《じろう》っ。手前ぇ、この時間ならすぐ出ろよっ。

「うるさいっ。どいつもこいつも。私だって忙しいんだ。いちいち下らないことで、電話を掛けてくるなっ！」

思わず語気が強くなってしまった。丈一が一瞬黙ったほどだ。

——そう怒鳴るなよ。次郎、なんかあったんかい？

猫撫《ねこな》で声《ごえ》で聞いてくる。

「なんでもない。難しい患者と話していたものでね」

——いいや。なんかあったな。

こういう手合いは、人の感情の機微《きび》に敏感だ。そうして弱いところを突いてくる。

西崎は大きく息を吸った。

「よけいなことはいい。品物のことなら考えている」

特に今言うつもりの話ではなかったが、とにかく矛先を変えたかった。

といって、嘘《うそ》ではない。

陳芳《チェンファン》から、またぞろ脅迫めいた電話がある頃だった。

――おい。本当かい。

とにかく、丈一は乗ってきた。

「ああ。それもあって忙しい。近々だ。こちらから掛ける。もう電話するな」

――へっへっ。了解だぜ。

「切るぞ」

通話を終えると、レクサスはレインボーブリッジに差し掛かっていた。

慣れた道ではあったが、ここまでどう走ってきたかはわからなかった。

なにやら、今まで感じたことのない圧迫感も切迫感もあった。一度に押し寄せてきた感じだ。

「全体、前倒ししなければならないか」

難しい顔で思考を進め、帰宅するとまず熱いシャワーを浴びた。

それで腹を固めた西崎は、バスルームを出るなり電話を取り上げた。

相手はすぐに出た。

「ああ、私ですが。この間、最終手段としてお願いしておいた件、GOです。お願いします。――ええ。金額も、こうなったら従うしかありませんね。いいですよ。――そうです。背に腹は替えられないと言うことです。――ああ。なんでもいいですが、早くしてください。まさかとは思いますがね。のんびりされると、報酬がお支払いできない事態になるかも知れませんよ。ふっふっ。——いえ。脅しの材料が、私自身というのが笑えましてね」

それから、二、三言の遣《や》り取りで西崎は電話を切った。

「準備は万端、か」

ブランデーの瓶を取り上げ、そのまま呷《あお》った。

熱い塊を喉の奥に感じる、どころか、酒を呑《の》んだ気はまるでしなかった。

四

二月十日の夜七時過ぎだった。

絆はこの日、実に一ケ月半ぶりに成田に帰った。

正月もなかった戸島とオーバーステイが絡む〈ティアドロップ〉の事件に、一段落がついたということもある。

品川《しながわ》のS大学付属病院に勤務する西崎次郎という医師はこの件に関し、絆の勘として大いに怪しかったが、今は待ちの状態だ。

十日ほど前、西崎と接触したその日に、コンビである金田洋二に報告したところ、

「群馬やらホンシャやらに手を回さないと情報は取れなさそうだね」

ホンシャとは警視庁本庁のことだ。古い刑事たちの中には、いまだにそう呼ぶ者が多い。

「私がやろうかね」

古くて、狸《たぬき》な分、金田は色々なところに情報スジを持っている。その金田がやると言ってくれたのは、絆にとってなにより心強かった。

一ケ月半も空けると、慣れ親しんだ我が街ながら景色は少し違って見えた。十二月から二月に移り変わっているというのもある。冬に色がついた感じだ。梅の便りも聞こえてくる時期だった。

「あら、帰ってきたの?」

押畑《おしはた》の家に帰り着くと、玄関を上がってすぐ左手の暖簾《のれん》をくぐった。そこは台所になっている。

火のついたコンロに鍋が掛けられ、近くにエプロン姿の渡邊千佳《わたなべちか》が立っていた。

幼馴染《おさななじ》みにして元カノという関係は微妙だが、割り切っている。

普段は一人暮らしに近い祖父、典明の食事を、千佳は母親の真理子《まりこ》とふたりで分担してくれていた。

千佳は味噌汁を作っているようで、鰹《かつお》ダシの香りの中で大根を切っていた。後ろ姿に、セミロングの束ね髪が艶めかしい。

ドキリとするが、心が苦しくもある。

千佳に女性を感じると、脳裏に寂しげな尚美が浮かんだ。

尚美と別れた傷、守れなかった慚愧《ざんき》は絆の心から消えたわけではない。おそらく、生涯消えることなどない。

〈悲しみは、身にまとえ〉

尚美が〈ティアドロップ〉の使用者と判明したとき、典明は絆にそう諭した。

果たして身にまとえる日は訪れるのか。

それは絆の、刑事というより人としての成長如何《いかん》なのだろう。

自身にも、まだ見当はつかない。

「ああ。ようやくだけど、色々なことに目処《めど》がついたからね。——あれ？　今日、金曜だよね。なんでって。典爺《てんじい》がいるからよ」

「なんでって。夕飯、作ってんの」

典爺とは典明のことだ。

「いや。いるのはわかってるけど」

奥、道場の方に特に隠すわけでもない塊のような気があった。典明以外考えられない硬さの気だった。

「でもさ、金曜だよ」

「知らないけど、いるんだって。ねえ、絆も食べる？　典爺の分しか考えてなかったけど、今なら間に合うわよ」

千佳は特段、絆の方も見ず、包丁の手も止めなかった。

日常のなんら変わりのないひとときを装って話してくれているのが痛いほど分かった。

尚美の事などを気遣ってくれているようだ。

絆には千佳の気配に惑いが〈観〉えた。

いや、〈観〉えなくともわかる。

リズミカルだった包丁の音が、少し乱れていた。

心遣いに、絆も乗った。

「ん？　千佳、ひとり分ってどういうこと？　片桐さんは？」

努めて朗らかに、そう聞いた。

エムズの一件以来、絆は隊や所轄の組対課員たちと後始末に奔走した。片桐とは顔を合わせるどころか、連絡さえあまり取らなかった。

そうなればつまり、その間、片桐は休暇のようなものだった。

もちろん、片桐にも探偵としての仕事があるにはあるだろうが、前年夏以降、片桐とはほぼ毎日のように行動を共にしてきたから断言できる。

よくそれだけで今まで生きてこられたと感心するほど、片桐探偵事務所の依頼は少なかった。

年末年始はどうぞごゆっくりと言えば、片桐は、

「なら、また鍛えに行ってくるかな」

などと冗談めかして返してきたが、これが実は冗談などではなかった。

鍛えに行くとは、成田の絆の家に向かい、東堂典明に稽古をつけてもらうということだ。

正伝一刀流第十九代正統にして、今剣聖と謳《うた》われる典明の本気の稽古は度が過ぎるほどきつい。十数年にわたり、その身に叩き込まれてきた絆が思うのだから間違いない。

だから、片桐の言葉を、絆は本当に軽い冗談だと思っていた。

「暇になるならまずは大掃除でしょう。あの事務所、ハイパー汚いですからね。年末から始めても、一ケ月くらい楽に掛かるんじゃないですか。根性入れて頑張ってください」

と、勧めたくらいだ。

今思えば、そのとき片桐は笑うだけでうなずきもしなかった。そうして翌日には成田に向かったようだ。向かって、新しい年になっても松の内が明けても、成人の日を過ぎても戻ってこなかった。

〈入り浸《びた》り〉。

この表現が当てはまる人物と行動を、絆は初めて見た。

十二月上旬に訪れて以来、片桐と典明の関係は二十七、八年の空白を経てふたたびつながったようだった。

それだけでなく、大利根組《おおとね》の親分、綿貫蘇鉄《わたぬきそてつ》ともらしい。

「あれ、千佳。もしかして片桐さんと親分のふたりで、駅前のキャバクラかい？」

違和感はあったがとりあえず言ってみた。

大利根組には、今夜の稽古をいつも通り急に伝えてあった。帰ることが確定してからしか連絡しないのが常だ。だから蘇鉄が来るかどうか、来られるかどうかは知らない。何人来るかも、いつも気にしたことはない。

今の場合の違和感の元は、自身で言った言葉の、〈片桐と蘇鉄のふたり〉というところだ。

本当にそうなら、典明が行かないわけがない。

「今日は誰も行ってないわよ」

それはそれで、今日は、というところに引っ掛かるが聞き流す。

「じゃあ、片桐さんは？」

「ああっと、どうだったかなあ。なんか、いたかなあ」

千佳が訳の分からないことを言った。

包丁の音はさらに乱れていた。

「なんだよ、それ。ずっといただろ。居候みたいに」

「えっ。あら、そうだったわね。――そうだった？」

絆は溜息をついた。

どうにも、片桐の話になると千佳はおかしい。おそらく、二ケ月前に片桐が成田を訪れてからだ。

こと片桐に関しては、そんなに気を遣ってくれなくても、と思わないでもない。

祖父典明も大利根組の蘇鉄も、片桐の話になると最初からどこかよそよそしかった。その昔の、祖母多恵子《たえこ》の言葉が思い出されればすべてが腑《ふ》に落ちた。符合した。血のつながりというものを、もうずいぶん前に絆はひとり実感していた。

特に聞かないのは、向こうが言わないから。ただそれだけだ。共有できる思い出すら、なにひとつない。

片桐はすべてを知り、絆はなにも知らない。アドバンテージを握るのは片桐だ。

「とりあえず片桐さんがいないことはわかったけどさ——」

あっ、と千佳が声を上げたのは、絆がまた片桐と言った直後だった。

千佳は左手を胸前に上げて顔をしかめた。指を切ったようだ。

「大丈夫か」

絆は駆け寄った。

「うん。平気」

そうは言うが、千佳の指先には血が滲《にじ》んでいた。深くはなかったが、刃物による傷はなった。


かなか血が止まらないものだ。

「えっと。絆創膏《ばんそうこう》、絆創膏っと」

絆の家は道場を持つ。怪我《けが》はつきものだ。絆創膏はまとめ買いするアイテムのひとつだった。

「ほら。手を出しな」

ティッシュを一枚つまみ、千佳の左手を取る。血が滴った。

「ねえ、ホントに大丈夫だから」

「ダメダメ。そういう傷を軽く見たらいけない」

ティシュで血をぬぐい傷を押さえる。

と、外に車の音がした。大利根組の面々が到着したようだった。すぐに蘇鉄の大きな笑い声が、夜のしじまに響いた。

「あ、親分たち、来たみたいよ」

千佳は顔を玄関の方に向け身じろぎしたが、絆は手を放さなかった。

「まだダメだよ。親分たちならあのままいつも通り、庭から道場に行くだろう。ちょっとくらい待たせとけばいいさ。もう少し押さえれば、絆創膏が貼れるから」

が、意に反して玄関の引き戸がガラガラと音を立てた。

「んばんはぁ、とくらぁ。大先生、若先生。今日は珍しい人間、連れてきたぜぇ」

大利根組の面々が玄関から上がってきた。

気配は都合、六人だった。

上がってきて台所を覗《のぞ》き、まず、

「あっ」

と声を出したのは、大利根組の代貸格にして電話番の野原《のはら》だった。今日も稽古のことを伝えたのは、この野原だ。

ぎょっとした顔で野原はいきなり顔を引っ込めた。なにを勘繰ったのかは聞くまでもなかった。

「お、親分っ。てぇへんだ。てぇへんだぁ」

野原はこの世の終わりのような声を出した。

「なんだなんだ」

「だ、台所で若先生と千佳ちゃんが手ぇつないで、ラブラブだぁっ」

「うおっと。そりゃめでてぇ。いや、一大事だぁ」

絆は千佳と顔を見合わせた。

思わず噴き出したのは千佳が先だったが、絆も同様だ。

六人の足音がやってきたが、顔を向ける気もない。

好奇心丸出しの顔を見るのは、癪《しゃく》に障った。

「オウ。本当に、ＬＯＶＥですねぇ」

「フフッ。そうね。ＬＯＶＥだわぁ」

カタコトの日本語が聞こえた。それだけは訝《いぶか》しかった。

絆は、ふと顔を向けた。

ガタイのいい中東の男と、中華系の女性が暖簾の中に身体《からだ》を差し込んでいた。

「おら。お前ぇら、退《ど》け」

掻き分けるように刺し子の稽古着姿の短軀《たんく》が入ってくる。

「ええと」

綿貫蘇鉄は絆たちを見るなり、刈り込んだ頭を掻いた。

「そろそろ離れちゃどうですね？　そこまで堂々と見せつけられっと、からかいもできねえってもんで」

「まあ、説明してもいいけど」

絆は苦笑した。

「爺ちゃん。後ろでこっそりは、今剣聖らしくないよ」

国際色豊かな集団の奥で、ばれたか、と典明の鍛えのある豊かな声がした。

野原が騒いだ刹那、道場にあったはずの硬く引き締まった典明の気配が溶け、もの凄い勢いで台所に寄ってきたのが、絆には〈観〉えていた。

「なるほどね。そういうふたりなんだ」

千佳の止血を終えた絆は自室に入り、稽古着に着替えて道場に出た。

千佳との関係を変に勘繰った連中には、面倒臭いので特に弁明もしなかった。指先の治療を見ればわかると思ったからだ。

五

着替えて自室を出る頃には、千佳の包丁の音は元に戻っていた。

道場に出ると、大利根組の四人が車座になって座っていた。治療を見れば分かると思ったが、全員の目がまだ好奇心丸出しだった。無視する。

この夜の大利根組は蘇鉄以下、野原、二十五歳の立石《たていし》と、二十八歳の川崎《かわさき》からなる四人だった。

最前、絆が口にしたなるほどね、は今、控室で典明に道着を借り、着替えをしている外人の男性と、そちらに顔を突っ込んでは、ときおり感嘆の声をあげる女性に向けられていた。

男性については、蘇鉄が掻《か》い摘《つま》んで説明してくれた。

ガタイのいい中東のほうは、名をゴルダ・アルテルマンと言った。齢《とし》は四十を超えたばかりらしい。

本国は、おそらくアメリカを凌《しの》いで世界最高の技術・装備の空挺《くうてい》部隊を持つ、Ｉ国だという。空挺部隊の場合、最高は最強と同意だ。

空挺部隊とは、いわゆるパラシュート部隊のことを指す。闇夜に上空から忍び寄り、音もなく地上に降り立って敵を殲滅する。

ゴルダ・アルテルマンは、まさにその部隊に所属していた男だった。

「ただね、若先生。新しくって高ぇ武器も、笑っちまうんだなこれが。いや、笑っちゃいけねえ話かもしれねえけどね」

蘇鉄は鬼瓦のような顔を歪《ゆが》めた。

本人が笑っちまうと言った以上、笑っているのだろう。

ゴルダは脇に下げたホルスターに最新式銃を収めて訓練に出た初日に、銃が暴発して内臓をひと巡りしたらしい。生きているのが不思議なほどだという。

「そんで恩給をたんまりもらって除隊したらしくてね。仲間とあっちとこっちに分かれて会社作って、商売してんですわ。もちろん、なんてったかな。ああ、投資経営ビザか。持ってますよ。見せてもらいやしたから。ゴルの奴《やつ》、自宅と家族はマイアミだって話ですぜ。んで、しょっちゅう帰りやがるみてぇですけどね、そんだけ商売は順調らしいですわ」

蘇鉄が気安く呼ぶゴルダの商売とは、日本車のパーツ屋のことだった。

中東や東南アジアでは、中古の日本車がずいぶん走っている。走行距離二十万キロ、三十万キロは当たり前で、故障しないのが人気らしい。それでも売れ筋はだいたい数車種に絞られるようで、ゴルダは日本で廃車になったそれらの車を仕入れ、工場兼倉庫の会社で解体するのだ。そして、本国の仲間と連絡を取り合い、コンテナ一基分が溜まったら船便で出荷するという。色々な商売があるものだと絆は感心もした。

そのゴルダが一月になって、蘇鉄が成田と富里《とみさと》の境目辺りに持つ土地を貸して欲しいと言ってきたらしい。

地上げという言葉がまだ一般的でない頃、大利根組の先代、つまり蘇鉄の親父が東関道の開通を当て込んで買った土地だ。結果として、東関道は面白いほど綺麗《きれい》に、道路一本分でその土地を避けた。

「ゴルんとこぁ、何年式の、どの車の何色のドアとかバンパーとかって指定が来るらしいんで、パーツの在庫は鬼のように持つらしいんですわ。前んとこは四、五百坪だったみてえで、手狭になったってことでね。うちは千坪くれえあんですけど、結局はどこに出るにも都合の悪ぃ、ただの野っ原っすから、借りてくれるだけでありがてえってもんです。即、契約しやした」

今はまだ整地が終わったばかりで外壁フェンスの造作中で、建屋はプレハブひとつ建っていないらしい。

ただ、どうにも気の早いゴルダは前の場所を引き払い、十トントラック十二台分のパーツを野ざらしに置いたという。

それだけならまだしも、

「オー、ミステイクとか言いやがってね」

住むところがないと蘇鉄に泣きついてきたようだ。

「窮鳥、懐に入らずんばって昔から言いやす。だから、プレハブが建つまでってことで、組の事務所に寝泊まりさせてんです。そしたら今日、若先生から電話でさあ。なんですかあってなもんで。やっぱり軍隊にいたからですかね。古流剣術ってのに目ん玉輝かせやがってね。んで」

「痛てっ」

蘇鉄が野原の頭を叩いた。

「捲《まく》し立てられて、こいつがOKOK言ったらしいんですわ」

「親分、しょうがないっしょ。ゴルは興奮すると早口で。もともと日本語も下手《へた》っぴいだしよぉ」

蘇鉄はまた野原の頭を叩いた。

どうにも調子を取る合いの手のようだ。少々、野原に同情しないこともない。

「まあな」

蘇鉄は腕を組んだ。

「ま。ＯＫしちまったもんは仕方ねえんで、連れてきたんすわ」

と、これがゴルダ・アルテルマンという男の素性だった。

対して、サラ・ウェイという女性は――。

「ありゃあね、その、あんまり大きな声だとなあ」

ゴルダと違い、こちらはだいぶ歯切れが悪かった。蘇鉄はどうやら、野原以下の大利根組の連中を気にしたようだ。

「あ、親分。平気っすよ。あれっしょ。駅前キャバのネエちゃんっしょ。シンガポール人だっていう」

言ったのは川崎だった。親は潮来《いたこ》のヤクザだという。

「げっ」

蘇鉄は口をあんぐりと開けた。

「お前ぇ、なんで知ってんだ。組の連中は誰も出入りしてねえはずだぜ」

「へへっ。親分、ジュンって知ってます？　先週、あのサラと同じ日に入った」

川崎は首を竦め、照れたように頭を掻いた。

「ああ。あのビヤ樽《だる》みてぇなオカチメンコか」

「あれ、潮来から追っかけてきた、俺のツレなんすよ」

相手の話に耳を傾ける素養がないとこうなる。蘇鉄と川崎の言葉は同時に始まり、ほぼ同時に終わった。

だが、互いに聞こえてはいたようだ。通常、任俠《にんきょう》は〈吐いた唾は飲まねぇ〉気風の良さが売りだが、この場合は蘇鉄も川崎も懸命に飲もうとした。

「いや。あれぁあれで愛嬌《あいきょう》があって、なかなかよぉ」

「あ、あいつが追っかけてきただけで、俺ぁ別に」

ふたりを無視して絆は立石に、

「で、あのサラって女性は？」

と聞いた。川崎とよくツルんでいるからだ。

案の定、立石も知っていた。

「あ、駅前のキャバっすよ。うちの親分を悪の道に引きずり込んでくれちまった、こちらの大先生御用達《ごようたし》の」

控室から典明のわざとらしい咳払《せきばら》いが聞こえた。

立石はうへぇっ、と首をすくめたが、

「気にしなくていいよ。お前の師匠は俺だから」

と絆が言えば、あ、そうっすよね、と立石はつらっと話を続けた。

アベノミクスのせいっすかねぇ、といきなり始まったのには絆も面食らったが、聞けばさほどのことはなかった。

千葉や船橋《ふなばし》辺りのキャバクラの景気が良くなり、成田にも送迎のバンを回すようになったらしい。反動として駅前のキャバクラから十代、二十代の娘が減った。

給金で太刀《たち》打ちできない駅前キャバは、前年十二月に急遽《きゅうきょ》応募条件をゆるめたという。曰《いわ》く、

〈年齢、国籍不問。性別は女性、その他〉。

その他、という部分に引っ掛かるものがなくもないが、とにかく、その募集に先週応募したのが、件《くだん》のサラと、川崎のツレのようだった。

「でも、それがっすね。知ってます？」

立石は含み笑いだった。

「いや。知らないから聞いてるんだけど」

あ、そうっすよね、と立石はまたつらっと言った。

「募集広げたら、子育てが一段落した近所のおばちゃんたちが集まっちまったんだそうっすよ。店長も質より量ってんで、採用しまくって。今じゃ四十代から五十代が幅利かせてて、自前の煎餅《せんべい》やらで酒ガバガバ呑んで、する話っていやぁ、子供の進学か家のローンのことらしいっす」

「なるほど。どうりで」

金曜日に一般の稽古がないのは、典明がキャバクラに行くためだ。それが家にいるというのが解せなかったが、これで納得がいった。

「ちっ。よく知ってやがる。これからぁ、あんまり気安く行けねえじゃねえか」

蘇鉄が舌打ちで仏頂面になった。

「じゃあ親分。そのサラさんも、子育てが一段落した口かい？」

「いえ。あいつぁ興味本位で、仲間ふたりと入ってきた女でしてね。まだ独り者って話ですわ。本人はマレーシア生まれで、なんてったっけな。――フラダンス。プラダンス。いや、ダンスじゃねえ」

「シンガポールでプラなら、プラナカンかな」

「あ、そうそう。それですわ」

蘇鉄は手を打った。

プラナカンとはマレー語で、〝土地の子〟という意味だ。

かつて、主に中国の福建《ふっけん》商人がマレーシアに移り住み、そのまま根付いた。その子孫たちを称して、プラナカンという。

根付くとは成功したということと同意で、プラナカンは経済的に豊かな者が多かった。

「昔ぁ、六本木《ろっぽんぎ》のキャバにも出てたって言ってましたがね」

「へえ」

絆は、控室前で楽し気にしているサラを見た。

長い黒髪、小さめの顔。齢は三十代後半か。一重の切れ長な目が印象的な女性だった。たしかに今でも人目を惹く顔立ちで、その昔は六本木で働いていた、と言われてもうなずけた。

「んで、流れ流れて成田に来て、もう何年も前から、ニョニャの店を参道の端っこに出してたらしいですぜ。俺ぁ興味がねえんで、まったく知りやせんでしたけどね」

ニョニャとは女性を指すマレー語だ。

プラナカンの娘たちは深窓で育てられることが多く、彼女たちが作り上げてきた独自の文化がニョニャ文化だ。料理や陶器、ビーズ刺繡《ししゅう》などに見るべきものがあった。

サラが扱っているというのはおそらく、ニョニャウェアと呼ばれる陶器や、ニョニャクパヤというビーズを精巧にあしらった衣装だろう。

「そんなんと知り合っちまったおかげでよ。若先生、今週になってえらい散財させられちまいやした」

「それでも、まんざらでもない、とね」

「へっへっ。まあね」

ここで、あっ、と膝を打ったのは野原だった。

「親分、それでですかい。なんか可愛らしい小鳥さんのコップやら、おねえちゃんが履くみてぇな、キラキラビーズのスリッパが事務所に導入されたのは」

　蘇鉄は見もせず野原の頭を叩いた。

「ま、そういうこった」

「で、親分」

　絆は笑顔でうなずいた。

「なんでその、ニョニャを扱う店のプラナカンの、駅前キャバのお姉ちゃんがここにいるんだい？」

「あ、そりゃあですね。へっへっ。年甲斐《としがい》もなく、今日は同伴で出てやる約束してたんですがね。一緒に来るはずの大先生が行かねえってわがまま言うもんで。もう一度誘いがてら、へっへっ。若先生の稽古も聞いてたんで、ひとつ雄姿でも見せようかと。あいつも前から見てみてぇって言ってたもんで」

「おっと。雄姿かい？　親分、なにか秘策でも思いついたかい」

「おっとっと。口が滑っちまいやした」

　と口では言うが、まんざらでもない様子だ。

「へへっ。まあ、長くやってますからね。ちょっとくれぇは工夫しねえとね」

　と、そのとき、

「ワオ」

サラが一段と陽気な声を上げた。そちらを見ると、控室のふすまが開いていた。

「ヘイ、ヘイ、ヘェイ」

なぜかサンバ風のステップを踏みながらゴルダが現れた。着替えが済んだようだ。が
——。

「ふっふっ。面白いだろうが。ザ・外人という仕上げにしてみた」

「爺ちゃん。それ、有りかい？」

ゴルダの袴《はかま》は、脛《すね》までが丸出しだった。

上背が百九十センチはあるゴルダに、道場の予備はどれも寸足らずなのはわかるが、助長するように腰板の位置がやけに高かった。帯紐《おびひも》も位置がヘソより上にあった。

要するに、〝バカボン〟だ。

それでも、初めて剣道着を着たゴルダははしゃいでいる。

「ヘイ、ヘイ、ヘェイ」

ならば、それはそれで有りか。

たしかに面白い。

「ヘイ、ヘイ。スースーね。ノーパンね」

「あ、楽しいのはそっちなんだ」

絆は思わず、苦笑しながら呟いた。

六

「冗談はともかく」

　絆はゆっくりと道場の中央に出た。

「親分。同伴なら時間が惜しいだろ。稽古といこうか」

　少し前に、千佳の包丁の音が止んでいた。出来上がりの時間を考えると、そろそろ稽古を始めた方がいい。二万円の束脩《そくしゅう》は大事だが、アツアツの料理も捨てがたい。

　蘇鉄の同伴云々《うんぬん》は口実だ。

「おうさ。野郎どもっ」

　蘇鉄の一声で、一同がやおら立ち上がった。典明とゴルダ、サラは道場主の場所、見所《けんぞ》に座る。

　胡坐《あぐら》の典明ひとりならいつものことだが、膝を立て板壁に寄り掛かるゴルダと、両脛を外に開いてぺたりと座る、いわゆる〈お婆ちゃん座り〉で拍手をするサラが並ぶとどうにも締まらなかったが、とりあえず無視する。

　絆は大きく、鼻から息を吸った。

　目を閉じ、身体中をくまなく巡らせる意識で、細く長く口から吐く。

それで剣士の心構えは出来上がりだった。五感を超えた感覚が覚醒してゆく。

ゆっくりと大気が渦を巻き、自身に寄り集まってくる感じがあった。

やはり道場は、剣士の空間はいいな、と痛感する一瞬だ。

すでに多国籍な見所は思慮の外だった。

道場に染みつき、あるいは染み込んだ先人たちの純粋な剣気まで取り込む。都会のアク、犯罪者だけでなく犯罪そのものから吐き出される毒気、澱《おり》、そういったものが浄化されてゆく。

絆はゆっくりと目を開いた。剣気は光となって、ほとばしることなく眼の中に横溢《おういつ》し、揺蕩《たゆた》った。

「オー。アメイジング」

ゴルダは感嘆を漏らした。

I国の空挺部隊だということは、相当に優秀な軍人だったに違いない。感じるものがあるようだった。

大利根組の四人がそれぞれに展開した。

正面が野原で背後が蘇鉄、左右に川崎と立石だ。

それぞれの気が、ゆっくりと練り上げられてゆくのがわかった。真っ直ぐな、いい気だった。

中でもさすがに六十年、鍛練を続けた蘇鉄の気が圧倒的だった。

煙《けむ》るような剣気の奥に、蘇鉄が隠れた。

次いで、野原にねじれるような気が〈観〉え、川崎と立石は陽炎《かげろう》のような細い気を立ち上らせた。

年齢性別は関係ないのだ。

駅前のキャバクラのようだと思えば少し笑えたが、稽古や鍛練は裏切らない。

身に降り積もるのだ。

「せっ！」

絆に隙を見たか、野原が一足飛びに絆の懐に入った。

代貸格という名のただの電話番ではない野原も正伝一刀流の門人、典明・絆に鍛えられた剣士だ。動きはスムーズにして、澱《よど》みはなかった。

低く構えた野原は、ノーモーションで掌底《しょうてい》を繰り出した。

絆はその直前、左の足裏を摺《す》ってひと足退いた。

右半身の体勢だ。正面には川崎がいた。

絆に触れるか触れないかの近さを、野原の掌《てのひら》が通り過ぎる。

野原には一連の、絆の動きが見えなかったに違いない。顔を上げたようだ。

その顔面をつかみ、絆は無造作に押し込んだ。

体勢を崩した野原は、上方からの圧力で簡単に腰砕けになり、左膝をしたたかに打ち付けた。床板が激しく鳴った。

「っ痛ぅ」

野原は道場の上を転がった。

その間に、川崎の顔が絆の視界から消えていた。

スライディングに近い位置に川崎の、払うように回す左足があった。

触れる直前を見切り、絆は空中に躍り上がった。

合わせるように、立石が回り込もうとしているのは〈観〉えていた。だから躍り上がる前にフェイントを掛けた。

右足を上げ、そちらに体重を移動させつつ、川崎の足が行き過ぎようとした刹那、跨《また》ぐ形で下ろした右足で飛んだ。

凄まじく回転を上げたバンブーダンスの要領か。

頭上を越えられた川崎は、低い回転のままに絆の方を向くが、すでに遅かった。

低い位置で回る川崎と、体勢十分の絆では力量の前に地の利が歴然だった。

獲物の如何《いかん》に拠《よ》らず戦いの場において高低差は大事なファクターだ。

「クソっ」

川崎はこちらを向いたまま懸命に退こうとするが、絆はそれを許さなかった。

川崎が動こうとする方向を瞬時に見極め、絆は振り出した右足で正確に眉間《みけん》を蹴り押した。

過剰な力が加わった川崎は、こらえきれず低い位置で宙に浮いた。

「うおっ」

かろうじて身をひねり、頭からの激突は避けたようだが、道場には野原に負けない音が響いた。側頭部を打ち付けたようだった。くぐもった呻《うめ》きが聞こえた。

「しょっ！」

当てが外れた立石の動きには、少し焦りが見えた。胸の辺りががら空きだった。

突き出してくる拳《こぶし》を、顎《あご》の下に挟むように避けて左腕を伸《の》ばす。

つかんだ物は、立石の胴着の右襟だった。引きつけ、そのまま左肩に担いだ。

立石の体重が背に乗った。柔道にいう、はね腰だ。

拍子が合えば柔よく剛を制する技に力は要らず、かえって最大の破壊力を生む。

これまでで一番大きな音がして、床板が震えた。

「ぐえっ」

背中から落ちた立石は息を詰めた。

しばらく動くことはできないだろう。

「さて」

と、絆が蘇鉄に対しようと振り向けば、そこに蘇鉄はいなかった。

絆の動きの逆を取って回ったようだ。なかなかやる。今までにない素早さだ。とても七十の動きではない。

師曰くの、従心の七十にして自在を得るか。

(いや、この爺ちゃんは違うな)

女性の目、黄色い声援を力に換えるとは、まだまだ若い。

(それにしても)

絆は気を引き締めた。

蘇鉄は絆と子分の対峙《たいじ》の間、ひとり奇妙な気の練り方をしていた。

自分の剣域をしっかりわかって張り巡らすようだった剣気が、少しずつ収斂し、今は身体に薄皮一枚で張り付いているような感じだ。

〈悲しみは、身にまとえ〉

典明に言われた言葉を思い出す。

蘇鉄の気の練り方に、ひとつの答えを見るような気がした。

絆は〈自得〉の領域に入った男だ。

一を見て十を知る、ではない。一を見て百を知り、一の真横も真後ろも即座に感得する。

(面白い)

絆は腹の底に気を溜めた。

齢も体格も、一瞬の攻防においては勝敗に寄与しない。

蘇鉄は六十年、鍛えに鍛えた剣士だ。

絆は両手を左右に大きく広げた。

蘇鉄の鬼瓦のような顔が、威厳さえ備えて般若《はんにゃ》に〈観〉えた。

「おう!」

蘇鉄が大きく一歩前に出た。

後の先《ごせん》に取り、右足を差した絆はそのまま右手を蘇鉄の胴着の前身頃に伸ばした。

拍子を外して左足を摺り出し、蘇鉄が左半身になる。絆の右手は空間に流れた。

見切りの間隔は十五センチほどか。絆ならたいがい三センチで見切る。

比べれば甘いが、並の剣士なら三十センチは切れない。蘇鉄の力量だ。

絆の伸びた腕に、蘇鉄は下から左手を突き上げて袖を取ろうとした。

絆は重心をさらに前に掛けながら左手を右袖の下に差した。

掌《たなごころ》に蘇鉄の拳の衝撃があった。

流れるままに左足を大きく踏み出し、つかんだ拳をひねろうとしたが、直前に蘇鉄がひねりの方向に回っていた。正伝一刀流にもある、〈合気〉の技だ。

気を合わせるとは、相手の力を利すると言うことだ。防御においてはテコの理屈で働き、攻撃においてはカウンターを生む。

絆の手を外した蘇鉄は綺麗に一回転し、床板を踏み鳴らして肩から突っ込んできた。

その背中側に滑るように身を移した絆は、蘇鉄の後頭部に無拍子の手刀を叩き込んだ。

と、そのときだった。

(なんだ)

突然、時間軸が揺れたような感覚があった。

蘇鉄の動きが、いきなり静止したような気がしたからだ。

いや、正確には静止ではない。二重写しとでもいえばいいか。

静止した蘇鉄から、新たな蘇鉄が抜け出そうとする感じだった。

虚実は曖昧《あいまい》にして、絆の手刀に迷いが生じた。

「ほう」

見所から典明の感嘆が聞こえた。典明にしても、それほどのことなのだろう。

だが――。

「……てへぇ」

間の抜けた蘇鉄の声とともに、すべてが元に戻った。

実際には刹那にも満たない、わずかな時間だったろう。時間と時間の隙間くらいだったかもしれない。

蘇鉄はひとりの蘇鉄として後頭部を晒《さら》し、絆の横を擦り抜けようとしていた。

絆は手刀でその首筋を打った。

「おっ。痛ぇ」

蘇鉄は勢い余り、もんどりうって板壁に激突した。

絆はゆっくり蘇鉄に近づき、片膝をついた。

「親分。今なんか、不思議なことしたね。気を残したのかい」

「へっへっ。ふと思いついたもんでね。〈空蟬《うつせみ》〉ってね。いいっしょ」

床板に寝転び、足を板壁に振り上げたまま蘇鉄はニヤリと笑った。

蘇鉄は気を練り、気を固め、ここぞの一瞬でそれを放り捨てたのだ。脱皮のように。

言葉にすればそれだけだが、だからといってできるものではない。

「ただねぇ。惜しいや。もうちっと続けられっと思ったんですがね。気も呼吸も保《も》ちやがらねえ。まったく、齢は取りたくねぇや」

全身全霊を挙げて刹那、蘇鉄は時間軸を揺らしたのだ。

たしかに、倍の刹那を続けられたら間違いなく絆は虚に落ち、反転した蘇鉄にどこかを打たれていたに違いない。

「見事だよ、親分。いいものを見せてもらった」

「へへっ。でも若先生。あっしの稽古ぁ、今日はもう終わりですぜ。あれっ丈《たけ》でもう、へロヘロだあ」

「十分だよ。寝てな」

へぇいと力ない声をあげる蘇鉄をそのままに、絆は立って向き直った。

野原も川崎も立石も起き上がり、待っていた。

「じゃあ、続けようか。みんな、鍛錬すれば、どこまでも上達するよ。親分がいい手本だ」

おう、と揃《そろ》った気持ちのいい声は、俠《おとこ》たちの心を示して熱かった。

七

それから一時間、大利根組と絆の稽古は続いた。

いつも通り、最後は絆だけが立っている状態で稽古は終わる。大利根組の面々は、息も絶え絶えに床板の上で大の字だ。

「でぇ。でぇ。勝てねぇ」

「かぁ。負けっ放しだ。ち、畜生めっ」

「い、息ができねぇ！」

絆にとって、一番充実する瞬間だった。

気持ちのいい弟子がいて、適当に汗を流せて、四掛ける五千円で二万円が入る。

「グレイト。いいですねえ。若先生、グッジョブ」

見所の方から拍手が起こった。

〝バカボン〟稽古着のゴルダが立ち上がっていた。目に浮かされたような輝きがあった。

「けれど、剣術ではないのですか。私、剣術が見たかったです」

「ああ。大利根組の稽古は特別ですからね。竹刀《しない》はあまり使わないんですよ」

「オー。それは悲しい」

ゴルダは天を振り仰いだ。いちいち大仰な感じだ。

サラも見所を出、道場の隅に寄り掛かっている蘇鉄の方に向かった。

「ソテっちゃん。大丈夫？」

「おうよ。サラ、どうだったい？」

「うん。恰好いいね。ステキ」

「そうだろう。そうだろうよ」

がははと蘇鉄は笑った。

まあ、どうでもいいので放っておく。

その間に、〝バカボン〟稽古着が絆のすぐ近くまで走り寄っていた。

見てはいないが、〈観〉えていた。

「若先生」

ひと声で、いきなりゴルダの闘気が炸裂《さくれつ》した。爆発に近い。

なるほど、I国軍人にふさわしい鍛えられた気圧だった。

「ヒュッ」

短い呼気とともに繰り出されるパンチは真っ直ぐに大気を割った。本気の拳だった。届けば、肋骨くらいは覚悟しなければならなかったろう。

顔も振り向けず無造作に、絆は伸び切る前の拳を上から押さえた。

「いきなりは、危ないなあ」

ゴルダの顔が、絆のすぐ近くで笑み崩れた。

「凄い凄い。私のパンチ、こんなふうに止められたの、初めてでぇす」

身体を離し、ゴルダは肩をすくめた。

「そうそう。若先生。せめて私、カタナ見たいです。こちらにカタナ、ありますか」

「えっ。ああ、あるにはあるけど」

「ぜひ、お願いしたいです。剣舞も。昔、DVDで見たことあります。あれは、美しいものでした」

「ああ、そう。――でも、どうかなあ」

絆は見所の典明を見た。手で大きく×《バッ》を出し、次いで右手の親指と人差し指で小さな円を作った。

　まあ、銭金のことはどうでもいいが。

「ちょっと無理ですね」

「えっ。どうしてですか」

「魂だから。これでわかります？」

「魂？」

「だから、おいそれと人に見せるものじゃないんです。魂は秘めるべき。秘してこそ花なれ。剣舞も型も、真剣を用いるなら同じ。むやみにひけらかすものじゃないですから」

「オー。空挺の技術と同じですね。わかります」

　ゴルダは腐ることなく、素直にうなずいた。

　咳払いが聞こえた。

　見所から立ち上がった典明が、もっともらしい顔で寄ってくる。

「ああ、ゴルダ君と言ったね。――ゴルちゃん？」

「イエス」

「人の魂など見ても、面白いものではない。どうだろう。自分で魂を学んでみては」

「学ぶ、ですか？」

　イエス、と典明は言った。

なにがイエスだ。

「もともと君は、鍛えられた軍人なのだろう？　下地は十分だ。すぐに上達すると私は思う。真剣での剣舞を許すのは、そう遠い日のことではないだろう」

「オー、私が？　それは素晴らしい」

「であろう」

絆は内心で嘆息した。偉そうな文言を並べ立てているが、ようは営業トーク以外のなにものでもない。

「ゴルちゃんは運がいい。今ちょうど、入会金サービスキャンペーンの最中でな」

「オー。私、ラッキーですね」

ともあれ、とんとん拍子に話は進み、おそらくほかの人の二倍は払うことで、正伝一刀流初めての、外国人の門弟が誕生した。

第二章

一

この日、片桐は絆と入れ替わるように成田を発し、湯島《ゆしま》に戻った。

小さなバッグひとつの荷物を事務所に放り投げ、向かったのは池之端《いけのはた》にある中華料理屋だった。馬栄七《まえいしち》の息子、達夫《たつお》が営む店だ。

時間は、夜の七時を少し回った頃だった。

達夫の店は、大いに賑《にぎ》わっていた。金曜の夜だからというわけではない。先代、栄七は腕のいい厨師《ちゅうし》だった。息子の達夫も負けてはいない。

馬の中華料理屋は、なにを食っても美味《うま》いと評判の店だった。

チャイナドレスのホール係に案内され、片桐が通されたのは最奥の個室だった。扉に龍虎の彫り物があった。

「おう。思ったより早かったじゃねえか」

円卓の個室には、先客が五人いた。声と共に手を上げたのは、四角くエラの張った顔の中に造作物が全部デカい。

男は現警視庁組織犯罪対策部部長の、大河原正平警視長だった。

その右隣、というか主座で紹興酒《しょうこうしゅ》を舐《な》めているのは、絆の相棒である金田洋二警部補だ。その隣に組対特捜隊隊長の浜田健《はまだけん》警視、手前に回って渋谷署組織犯罪対策課の下田広幸《しもだひろゆき》巡査部長と、三田《みた》署刑事組織犯罪対策課の大川卓《おおかわすぐる》警部補がいた。

下田と大川の二人だけは、やけに緊張しているのが背中からでもわかった。笑えた。

片桐の席は、選ぶまでもなく自動的に決まっていた。ひとつしか空いていなかった。大河原部長の、左隣だ。

「なんですかね。まるでお通夜じゃないですか」

奥に回りながら片桐が言った。

「仕方あるめえ」

大河原が肩をすくめた。

「今始まったばっかりだしよ。そこの、現場のふたりがまあ、硬《かて》ぇのなんの」

大河原が顎で、下田と大川を示した。

「ああ。やっぱり」

片桐がうなずきつつ席に着くと、大川がターンテーブルの上から瓶ビールを取り上げた。

片桐はグラスを手にした。大川が注《つ》ぐ。

たしかに始まったばかりのようだ。注がれるビールが冷たかった。

「片桐さん。ひどいじゃないすか。言っといてくださいよ」

「なにを」

「なにをって」

大川の目がチラチラと動いた。

「ああ。部長と特捜の隊長かい。現職の刑事はお偉いさんが苦手だっけな」

「そんなあからさまに」

言ってから口が滑ったことに気付いたようで、わちゃぁ、と大川は天を仰いだ。上座に軽い笑いが起こる。それを肴《さかな》に、片桐は一杯目に口をつけた。

「いいじゃねえか。タダ飯の大盤振る舞いだぞ。少しくれえのアトラクションは欲しいじゃねえか」

「なんでえ。俺らアトラクションかよ。せっかく、目標であり憧れでもあった先輩からの誘いだと思ったらよ」

下田も大川同様、責める口調で言った。

「まあまあ、そのへんにしておけよ」

金田が笑いながら制止した。

この日は、もうすぐ桜を待たずして定年を迎える、金田の送別会めいた集まりだった。

――亮介。最後にもう一回くらい呑もうじゃないか。お前の奢《おご》りでな。今回の一連の事件では、ずいぶん儲《もう》かってるだろ。

と、金田にせがまれる形で片桐が企画したものだ。二月に入ってすぐのことだった。

――池之端の中華。美味かったよ。また行きたいと思ってたんだ。

実際、絆とコンビを組むことで金田や大河原から渡された金に、魏老五からの情報料や成功報酬を合わせればそれなりにはなった。一回くらいならどうということもない、と安請け合いすれば、聞きつけた大河原からすぐに電話があった。

――送別会だってな。カネさんは去年から、最後に忙しくさせちまった。ここんとこ、少し静かだからな。今のうちなら俺も乗るぜ。ああ、送別会なら、やっぱり隊長にも声掛けとかねえとな。

そんな一方的な電話で、大河原だけでなく浜田の参加も大筋で決まった。

大河原と金田と浜田。片桐にとって大河原と金田は元上司であり、四十歳だという浜田とは、会うのはこの席が初めてだ。

メンバーを考えたとき、片桐も多少、尻の座りが悪い感じがした。それで下田と大川にも声を掛けた。

〈ティアドロップ〉の一件で顔を合わせるうちに、どちらとも気心は知れていた。当然、大河原と浜田のことは言わなかった。話したら、おそらく来ないことは目に見えていた。

　これは片桐にとっての、繊細な危機管理術だ。

「片桐さん。こっちは、初めまして、ですね」

　ちょうど片桐の対面から、浜田がビール瓶を持って腰を浮かせた。

「カネさんの送別会ってことだったから返事しましたけど、僕も呼ばれちゃって、よかったんですかねえ」

　小太りで茫洋《ぼうよう》とした顔つきだが、浜田は準キャリアの警視だという。組対に限ったことではないが、特別捜査隊の隊長は学問知識や経験年数だけでは勤まらない。相当に切れるのだろう。

「いいんじゃないですか」

　片桐はビールを呑み干し、グラスを差し出した。

「部長が呼んだってことは、少なくとも鬼瓦と狸の眷属《けんぞく》以上ってことだろうから」

「鬼瓦と狸？　ああ」

　浜田はすぐに理解したようで、かすかに笑った。

「カネさんから聞いてます。色々と。これからも東堂を、ひとつよろしく」

　片桐のグラスがビールで満たされると、さぁて、と大河原が手を叩いた。ホール係の女性が顔を出す。

「前菜は面倒臭ぇ。さっき言っといた火鍋の〈抜き〉のコースによ、水晶餃子《ギョウザ》だっけ。それに北京《ペキン》ダックと、この店自慢のアワビも途中で入れてくれ。デザートもいらねえ。代わりにフカヒレ入り翡翠《ひすい》麺だ」

「ちょ、部長」

片桐はビールに口をつけようとして止めた。

「なにを勝手にじゃかすか言ってんですか。ここは、安い物は安いですけど、高い物はしっかり高いんですよ」

「わかってらい。なぁに。気にすんない。お前に取っちゃぁ、カネさんの送別会だがよ。現職のふたりも来たんじゃぁ、俺ぁそれだけじゃ済まねえさな」

大河原はテーブルに肘《ひじ》を載せ、手を組んだ。

「ここんとこは、ずいぶん忙しくさせちまったな。ねぎらい、慰労も兼ねてよ。下田と大川の分は俺が持つぜ」

「おっと」

声を出したのは下田で、大川はほぼ同時に手を叩いた。

「あ、ならカネさんの送別会ですから、カネさんの分は隊長である僕が持ちましょう」

浜田がグラスを掲げながら言った。

「おや。そりゃどうも」

金田が笑顔で頭を下げた。

下田と大川はなにかを囁《ささや》き、代表するように下田が身を乗り出した。

「あの、そうなると慰労って言われてもなんか居心地悪いんで、俺と大川で紹興酒の大瓶入れさせてもらいますわ」

「あら」

金田が機嫌よく片手を上げた。

「こういう流れになると、じゃあ、俺は亮介の分を持つしかないですかね」

なにがなんだかわからない。

「ええい。みんな、うるせえよ」

一同の視線が片桐に集まった。

「全部、俺が出す。それで文句ねえだろ」

一瞬の間があり、おお、と自然発生的に拍手が起こった。

「かぁ。なんだよ。まさかハナから、全員で共謀してんじゃねえだろうな」

悪態《あくたい》をつくが、気分は悪くない。頭を掻きながら振り仰ぐ。

天井に、あでやかな迦陵頻伽《かりょうびんが》が描かれていた。

仏の声で鳴く鳥だ。西方極楽浄土に住むという。

（礼子。お前の絆が広がって、昔と今をつなげ、俺に人がましい未来を見せる。いいのかな、夢を見ても。礼子。お前は、許してくれるだろうか。笑って、許してくれるかい）

答える声はない。

天井の迦陵頻伽は、鳴かない。

「おい、片桐。なにをボサッと突っ立ってんだ。せっかくの送別と慰労の会だぜぇ」

代わりに地上から、ガラガラとした大河原の銅鑼声《どらごえ》が片桐を呼んだ。

二

二時間を大きく超える、なごやかな会だった。

三十分も経《た》たないうちに、下田と大川も場に馴染んだ。一時間も過ぎればいい調子だった。

そんな会に金田がつまらない爆弾を投げ落としたのは、店自慢のアワビが運ばれてきた頃だった。

「おっ、来た来た。へへっ。しっかし、こんな美味い物にありつけるのも、東堂・片桐のコンビがあったればこそだ。ねえ、片桐さん」

下田がグラスを掲げた。

「なんだよ。いいのかい。現職がそんなこと言ってよ」

「使える物はなんでも使えって、こりゃあ、カネさんの教えですわ」

「そうそう。東堂・片桐コンビは使える。息ぴったりっすよ、自分でわかってますか、片桐さん」

大川も酔眼でグラスを掲げた。こちらは、酒はさほど強くないようだ。片桐が眺めるだけにとどめると、勝手に二人でグラスを合わせた。

「息ぴったりって、そりゃそうだ。なんたって、血がつながってんだから」

「え……⁉」

これが金田の爆弾だった。下田と大川が互いに向けてビールを噴いた。

「カネさん。なに言ってんだ」

「いいじゃないか、亮介。親子は親子。隠したって、伝わるものは伝わるよ」

片桐が睨むが、金田はどこ吹く風だった。

「それに、彼はあれだけ冴《さ》えた男だ。本人だって、うすうす感じ取ってんじゃないかね。お前が親父だってことを」

「そりゃあ」

片桐は言葉に詰まった。片桐と絆が並べば、警視庁に過去を思い出す者はまだまだいる。目の前の浜田も、

「ああ。ちなみに、僕も知ってますねえ」

と平然と言った。成田にはすべてを知る典明も綿貫蘇鉄もいるし、秘めたところで、渡邊千佳でさえが家のアルバムで知ってしまうくらいだ。

「ちっ。悔しいが、その通りだよ」

ただ、口にするかしないか、それだけが秘事と開示を分ける。

「下田、大川。お前らは呑め。つまらねえことは、呑んで忘れろ。いいなっ」

片桐の語気に、ふたりともビールまみれのまま立ち上がって敬礼した。

「いいね。ふたりとも、俺がいなくなっても頼むよ。組対の宝をね」

金田が楽しげに、頼もしげに二人を見ていた。


最終的に、送別会兼慰労会の会計は締めて十三万五千円になった。六人でよくもまあ食って呑んだものだ。

対して、片桐の手持ちは七万だった。想像していた予算は五万だ。

全員が店外に出るのを見計らい、レジに向かう。

キャッシャーの向こうで、店主の達夫がホクホク顔だった。

「ありがたいですね。この間、サービスした甲斐がありました」

「そりゃよかった。けどな、こっちにはありがたくない話で、今日はそんなに持ってねえ。

近いうちに持ってくる」

片桐が言いながら有り金を出そうとすると、ああそれなら結構です、と達夫が不思議なことを言った。

「大河原さんに、最初にカード切ってもらってますから」

「――ああ？」

大河原と達夫は旧知だ。その昔の、もう黴《かび》が生えるくらい大昔、何度か連れてきたことがある。先代が存命で、達夫がまだ駆け出しの頃だ。

「チップもいただいちゃいましてね」

達夫はレジの向こうから顔を寄せた。

「大河原さんを、ぜひまた連れてきてくださいね。片桐さんが連れてきてもらう立場でも大歓迎」

声は潜めているが、情感としては営業色たっぷりだ。鷹揚《おうよう》に答え、片桐は一同を追って店外へ出た。

「あ、ごっそさんです」

「どうも」

下田と大川がそれぞれに腰を折った。

どう答えていいのかわからず、結果として憮然《ぶぜん》とした顔になる。

大河原はそっぽを向き、金田は笑い、浜田は、

「ちなみに僕は、最初から知ってましたねえ」

と、しれっとした顔で言った。

「ちっ。なんだかなあ」

片桐は入り口を避け、店先の端にある灰皿スタンドに寄った。喫煙者は片桐一人だった。火を点《つ》けると金田が寄ってきた。ほかの四人は歩道で、ただの酔客と化している。

「亮介。ありがとな」

「いいや。なんもしてねえよ。なんか、四角くてえらの張った御釈迦様《おしゃかさま》の掌の上だったみてえだし」

「気持ちだよ。お前がそういうことを受けてくれる気持ちになったことが、俺はありがたくてね。東堂君につなげてよかった。陰惨な事件も、悪いことばかりが連鎖するわけじゃない」

金田は本当にうれしそうに笑った。

「ま、カネさんの送別会だ。カネさんがそう言うんなら、それでいいや」

片桐は煙草《たばこ》を、スタンドの上皿で揉《も》み消した。

と、スタンドに小さな、赤い染みのような光が灯《とも》った。

「ん？」

光はゆっくりと、まるで生き物のように移動した。

（なんだ）

片桐は妙な感覚に囚《とら》われた。

染みはやがて、金田のヨレたコートの上に動き、胸の辺りで停止した。

「ん、なんだい。亮介」

片桐の背筋に悪寒が走った。

パンッ。

道路向こう、池之端の暗がりからかすかな破裂音が聞こえるのと、片桐が染みのような赤点をレーザーポインターだと理解するのは、ほぼ同時だった。

「カネさんっ」

伸ばそうとする片桐の手の先で、金田の胸に血の花が咲いた。

衝撃に押され、片桐の手から離れるように金田は後退《あとじ》さった。

歩道の四人も異変に気付き、いっせいに顔を振り向けた。

金田の胸に血が広がった。後退さる金田を検知し、店の自動ドアが音もなく開いた。

金田の身体は吸い込まれるようにしてそちらに傾き、倒れた。

片桐を始めとする五人は、慮外の光景に暫時《ざんじ》言葉をなくし、動けなかった。

我に返って行動を起こすには、店内からの悲鳴が必要だった。

「カ、カネさんがっ」

「なんだ。カネさんっ」

「ちぃっ。撃たれたのか！」

全員が金田に走り寄った。

「おい。片桐っ」

金田を抱き起そうとする片桐を制止したのは、大河原だった。

「いけねえよ」

有情と非情の境目。だが、大河原の判断は正解に違いない。大河原は片桐が警視庁に奉職する前から刑事で、片桐が退職してからも事件に向き合い続けているのだ。

かつてすっぽんの夜、大河原は言った。

毎日どこかで誰かが泣き、場合によっては死んだ、と。

浜田がどこかに連絡していた。下田もだ。

大川は証票を出し、車道の車を強引に停めながら池之端に走っていた。

片桐はせめて、金田の腕を取った。未練だろうが、取って確かめずにはいられなかった。

脈は、なかった。

ただ、金田の腕は、温かかった。

三

翌日の午後、西崎は乃木坂《のぎざか》にあるマンションの契約駐車場にレクサスを滑り込ませた。MG興商店舗運営部に関わる、半グレたちの溜まり場にしていたマンションだ。通称、〈スリー〉と呼んでいた。

西崎がレクサスを降りると、うつむき加減に寄ってくる男がいた。

黒いツバ付きのニット帽をかぶり、下ろしたての作業着のような服を着た小さな男だ。百六十センチもないだろう。

男は西崎に寄り、なにかを言った。英語だった。西崎がうなずくと、男はツバに手を掛け、顔を上げた。

猿のような顔をした男だった。金壺眼《かなつぼまなこ》に白目が多く、瞳は収縮したカメラアイを連想させて小さかった。

男は西崎がエレベータに向かうと、そのまま無言で背後に従った。

西崎が偽名で借りた〈スリー〉は、418号室だった。鍵も出さず、西崎はドアノブに手を掛けた。無人ではないことを知っていたからだ。

前日のうちに、西崎が〈スリー〉での待ち合わせを指定した。

「遅かったですね」

ソファに座っていたのは、迫水だった。

「そうだね。まあ、盗聴や尾行、あらゆる可能性に気をつけなければいけない身の上になるとね。ふふっ。ただ、ここまでとは思わなかった。初めて知ったよ。自分自身が、あきれるくらい用心深いと」

話の間に、迫水の目が西崎から離れた。その背に隠れるほどの小男が、脇から出て西崎に並んだからだ。

迫水の目に険が湧いた。

普段見せない目だ。

ＭＧ興商代表取締役社長で通しているが、迫水もアンダーグラウンドの泥水に浸かった男だと、西崎は改めて確認した。

「誰ですか。その貧相な男は」

「キルワーカー」

「キルワーカー、ですか？」

「そうだ」

西崎はそれだけ言ってソファに移動した。

座る前に英語で話しながら、ひとり掛けのソファを指差した。

「シー」

小男はうなずき、そちらに座った。

「何者ですか。あまり印象はよくない感じですが」

「まあ、そうだろうな。そういう世界の男だからな」

西崎はゆったりと足を組んだ。

「ワールドワイドな、ヒットマンだよ」

「ヒットマン？」

「捜査の目が本格的に私に向くことのないよう、先手を打って、ぼかして散らそうと思ってね。伝手《つて》を総動員して探した」

「対、東堂用ということですか」

「そう言ってしまうと、使った金がもったいない気がする」

西崎はかすかに笑った。

「対、警察用ということにしよう。なにせ六億掛かったからね」

「え、六億ですか」

迫水が眉間に皺《しわ》を寄せた。

「ははっ。私が個人的に動かせる金の全部を注ぎ込んだよ」

「法外じゃないですか？　対警察と言ったって、別に国家公安委員長や警察庁《サッチョウ》の長官、警視総監を狙《ねら》うわけじゃないでしょう？　いや、それにしたって高い」

さすがに、迫水は裏社会のことにも精通した男だ。そういう連中の相場も理解しているようだった。

「だが、迫水。こういうことにリーズナブルを求めても仕方がない。安いか高いかを決めるのは結果だ。この男は、すでにひとつの結果を出している」

「なんですか。――おっ」

迫水はすぐに思い当たったようだった。

「夕べのニュース。定年間際の刑事が撃たれて死んだっていうあれは」

西崎は笑ってうなずいた。

「動きが早く、的確だ。なんでもそうだが、安物買いの銭失い、いや、すべてを失い、ではまったく意味がない。今のところ、六億の価値を私はこの男に見ているよ」

迫水は肩を竦《すく》めるにとどめ、それ以上このことに関してはなにも言わなかった。

西崎は、先ほどから微動だにしない小男に迫水を紹介した。

うなずき、小男はニット帽を取った。

改めて見ても、浅黒く小さな顔には幾本もの皺が刻まれ、やはり猿にしか見えなかった。

その分、年齢は不詳だ。二十代か、三十代四十代を飛び越え五十代か。その判別も難しかった。

迫水は一瞥《いちべつ》だけで目をそらした。多すぎるほどの白目の中にある小さな瞳は、見詰められるとすこぶる居心地が悪い。それがヒットマン、というものなのだろうか。

「西崎さん。それで、私はなにをすればいいんですか」

迫水が聞いた。

「ここを根城にする。この男の面倒を見てやって欲しい」

「ここで？　私が？」

「そうだ。ほかのこととは桁違いの隠し事になる。知るのは私とお前にとどめたい。半グレ連中は、しばらく出入りも禁止だ」

「私が、この薄気味悪い男の面倒を」

迫水はもう一度見て、すぐにまた顔をそらした。

「なに、大したことはない。こいつは勝手に動くが気にするな。衣食住のうち、衣は自分で仕事にあったものを調達する。住はここを与えた。残るのは食だが、頻繁でなくていい。冷蔵庫にある冷食と、酒の補充。ああ、こいつは驚くほど食うらしい。それは気をつけてくれ。こいつの動きに必要な情報などは、伝手として頼った仲介者に任せてあるから心配はない」

「――了解です」

迫水は言ってから腰を上げた。

「コーヒー、淹れます。この男は飲みますかね。ブラックですか」

「ふふっ。そのくらいの英語は自分で聞いて欲しいものだが」

西崎は小男に問い掛けた。

「コーヒー。ブラック、OK？」

返事を聞き、迫水は居間の隅に歩いた。すぐに、低い振動音が部屋の無音を割った。三《さん》脚《きゃく》のコーヒーカップが運ばれる。

西崎がまず口を付けた。

「ああ、迫水。それと、十億。MGの方で用意しておいて欲しい」

一瞬、カップを取り上げた迫水の手が止まった。

「現金ですか」

「そう。無理かな」

「いえ。新たな借り入れを起こせば。今のMGなら制度融資に掛けなくても、銀行は自行決済でいくらでも貸し出すでしょうから。でも、何にお使いです？」

「ティアを仕入れる」

「ティア？　ああ、去年の暮れに言ってた中国の。陳、でしたか。――もう少し落ち着いてからの方が良くないですか。警察はこの男が掻き回すとして、沖田組に知られたら、また一問着《ひともんちゃく》ありますよ」

「それでいいんだ。餌《えさ》にもなる」

「餌？」

「丈一を釣る餌だ。少し早いかとも思ったが、この前、撒《ま》き餌《え》は投げておいた。丈一も釣れるし、陳もひとまず納得するだろう。一石二鳥だ」

「――もしかして、釣った丈一にもキルワーカーが絡む、とか」

「六億の中にはね、いろいろなことが詰まっている」

迫水は、少し考える顔をした。西崎の曖昧な言葉を吟味しているようだ。

「泥沼に思えるのは、私だけですかね」

迫水には珍しい物言いだった。

西崎はかすかに眉根を寄せた。

「昔から泥沼だよ。ヤクザに関わった瞬間から泥沼だ。泥沼の徒花《あだばな》。私は生まれたときから。お前は十代の頃から。気づかなかったのか」

「まあ、そう言えば、中学の頃からそんなんでしたかね。社長なんて呼ばれ慣れて、忘れてました」

迫水はコーヒーをひと口飲んだ。

「仕方ありませんね。銀行の十営業日いただければ、どうとでもできるように用意しておきましょう」

西崎は迫水の様子を暫時眺め、顔を小男に向けた。

小男のコーヒーカップは空だった。

西崎は英語で小男になにかを告げた。少し長い話だった。

「なんの話ですか？」

迫水が怪訝《けげん》そうな顔だった。

「コーヒー、もう一杯どうだと聞いたんだ。それと、ここの鍵のことをな。お前の鍵を貸してやることにした」

「え、私の鍵を貸すんですか」

「お互いの安全のためだし、その方がいいだろう。いきなり入ったら、こういう商売の男はなにをするかわからないぞ。オートロックに従って、下でチャイムを鳴らしてからが賢明だ。出ないようなら帰っていい。そんなことを話した」

迫水は納得顔でポケットから鍵を取り出し、テーブルに置いた。

「ああ、コーヒーはもう一杯飲むそうだ」

「西崎さんは」

「私は要らない。もう出る」

西崎はカップの残りを飲み干し、立ち上がった。

「泥沼の中で、すべてが動き出した。迫水、俺とお前で、泥水の中からでも抜け出せるってことを示そうじゃないか」

「そうですね。お願いしますよ。私は昔から西崎さんの下で、西崎さんの指示で生きてきた男ですから」

迫水はそう言い、小男のカップを持ってふたりに背を向けた。

四

乃木坂のマンションを出た西崎は、レクサスのノーズを蒲田《かまた》に向けた。沖田組本家の様子を、じかに見ておきたかったからだ。

珍しく、道はどこも空《す》いていた。一時間と掛からず、西崎は蒲田に辿り着いた。

目指す沖田組本家は、蒲田二丁目の閑静な住宅街にあった。駅としては蒲田より、京《けい》急梅屋敷《きゅううめやしき》のほうが近い。

西崎は、目視できる辺りからゆっくりとレクサスを走らせた。

高校卒業以来の家だが、感慨はない。住んだのもわずか二年足らずだ。

卒業以来およそ十八年、一度もこの場所を訪れたことはなかった。父剛毅《ごうき》に向後《こうご》のことを託されたのは病院であり、その葬式には呼ばれてすらいない。

十八年の間に、以前から高いと思った塀がさらに高く増強されていた。

加えて、空が見えた位置に新たな屋根が増築されていた。全体の景観の変化もあって、懐かしさは皆無だった。まるで別の家にも思えた。

そもそも蒲田の家には、西崎のなにも置いてはいない。思い出さえも。

美加絵はいたが、思い出は沖田の家と直結しない。逢瀬《おうせ》は蒲田を離れた外に限られていた。

その当人も、今はいない。西崎が殺した。

西崎は外周を離れて回った。

美加絵が持ち出した図面類によって、家は内装までわかっていた。カメラの位置も警備会社の防犯計画もだ。

十八年振りに訪れたのは、それを再確認したかったのが主だ。警備会社の書類は、半年前に入手した物が最新だった。これまでなら半年か一年で更新される。

(こういうときは、痛いな)

手に掛けたのは自分だが、沖田の家に美加絵がいないということに不自由を感じる。西崎は自嘲した。

丈一たちの自宅側の玄関はまだしも、組事務所側の入り口にも人はいなかった。竜神会からの圧力で誰もが金策に奔走中だということだろう。

防犯カメラの位置も機種も、見る限り半年前の図面のままだった。機種は一世代古いということになるだろう。

沖田組の現状を鑑みれば推して知るべし。そんなことにまで手が回らないのだ。

（上々だ。少し早いと思ったが、聞くと見るとではやはり感覚が違うな。俺の用心深さが、丈一に関しては裏目に出たか）

西崎は大きく息を吐いた。その裏には、決して少なくない未練があった。

もう少し早く行動に移しておけば、もしかしたら美加絵を失うことはなかったかもしれない。

（安物買いの銭失いは、俺自身のことか）

そう思えば、笑えた。

西崎はレクサスを沖田家が遠くに見える位置に止め、おもむろにハザードランプを点けた。

蒲田に来たのには、直接的ではないがもうひとつ理由があった。

西崎は携帯を取り出した。

メモリーから呼び出したのは、陳芳の番号だった。

「さて、今度は安物買いになるか、掘り出し物買いになるか」

ぼそりと呟き、西崎は通話ボタンをプッシュした。

N医科歯科大学時代に〈ティアドロップ〉を紹介してくれた研究仲間にして遊び仲間、

そう思っていた男。それがすべて計算ずくで、仲間などではなかったとつい最近判明した男、どちらかと言えば敵。今一番、処しがたく得体の知れない男。

それが陳芳だった。

得体が知れないとは、怖いものだ。長年燃やし続けた沖田家への憎悪、そのエネルギーをマックスまで引き上げなければ、おそらく陳芳と対等な会話はできそうにもなかった。

これが、蒲田に来た理由のふたつ目だった。

電話は、なかなかつながらなかった。

——やあ、西崎さん。

陳芳は少し、寝惚けた声だった。

「なんだ。寝てたのか」

——ああ。わかっちゃうかね。そう、春節休暇に、はしゃぎ過ぎたよ。

春節は旧暦の正月のことだ。中国では新年を旧暦で祝う。それは日本の正月の比ではなく、中国では騒がしくも賑やかに、国を挙げてのイベントになる。

この年の春節は一月の二十八日だ。全土で前日二十七日の徐夕《じょゆう》（大晦日《おおみそか》）から、一週間の帰省休みとなる。

——でも、西崎さん。そちらから掛かってくるなんて、意外ね。

「先手必勝、と言えば聞こえはいいかな」

――ふふっ。新年から縁起悪いこと言わないで。闘いなんてどこにもないよ。私がしたいのはただの取引、商売ね。

少し頭がはっきりしてきたようだ。

言葉に、特有の押しつけがましさが戻ってきた。

「商売ならなおさらだ。春節が明けたらまた掛けると言っていたのは、誰のどの口だったかな」

電話の奥で氷の音がした。冷水でも飲んだか。

――そういう意味なら、私の春節はまだ終わってないね。私の休暇は三週間よ。

「……ほう。儲かってる男は違うな」

――まだまだこれからよ。儲けさせてくれるんでしょ？　西崎さんが。そちらから掛けてくるということは、そういう電話、ということで間違いないね。

「まあ、そういうことになるか」

――ふふ。まいどありぃ、ね。

いちいち癇に障る物言いだ。早く切りたかった。沖田家への憎悪、そのエネルギーまで吸い取られそうだった。

「下代《げだい》（仕入れ価格）で十億分、買おう」

――十億？

陳は口笛を鳴らした。

――さすがに、私が見込んだ人ね。打てば響く。

「心にもないことはいい。その代わり、少し急ぐ」

――急ぐ？　ああ、十億分はいい商売だけど、それは無理。

「なんだそれは。買えと脅してきたのは、お前の方だろう」

――すぐには無理、ということね。日本に入れるには、準備に時間が必要よ。慌てても、いいことはなにもないね。

「いつなら入るんだ」

――そうね。今月末か、来月頭には。

「それじゃあ遅い。買うこと自体に意味がない」

――わかってる。でも西崎さん。十億分買っても、すぐに全部動かすわけじゃないよね。

「それはそうだが、お前が自分でも言っただろう。時間同様、回数を分けることにも、いいことはなにもない」

――でも、全部じゃないよね。

陳は念を押してきた。

「くどい。今言った。回数を分ければ危険が増すだけだ」

――わかってる。私、それほど馬鹿じゃないね。

なんだろう。押しつけがましさは変わらないが、妙な余裕が感じられるのが西崎は気になった。

――品物を入れるのは一回ね。その前に当座の分として、私が西崎さんに送るのは一本の鍵よ。

「鍵？」

――まあ、仕方ないね。

陳は大げさな溜息をついた。

――全体としては、遅れるのはこちらの不手際。だから、代金は後払いでもいい。これまでのランニングコストもこちらの損金でいいよ。これ、商取引の基本ね。

よくわからなかったが、煙に巻こうとしているわけではなさそうだ。

「わからないな。陳、なにを言っている」

――西崎さん、〈ワン〉、て言ったよね。新馬場《しんばんば》のマンション。〈ティアドロップ〉を隠してたとこ。

「なっ。なにを言っている。いや、その前に、なぜ知っている」

西崎は思わず狼狽《ろうばい》した。

――ふっふっ。私、昔から西崎さんフリークね。西崎さんのことなら、なんでも知ってるよ。

背筋が痺《しび》れる感じだった。

――その〈ワン〉のツーフロア下、何軒かが単身者向けのマンスリーマンションになってるね。知ってた？

「いや」

――そのひと部屋、もう何ケ月も前から、私が借りてるね。西崎さんに送るのは、その部屋の鍵ね。普通郵便で、〈ワン〉に送るよ。

「……そこを借りて、なにをしていた」

――なにも。倉庫ね。

「倉庫？」

――西崎さんの〈ワン〉と同じ。そこにだいたい下代二億分、部屋一杯の〈ティアドロップ〉を置いといたね。ふふっ。わからなかったでしょう。

もう一度、陳はわからなかったよね、と繰り返した。

気持ちは完全に萎えていた。沖田の家を見ても、心になにも響かなかった。憎悪のエネルギーは、電話の向こうに吸い取られて果てていた。

「ああ。わからなかった」

だよね、と陳は満足げだった。

――それ、先に持っていいよ。代金は後口の八億分と一緒に、今月中に入れてくれればいい。この猶予《ゆうよ》も、大サービスね。ここだけの話、西崎さんだけね。
その後も陳は上機嫌でなにかを言っていたが、西崎の耳には入らなかった。
――じゃあね。残りは楽しみに待っててね。私も代金、待ってるよ。
そう言って陳の電話は切れた。
西崎はしばらく、スマホの液晶を睨んで動かなかった。
鎖で雁字搦《がんじがら》めにされたまま、深い水底に沈められたような気分だった。
〈迫水、俺とお前で、泥水の中からでも抜け出せるってことを示そうじゃないか〉
〈スリー〉で言ったばかりの自分自身の言葉が、虚《むな》しく耳内を巡った。
(どうにでもしてみせる。いや、どうとでもなれ)
西崎は顔を上げた。
沖田家の自宅側の玄関から着物姿の誰かが出てきた。
美加絵の母、信子《のぶこ》だった。
その姿を見ても、憎悪も感慨も、なんの感情も西崎の胸の内にはわかなかった。

五

二月十二日は、金田の通夜だった。

警視庁の現職の刑事が撃たれたのだ。マスコミは群がったが、金田の家族の意向を汲《く》み、大河原が斎場外で完全にシャットアウトした。

場所柄もなく外がざわつく斎場で、金田洋二警視の通夜はしめやかに始まった。

送別会中であれば職務時間外だが、組対部長も組対特捜隊隊長も臨席の上、なんといってもレーザーポインターで狙われ、サイレンサー銃で撃たれたのだ。結果、金田の二階級特進は決まった。

通夜には警視総監以下、警視庁上層部の何人かが参列した。もちろん大河原組対部長も浜田隊長も、片桐も下田も大川も、みな神妙な面持ちで列に並んだ。

この夜、絆は関係者の受付に立っていた。

坊主の誦経《ずきょう》が始まっても、受付の前には並びきれないほどの長い列があった。首都圏だけでなく、地方の県警からも駆けつけてくれる者たちがいた。生前の金田の顔の広さが偲《しの》ばれた。

逆に言えば、近親者とご近所のほかには、警察関係者以外ほとんどいない。仕事一筋の男だったということもわかった。

記名しては香典を置いてゆくひとりひとりに、絆は黙って頭を下げ続けた。いつ果てるともない作業だった。

思えばこの二昼夜、絆はほとんど口をきいていなかった。最後は一昨日《おととい》の夜、金田が撃たれて三時間後くらいのことだった。

それも、知ったのは典明が見ていたTVのニュースでだ。

〈上野《うえの》の池之端で発砲事件。現職の警部補が胸を撃たれ死亡した模様。警部補の姓名は、金田洋二――〉

後は聞かなかった。片桐に電話を掛けた。すぐにつながった。

「片桐さんっ。カネさんがっ！」

――わかってるよ。いちいち騒ぐんじゃねえ。

片桐はやけに淡々としていた。

いや、なにかを押し殺しているようだった。

それで絆も我に返った。上野の池之端とニュースでは言っていた。

片桐のテリトリーだ。

「片桐さん。まさか」

――ああ。現場だよ。俺の目の前で撃たれちまった。盾にもなれなかった。それどころか、手も届かなかった。

堰《せき》を切ったように、片桐は感情を吐露した。絆は黙るしかなかった。

送別会の席で、大河原も浜田も同席していたという。下田も大川もいたらしい。その目の前で、金田はハジかれた。即死だった。

「そんな。――そんな」

絆は絶句した。

――気持ち、わかるけどよ。

抑えた物言いが気にくわなかった。

「なんで、それならそれで、なんですぐに連絡してくれなかったんですかっ!」

思わず責めてしまった。

――うるせえなっ。後から来て、お前になにができるってんだっ。

片桐に怒鳴られ、絆は、はたと思った。

絆が切れれば切れ、耐えれば耐える。片桐は、絆を映す鏡だった。

「すいません」

――いや。俺こそよ。ただな、こっちにはすぐ機捜が入った。鑑識もだ。上野署の刑事たちも来た。それに、俺や下田や大川。大河原部長もお前のとこの隊長もいる。これ以上はねえ布陣だよ。お前が来ても、できることはなにもねえ。逆に言えば、来るな。掻き回すな。みんなが、カネさんのために、必死に、一生懸命やってくれてんだ。

たぶん、その通りなのだろう。ぐうの音《ね》も出なかった。

翌日、絆は定時に特捜隊に出た。

やあ、おはようと言ってくれる声はもうない。

代わりにデスクには、白百合の献花があった。喪失感がつのった。

知らず、涙がこぼれた。

大部屋に人がいないわけではなかったが、静かだった。

誰もが絆を静かに放っておいてくれた。ありがたいことだった。甘えさせてもらった。

ともに携わった事件のひとつひとつ、金田に教わったことのひとつひとつを脳裏に繰り返せば、時間はいくらあっても足りなかった。

だから――。

肩に温かな手が乗せられたとき、陽はいつの間にか西の空に傾き始めていた。

手は、浜田隊長のものだった。

「東堂。目が赤いね」

ふわりとした声が掛かった。

そう言う浜田こそ目が真っ赤だった。悲嘆に暮れたわけではないだろう。光があった。戦う男の目だ。

赤いのは、徹夜で陣頭指揮に当たったからに違いない。

「今日はもう、上がっていいよ。ここは、噛みしめる場所じゃないからね」

浜田はそれだけで踵《きびす》を返した。

絆が反論しようとすると、浜田の片手が上がった。

「その代わり、明日に持ち越さないように。明日はね」

カネさんの通夜、明日に決まったよ、と浜田は言った。

成田に帰っても、典明の態度は浜田と変わらなかった。

いや、それ以上に厳しかった。

「悲しみを撒き散らすな。お前の悲しみは、お前だけのものだ。代わることは誰にもできない。手を貸すことも、またできない」

言うと、典明は自室に引き上げ、もう出てこなかった。

そうして絆は、通夜の今に至っていた。


いつの間にか、誦経が止んでいた。辺りには会葬者の列もなかった。

係の女性にせき立てられるようにして、絆は精進落としの会席場に入った。

広い会場だった。酒も振る舞われる席には、雑多な賑わいがあった。

奥の方に大河原がいた。わかったのは視線を感じたからだ。

「東堂」

声と手で呼ばれた。

会場に当てがあるわけではない。無意識に足はそちらに向いた。

「へっ。部長直々のお声掛かりとは。違うねえ、お気に入り様はよ」

下卑た声が、すぐ近く聞こえた。悪意が下からせり上がってくるようだった。

ゆっくり顔を動かせば、ビールのコップを手に薄笑いを浮かべて絆を見上げる男がいた。

テーブルを囲むように座る同席の三人も、同じような気配を感じさせた。

どれも見たことがある顔だった。

第八方面、調布《ちょうふ》北警察署刑事組織犯罪対策課三係の四人だった。

かつて絆が関わった事件で合同捜査を組んだとき、最後まで本気で動こうとしなかった男たちだ。

特に今、声を掛けてきた主任の豊浦《とようら》は、齢はたしか渋谷署の下田と同じはずだが、対応は真逆だった。なにを言っても絆を本庁のスパイ、あるいは大河原の子飼いと信じて疑わず、絆の一挙手一投足にまでケチをつけてきた男だ。

絆は黙ったまま、四人を眺めた。

「亡くなった爺さんもよお、昔から大河原ってえ上司に上手く取り入った腰ぎんちゃくだとは知ってたが、ついてねえよな。定年を前にしてよ」

言葉に強い棘《とげ》があった。

声が聞こえる範囲にいる者たちの意識が集まってくるのがわかった。ことの成り行きに聞き耳を立てているのだ。

「けど主任。特捜隊だけじゃなく、渋谷や三田にまで腰巾着《こしぎんちゃく》がいるとなるとねえ。うちも遅れてられませんや」

「おう。そうだな。誰か、ビール持って売り込んで来いよ。特捜や渋谷や三田だけじゃなく、調布北もお忘れなくってな」

「いいっすけど、それでなんかいいことあんですかね」

「あるんだろうよ。だからいろんなとこがくっ付いてんだろうが」

品のない会話を、絆は聞き流した。昔からこういう話は聞き流す。雑音はどこにでもある。気にもならなかった。だが――。

「おい。酔っ払いはさっさと帰れよ」

もろに反応する男がいた。

片桐が、テーブルの向こう側に立っていた。

「ああ?」

豊浦は首をねじり、きつい眼光を向けた。ガンを飛ばすというやつだ。

ヤクザを相手にする組対は、ややもするとヤクザに同化する。道を歩けば顔見知りのチンピラが米つきバッタになるのだ。警察権力を自分の力と勘違いする輩《やから》は、尊大になる。

「へっ。誰かと思えば、負け犬さんかね」

「なんだと」

片桐にかすかな怒りが〈観〉えた。

「栄光も大学までってね。警視庁じゃあ歯が立たなくて、尻尾《しっぽ》巻いて逃げ出したんだろ。へっへっ。知ってるぜ。最近、東堂とよくつるんでるんだって。よっぽど美味い汁が吸えるんだろうな。特捜の若いのはよ。監察にでもチクってやろうか。情報漏洩《ろうえい》はいかがなものかと思いますってな」

「おいおい。どこの署の馬鹿か知らねえが」

片桐が言い掛けると、いや、爆発しかけると、

「おい、豊浦ぁ」

入り口から押し殺した怒りを向けてきた男がいた。

下田だった。遅れてきたようだ。

「どの場所でなに言ってんのか。自分でわかってんだろうな」

寄りながら下田が凄んだ。

豊浦は鼻で笑ってビールを呑んだ。

「わかってるさ。酒呑んでて撃たれて、それで殉職ってえ儲けもんの通夜だろが」

絡んでくる原因は、どうやらそこのようだった。

「手前ぇ」

下田の怒気に、豊浦の部下の三人がまず立ち上がった。

それと同じ反応だったろう。

下田の登場で、テーブル三つほど離れたところで立ち上がった男たちがいた。渋谷署の五人だった。

「おう、渋谷の。邪魔だ、これから面白くなんじゃねえのか」

言ったのは江東《こうとう》署の連中だった。

「ああ、それくらいにしませんかね」

頭を搔きながら手を上げたのは、礼服姿の大川だった。

「シモさんや俺のことなら、どうでもいいですけどね。これからの奴や故人が標的ってのは、みみっちいですねえ」

「んだとっ」

豊浦の声が尖る。

大川の周りでも三人ばかり、三田署の若い刑事が立ち上がった。

会場の一隅に立った悪意に、ほかの悪意と善意が絡んで渦を巻く。

そのときだった。

「あの、ええ」

会場入り口におどおどした男の声が湧いた。

「た、ただいまより、喪主様から皆様にひと言、御礼の言葉がございますので」

ところどころひっくり返った声でそう言い、係の男は脇《の》に退いた。

現れたのは、喪服姿の小さな女性だった。

金田の妻、明子《あきこ》だ。

一礼して明子が顔を上げた。

金田と対比になるような優しげな顔にあるのは、咲くような笑顔だった。

それだけで、部屋に渦を巻き始めていた意識が霧散した。

「皆様、本日は夫洋二のために、こんなにも大勢の皆様がお集まりくださいまして――」

耳からは入ってきたが、内容を絆は聞いていなかった。

絆はそれよりも、もっと深く大事なことを感じ取っていた。

入り口に現れた明子は、不思議な気配をまとっていた。無色透明とでも言えばいいか。

それが顔を上げた途端、笑顔を見せた途端、本当に笑顔にふさわしい柔らかな気配に満ち溢《あふ》れた。

それが、渦巻く意識を吹き飛ばした。

小柄な女性の笑顔が、幾十もの悪意を消し去ったのだ。

絆は驚嘆も、感動もしていた。

〈かあ。弁当にメルヘンは要らねえのになあ〉

金田は在隊のとき、明子の作る弁当を開いては必ず言った。

ケチャップのハート、抜いた海苔《のり》のエンゼル、タコさんウインナー、鮭《さけ》のフレークで描いたピースサイン。数え上げれば切りがない。

明子の愛情は、無限大だった。

悲しくないはずはない。

にもかかわらず、笑顔は心底からの笑顔だった。

全うできた者の、達成感、満足感。

悲しみをくるんであまりある、情愛。

「あなたが、東堂さんね」

気が付けば、明子が目の前にいた。

「あ、はい」

頭を下げた。上げられなかった。

「そう。あの人が話してた通りの人だわ。俺なんかより、何十倍も何百倍も頼もしい男だって。世の中の悪い奴らを、もしかしたら総ざらいにできる男だって」

絆は温かな声を頭上から浴びた。

胸の中でなにかが動いた。

顔を上げた。

明子は、泣いていた。泣きながら笑っていた。

愛情を貫き通した者の、尊く気高い顔だった。

「敵討ちなんて思わないでね。でも、お願いします。犯人を逮捕してください。どうか、ほかに悲しむ人が出ないように。あの人の死が、無駄にならないように」

染み透った。

体内を巡る情愛によって吹き上がる力もまた、無限大だ。

「任せてください。必ず」

絆は大きく息を吸った。胆に落ち、吹き出るような気迫には自身でも驚いた。

身体中が熱かった。

「でも、その前に」

白光る目を豊浦に向ける。

「主任。言いたいことは、どうぞご自由に。陰口も大歓迎。俺は気にしませんから」

目を細めて、苦しげに豊浦は顔を背けた。

わずかにも抗《あらが》おうとしない者は、しょせん小者だ。広く言えば善人に近い。

「ただし」

絆はゆっくりと歩を進めた。

「どうしてわかり合えない」

人の間に、自然に道が出来た。

「どうして、手を取り合おうとしない」

俯瞰《ふかん》の意識で気配を探る。

「そこのあなた。——そこのあなたも」

善男善女の中に、絆は黒点を見定めた。一般の会席者もいるが、絆に対し黒を〈観〉せる者は限られた。

そもそも、ほとんどが警察関係者ばかりだった。

「そこの彼。その後ろの五分刈りのあなた。——ああ、あなたも。そっちの、今女性の後ろに隠れたあなたも」

絆は全席を回り、最後に会席場の中央に立った。

「今、俺が指名した人たちには、悪意が〈観〉える。俺に向けるだけならいい。ただ、それが捩《よじ》れたら曲がったら、俺から離れるぞ。外に向かうぞ」

会場全体がざわついた。

悪意は悪意として、絆にはさらに濃く〈観〉えた。

「善、残ってその気があるなら、悪、育ってその気になったら、いつでも俺をあんたらの署の道場に呼べ」

絆は剣気を立ち上らせた。

現実に、一陣の風を吹き流すかのような圧力だった。

「俺が、正伝一刀流が、腐った性根を叩き直してやる！」

凜《りん》とした絆の声が響き、暫時、咳払いひとつする者はいなかった。

「よっ。二十代正統っ」

突然、場違いな掛け声が掛かった。

続いて、

「いいね。若い。羨ましいっ」

拍手も起こった。

一同の顔がそちらに向いた。

「え」

「あっ！」

「はぁ？」

ほぼ同時に大川の、下田の、大河原の、毒気を抜かれたような声が上がった。

「――ありゃ」

絆でさえが、意表を突かれた。

掛け声に続き拍手をしていたのは、古畑正興《ふるはたまさおき》、現警視総監だった。

第三章

一

「うわったた。痛ってえ」

翌日、昼前のことだった。

片桐は湯島の事務所のソファで、二日酔いの頭を抱えて目覚めた。

こめかみを締め付けられるような痛みで起きたのだから、体調は最悪だ。

だが、気分は悪くなかった。

「畜生。変な感じだぜ」

昨日の絆の啖呵《たんか》は、見事だった。痺れる思いがした。警視総監が、その啖呵を認めたというおまけまでついた。

絆は、金田を失った悲しみを自力で昇華させた。もちろん前夜は、金田の妻、明子に導かれてのものではあった。

だが、それでいい。立ち直りは、本当に見事だった。絆はもう、なにがあっても自分で断ち、立つ呼吸を得た〈自得〉の男には、それで十分だ。

たはずだった。

それが嬉《うれ》しかった。それで、呑み過ぎた。

湯島へ帰った足でそのまま、いつものバーに立ち寄った。十時前だったがこの日は客が少なかったようで、マスターはすでに酔い潰れていた。

勝手に自分の酒を出し、ふたつ並べたグラスに注いだ。

「カネさん。あいつは大丈夫だ。誇ってもいいぜ。まあ、血だけはしょうがねえ。俺なんてえろくでもねえのを引いちまってるが、育てたのはよ、間違いなく典明爺さんと、カネさん、あんただよ」

ひとつを取り、目よりも高く掲げれば、照明が琥珀《こはく》のグラスの中で泳いだ。

「献杯」

呑み過ぎるなよと、金田の声が聞こえる気がした。

「うるせえな」

片桐は金田用のグラスを隣の席に置いた。

「嬉しい酒は、いい酒だ。いくら呑んでも平気さ。黙って呑めよ」

結果、どうやって帰り着いたかもわからない、今だった。

水で手近にあった食パンと胃薬を流し込み、少しだけスコッチを加えてもう一度横になる。

この日、しなければならないことはあったが、急ぐ用事ではなかった。絆も絡まない。

絆には前夜、別れ際に聞いた。

「さて、明日の予定は？」

「カネさんの葬儀です。また受付で。俺は、最後まで付き合うつもりですから。隊長にもそうしろって言われてます」

「そうか」

「片桐さんは？」

「俺はもう、カネさんとの別れは済ませた。ひと足先に、動かせてもらおうか」

「——当てがあるんですか」

「なんとなくな。ただ、ふたりも三人もいたらかえって邪魔。その程度の当てだ。空振りかもしれねえ」

「でも、その勘をカネさんはずいぶん信頼してましたよ」

「へっ。ろくな勘じゃねえよ。一昨日の夜は、なにもできなかった。たとえ酒を呑んでいたとしてもだ」

「まあ、その辺の反省はご自由に」

「――すっかり元通りかよ」

「元通りじゃないですよ」

絆はすっきりと笑った。

「超えないと。昨日までは間違いなく、出来ればさっきまでも」

「やれよ。――じゃあな」

そんな会話が最後にあった。

片桐の当ては、魏老五だった。

毎度毎度、魏老五に突き当たるとは、これは運ではなく流れだろう。魏老五という男が、いかにアンダーグラウンドな世界の中に深く根を張り、広く食指を伸ばしているかということだ。

当ては、十五年くらい前にあった。

当時、魏老五がその二、三年前から中国本土の各地で展開していた事業で、向こうのマフィアと揉めた。事業とは名ばかりで、仕掛けていたのはかつての日本より悪辣な、地上げだった。

「だいたい、国土は余るほどあったから、誰も超一流の土地以外、見向きもしなかったよ。だから、ずいぶん儲かった。初めはね。でも、二〇〇一年のＷＴＯ（世界貿易機関）加盟以来、風向きが変わったね」

外国企業が雪崩《なだれ》を打って中国に工場を作り始めたのだ。やがて北京オリンピックへ向けて急カーブを描く、中国バブルの先駆けだった。

「そうしたら、先見の明、言うのかな。似たようなことを始める組織がすぐに出てきたね。ふふっ。先見の明。私は明の明ね。その組織が欲しがる場所、結構持ってた。でも、名前を伏せて動かすの、まだ先でいいと高をくくっていたのは事実よ。お金も頭も使うしね。あの景気の上昇は、私にも予想外だったわ。これだけ、少し反省よ」

相手が誰であろうと、地上げ自体が腕ずく、力ずくだ。

その組織が、ガンとして首を縦に振らない魏老五の居場所を突き止め、ヒットマンを日本に送り込んだようだ。

片桐はこのとき、魏老五からの依頼を受けて動いた。内容は、四六時中魏老五の身辺に張り付き、場合によっては盾になれということだった。自暴自棄を続けていた頃だ。一も二もなく引き受けた。

命の値段込みの報酬は、一日十万だった。

「爺叔《イエシュウ》みたいな、近場に目が届く男が便利ね。狙撃みたいな、遠くからはないよ。向こうからの情報で、それだけはわかってるね。一番気を付けなければいけないのは——。そうね、爺叔に特に気を付けてほしいのは、近くからの銃撃よ」

ヒットマンはボタン電池を使った超小型の、クラス2レーザーポインターと暗視スコープを使い、サイレンサーのついた銃で雑踏の中でも狙ってくると魏老五は説明した。

日本国内において、ヒットマンが実際に行動を起こした事件を片桐は知らなかった。

「ふっふっ。知らないだけね。裏の世界では、自分の運転で交通事故を起こすより、ヒットマンに狙われてる可能性の方が高いって言われるね」

印象深い一言だった。だから覚えていた。

ただし、このとき片桐が得た報酬は七十万だった。一週間分だけだ。

「どんな世界でも、先手必勝よ。ただ、一年のうち、こっちにいる時間が長くなってきた私は少し鈍《なま》ったかも。日本ボケね。発注が一週間、遅れたみたいね。おかげで予算外の、爺叔が必要になったよ」

魏老五は不敵に笑った。

敵対組織の動きが怪しいとみるや、実は魏老五は先にヒットマンを送り込んでいたようだ。そちらが先に仕事を成功させたという。

ただし、ヒットマンは報酬分の仕事については、最後まで遂行するのが普通だ。評判が落ちたら次の仕事に差し支えるからだ。

この場合は、プライドも営業力も発揮されなかった。ちびた手付金で取り交わされた契約は、成功報酬がほぼすべてだったようだ。

「そんな契約を結ぶなんて、ヒットマンはまだ駆け出しね。調べたよ。そもそもヒットマンの情報なんてほとんど外に出ないけど、駆け出しはさらに情報、少ないね。案の定、ほぼわからなかった。分かったのはコードネームくらいよ。でも、契約の内容がわかっただけでも十分ね」

魏老五は、自分が送ったヒットマンの契約を、敵対組織のボスだけでなく主だった者すべての暗殺にすぐ切り替えたらしい。

成功したということは当然、敵対組織が壊滅状態になったということだ。

報酬の大半が支払われる可能性のない仕事は、もはや仕事ではない。

かくて魏老五の暗殺計画は、魏老五の狙い通り立ち消えになったようだ。

このとき魏老五を狙ったヒットマンのコードネームは、たしか〈キルワーカー〉と言った。

二

夕方になって、片桐はベッド代わりのソファから起き上がった。

時刻は午後五時を回った頃だった。頭の痛みは、さすがに取れていた。

顔を簡単に洗い、その足で片桐は上野仲町《なかまち》通りに向かった。

魏老五に会うためだ。六時でアポは取っていた。

いつものビルの七階に上がり、事務所のインターホンを押すと、簡単なチェックですぐに通された。

いつも通りの取り巻き兼幹部兼ボディガードの連中がたむろする一番奥に、魏老五はいた。

近づけば、いつもより顔色が悪いように見えた。

「珍しいね。そっちからのアポとはいえ、爺叔が約束の三十分も前に来るなんて」

頬杖を突き、魏老五は憂《う》げに言った。目はデスクに落とされたままだった。

「ほかにすることもなかったんでね」

「ふうん」

反応がいつもより鈍い。やはり、調子が悪いようだった。

「どうした、ボス。風邪でも引いたかい」

「少しね。だから爺叔、手短に済ませて欲しいね。で、なんの用なのかな」

「キルワーカー」

魏老五の顔が、ゆっくりと片桐に上がった。

「キルワーカー？」

目が細められる。片桐はうなずいた。

「十五年ぐらい前、ボスを狙ったヒットマンだ」

しばし目を泳がせ、ああ、と力なく魏老五は言った。

「あれね。そのキルワーカーがどうしたって？」

「今もヒットマンを生業《なりわい》としているなら、所在を知りたい」

「ほう。——なぜ」

「なぜって。ボスは一昨日のニュースを知らねえのか」

「ニュース？　知らない。私は昨日の夜、それこそ爺叔から電話をもらう直前に、チャイナから羽田に帰ってきたばかりでね」

「へえ。まさかあっちで、変な病気もらってきたんじゃねえだろうな」

魏老五は答えず、肩をすくめた。

しようがねえなと、片桐はかいつまんで金田の死を説明した。

「へえ、あの刑事さんの弔《とむら》い合戦ってわけね。なるほど。やっぱり、倅《せがれ》の関係だったね」

今度は片桐が答えなかった。答えず話を先に進めた。

「今現在どこにいるのか。日本じゃないならそこまででいいが、いるなら顔写真や、出来れば身体的特徴も知りたい」

魏老五は椅子の背凭《せもた》れに身体を預けた。

「ヒットマンを調べるのは、とっても難しいね」

「十五年前はやっただろう。自分のことじゃないからってよ――」

あれは、と魏老五は遮った。

「ヒットマンを調べたわけじゃないね。向こうの組織よ。ヒットマンそのものは、零点に近いくらいわからなかった。追試ものね。それに、十五年よ。十五年もヒットマンをやってる奴は、運だけの底抜けの馬鹿か、よほどの凄腕ね。馬鹿ならいいけど、凄腕だったら期待薄ね」

「いや、ボス。それでもよ――」

また魏老五は遮った。

「手短にって言ったの、私ね。自分で長くしてるね。――調べてもいいよ。その代わり、爺叔、なにをくれるか?」

「なんだ? なにをって」

「報酬よ。爺叔にものを頼むとき、私は払ったね。爺叔は私にものを頼むとき、なにをくれる」

「――金か」

魏老五は薄ら笑いで首を横に振った。

「そんなもの、爺叔からなんてたかが知れてる。要らないね」

片桐は言葉に詰まった。詰まった結果、なんでもくれてやると片桐は言っていた。

「なんでもか。命、と言ったら、それでもいいか」

「命、ね」

思案に時間は掛からなかった。前夜の絆を見れば、親としてこれ以上ないくらい満足だった。子のために使えるなら、お釣りがくる。

「それでもいい」

魏老五の目がわずかに光った。

「子を思う、親心かね。家族がそんなに大事か」

「ボス。家族なんかじゃねえ。間違えるな。ただ血がつながってるだけだ」

「血のつながり。血縁か」

「その程度でも、俺には十分だ」

魏老五は嘆息した。

「OK。気が変わった。爺叔、報酬は要らないよ。その代わり、賭けをしよう」

「なんだ？　賭けだ？」

そうだと魏老五はうなずいた。

「もっとも、爺叔がなにかする賭けじゃないね。私の相手は、日本の警察よ」

「なんだ。よくわからねえが」

「日本の警察も、ヒットマンを調べようとするね。日本の警察、特に警視庁は優秀。相手にとって不足はないよ。だから、どっちが早く爺叔に情報を入れるか。これが賭けね。私が先なら、爺叔の負け。今後、私の依頼はすべて無報酬、タダ働きよ。どう？」

「――ボスが負けたら？」

「そうね」

魏老五は一度、天井を見上げた。椅子が軋《きし》んだ。

「土下座、でもしようか。私の土下座、なかなか見られないよ」

「なんだ、そりゃ」

「足りないかね。ならおまけ。私を一発、本気で殴っていい。これ、破格ね」

辺りの連中がざわめいた。気配も狼狽しているように感じられた。

「ボス。ソレハ、ノーヨ」

言ったのは、陽秀明《ようしゅうめい》だった。

魏老五はそちらに目を向けた。

「秀明。私が警視庁に負けるとでも？」

このときばかりは、いやに凄みのある目だった。

「イ、イエ」

組織No.４の陽秀明が、それ以上なにも言えずうつむいた。

「爺叔。受けるか。どうするね」

「受ける」

片桐の答えは最初から決まっていた。

「気持ちいい答えね。なら、手ぶらで帰すのも忍びない。お土産《みやげ》ね。爺叔、私もいろんなヒットマン、知ってるけどね。今現在も、そういう仕事の仕方をする奴、ほかに知らないよ。まあ、それが即、このことに繋がるかは、まったくわからないよ。そこから先が、今回の賭けね」

魏老五は本気を示す低い声で、そう言った。

三

〔血縁ね。そう、血縁は大事だ。なによりも。爺叔に教えられるまでもない。長江漕幇《チョウコウソウバン》はそう言う結社。血縁と、血盟の結社〕

片桐が帰った後、魏老五は中国語でそう呟いた。

しばらく目を閉じる。思案げでもあり、自分の呟きを噛み締めるようでもあった。

誰もなにも言わなかった。時間さえ止まったような、静かな澱みがあった。

完全防音が施された魏老五の事務所に、外界の音は届かない。

〔ボス〕

ゆっくりと澱みを掻き回したのは、陽秀明の声と靴音だった。魏老五の正面に立ち、声を掛けた。
〔あの賭けは、いくらなんでも、ないんじゃないですか。ボスのメンツは幇会《バン》のメンツ。なによりも重いと思いますが〕
〔秀明〕
ほう、とひと息吐き、それで魏老五は、いつもの魏老五の風情に戻った。いくぶん、顔色は悪かったが。
〔メンツはもちろん大事だ。だが、こだわりすぎると足元をすくわれる。メンツで組織は強くならない。過度なメンツは、却って弱くする。なによりも大事なのは、血の結束。それを守ること。我々は日本の馬鹿なヤクザじゃないよ。メンツと仲間を秤《はかり》に掛けて、仲間を捨てることは有り得ない。今までも、これからも〕
〔ボス。それは――〕
〔ああ。そうだった。誰もが魂に刻んで、わかってることだったな。死んだ洪盛《こうせい》以外。くどくど言って、悪かった〕
〔いえ〕
陽秀明は頭を下げ、思い思いの場所に座る者たちを一瞥した。
〔日本ばかりじゃなく、我々の国でも一人っ子政策の産児統制は若者を軟弱にしました。

ときおり、ボスの口から、組織の結束を聞くのは、大事なことです〕
また、陽秀明は自身を槍玉《やりだま》に上げて、全体に聞かせたようだ。
魏老五はうなずきとともに、かすかに笑った。
〔さて〕
手を叩いた。音は長く、静けさの中に尾を引いて響いた。
〔どうするにしても、そろそろ準備をしなければならない頃だ。宝も機を逸すると、爆弾にもなる。気を取り直して、仕事の話といこうか〕
魏老五が声を掛けると、全員が音もなく動いた。澱みの中に心身を沈めていようとも、気を抜いた者はひとりもいないようだった。鮮やかな結束、というほかはなかった。
〔宗祥《そうしょう》〕
魏老五がひとりの男の名を呼んだ。
背が高く髪が短く、目つきの鋭い優男が、ヤアと立ち上がった。
十代で魏老五を頼り、海を渡ってきた男で、名を江《こう》宗祥と言った。
思えば江がやってきたのはちょうど、さっき片桐が告げたキルワーカーの一件が終結した直後だった。向こうの敵対組織でチンピラだった江は、魏老五の手並みに感激したと言って、親戚から親戚を辿り、強引に魏老五につながる筋を見つけてやってきた。
〔ティア、どうかな。もう見当はついただろう〕

〔ちょうど、報告しようと思ってたとこでした。結果から先に言えば、まあ、まずまず、といったところですね〕

江宗祥は即答した。

最初は血の気が多かったが、江宗祥は三十代も半ばに差し掛かった今、ようやく落ち着きを見せ始めた。

有り余るほどだった血の気が引けば、驚くほどに軽く頭が回る男だった。魏老五はこの江宗祥を実務者として、今では陽秀明に次いで信頼していた。

金松リースのコンテナ倉庫から強奪した〈ティアドロップ〉を、どうするか。

魏老五はこのまま日本に置き、日本で捌《さば》いたときの感触をこの江宗祥に確かめさせていた。ようは、マーケティングだ。

〔まずまず、か〕

魏老五はまた、デスクに肘をついた。

〔まずまずの意味は？〕

〔売って損はない、というくらいの程度でしょうか。上代は、今よりだいぶ吊り上げることができると思います〕

〔どの程度かな〕

〔百七十二パーセント。百七十五パーセントになると反応がガタンと落ちます。二百パー

セントを超えるようなら、想定の弊害以外に、多少のアクシデントが増えても売りましょうと言えるんですが〕

〔想定の弊害ね。やはり、ルートの確立が難しいか〕

〔確立は出来ます。すぐにでも。ですが、〈ティアドロップ〉はもう、名前自体が全国区になってます。いくつかのグループをピックアップして当たりをつけてみたんですが、中間マージンに抑えが利きません。ルートの壊滅って言う警察発表も生きてますね。足元を見られてます〕

〔ルートを一から作り上げたとしたら？〕

〔採算的には、ダミーの会社やダミーの売人の費用、連絡手段や販売方法の構築を予算に組んでも、百三十五パーセント以上で売れれば大儲けです。ただし、本当に隙のないルートとなると、どうですかね。一年で作れるか、二年掛かるか〕

江宗祥は肩を竦め、口をへの字に曲げて見せた。

〔さっきボスはああ言ってましたが、日本の警察ですからね〕

〔そうか。やっぱり、そういう結論になるだろうな。――秀明〕

〔ヤア〕

〔そっちの段取りはどうなってる〕

〔いつでも〕

陽秀明は重く、ゆったりとした声で言った。この辺が、江宗祥と違うところだ。江は指示に対し素軽く動くが、隙も矛盾も多い。陽はじっくり構えるきらいはあるが、結果としていつも安心させてくれる。

〔輸送に必要な中間から先は、すでにズブズブにしてあります。ゴーなら、現実的な国内の移動手段を考えます。それも、いくつかの候補はチョイスしてあります〕

〔上出来だ。なら、そうだな〕

魏老五は三人の若い衆の名を呼んだ。

ここ三年以内に、伝手を辿ってそれぞれにやってきた三人だ。まだ日本語はそう上手くない。理解力にも乏しい。

この国での裏仕事に、慣れさせるにはちょうどいいか。

三人はきびきびとした動作で立った。

〔秀明の手伝いだ。しばらくはここに顔を出さなくてもいい〕

〔じゃあ、俺の方はもういいんですね〕

魏老五は江宗祥の方を見た。

〔宗祥。なにごとにも、これでいい、これで終わりということはない。どんなに理で詰めても、情に流されることもある。いくら情に訴えても、理で叩き潰されることもある。なんでも人間のすることに、ただひとつの正解なんて有り得ない〕

宗祥、彼らの一番の誇り、知っているか？〕

〔じゃあ、まだ続けるんですね〕
〔――宗祥。漕幇を作った、江湖《こうこ》の船乗りたちは、常に天に立ち向かっていた。宗祥、彼らの一番の誇り、知っているか？〕
〔いえ〕
江宗祥は考えることもなく、首を横に振った。
魏老五には、江が陽秀明を超える日は、限りなく遠く思えた。
〔彼らの一番の誇りは、優柔不断にして、最後まで悩むことだよ〕
〔えっ。――はあ〕
気のない返事に内心で嘆息しつつ、魏老五は椅子の背凭れに身体を預けて目を閉じた。

四

金田の葬儀も無事に終わり、天に昇る金田に最後の別れを済ませた絆は、第一池袋《いけぶくろ》分庁舎の隊に戻った。一時半のことだった。

それから絆は、ひとりで本格的に金田の遺品整理を始めた。隊長の浜田に命じられたからだ。

いや、勧められたと言った方が正解だろう。

隊に戻ると、鑑識に回されていた金田の遺品も戻ってきていた。

「東堂。君がすべてを整理するように。表に出せない物、出せる物。色々あるだろうけどねえ。カネさんがどれだけの清濁を併せ呑んできたか、味わうといいよ」

わかりましたと、絆はすぐに作業に入った。

両袖《りょうそで》引き出しのデスクひとつと、キャビネットの棚が二段。それが金田の歴史であり、仕事人間の金田にすればすべてだったろう。

多いか少ないかは、見る人による。特にファイリングされた書類などは、一般人にはなんのことだかわからないことも、わからない書き方も多かった。家族にとっても故人の自筆以外は、間違いなく紙屑《かみくず》だ。

だが、絆には違った。別に光り輝くようなお宝というわけではない。ただ、金田洋二という刑事が事件だけでなくカイシャ内に対しても、なにを考え、どう対処してきたかがよくわかった。

キャビネットの二段は、そんなもので埋め尽くされていた。ひとつひとつを吟味し、整理するのに三時間は掛かった。

ひと息つき、絆はコーヒーと緑茶を淹れた。緑茶は金田の分だ。コーヒーも嫌いではなかったが、

「何杯も飲むと、胃がね」

と言って、隊本部にいる限り金田は緑茶を好んだ。

コーヒーを飲みながら、絆はデスクの整理を始めた。

デスクの左袖には、警信（警視庁職員信用組合）からの封書やカイシャ内の書類が雑に詰め込まれていた。見た形跡がない物も多かった。

事件に関する物以外は、徹底的に興味がなかったようだ。デスクの左袖は、金田にとってゴミ箱も同然だったのだろうと思えば、少し笑えた。

その代わり右袖には、ごく最近の取り扱い案件に関するものが詰まっていた。ほぼすべてが〈ティアドロップ〉に関する資料だと言い換えてもいい。絆も知っていることや関わりのある人物の略歴などが、時系列に従ってまとめられていた。

星野尚美から片岡《かたおか》三貴《みき》、樫宮の略歴まであった。S大学付属病院の医師、西崎次郎の記載もだ。

全体は五十を過ぎてから覚えたというワープロの打ち出しだったが、ところどころに赤字があった。金田の自筆だ。

〈これは東堂の判断。良〉

〈これ以降、東堂の推理○〉

〈逮捕にはつながったが、暴挙と紙一重〉

〈ヒントで東堂、動く。反応、鮮やか〉

〈東堂から、この件の報告なし。続けば注意の必要あり〉

〈東堂、悲しむか。それはそれで◎〉

査定のようにも読めるが、全部が金田独特の金釘流《かなくぎりゅう》の走り書きだった。

感想なのだろう。

褒め言葉を見れば面映《おもは》ゆいが、戒めとなる言葉も散見された。

特に戒めは、思えばそれらが書き込まれた頃、記述通りの言葉を金田から言われた覚えがあった。

資料ではあるが、絆にとっては自身の成長記録のようにも思えた。

（カネさん……）

知らず、微苦笑が洩れた。

と同時に頭も下がる。

金田は、いい上司だった。

「さて」

コーヒーを飲み終えた絆は、金田の席を一度立った。

残るはデスク中央の長引き出しだけだが、そこにはいつも鍵が掛かっていた。

先に、戻ってきた遺品の段ボール箱に取り掛かった。

携帯、ベルト、財布、手帳、その他。

絆はおもむろに財布を取った。小銭入れの中に金田がいつも帰り際、デスクの鍵をしまうことは知っていた。

その後戻って開いた長引き出しには、公私混ぜた金田の思い出と日報と、印伝のカバーに包まれた、使い古しの手帳が入っていた。

この印伝の手帳が浜田が言った通りの、清濁併せ呑む代物だった。

金田にとっての、いわゆる裏帳簿というやつだ。

どこのヤクザ、部署、企業や個人に、いつどんな口を利いていくら。情報屋にいくら。人をつなげる接待にいくら。

警察上層部、特に大河原から降りてくる組対の機密費がいくら。

貸し方も借り方も、ざっと見ただけでも合計すれば億以上はあっただろう。

ただし、どれも直接的に単純に書いてあるわけではない。読み解くキーは、金田の口癖や相手を呼ぶ隠語だった。それがわからなければ、まず相手を特定することは不可能だろう。いつも金田と一緒にいた絆だからわかる内容だが、その絆をしてもまた、すべてがわかるわけではない。

手帳の最後は、片桐が出した五十万をそのまま返し、その後百万をもらったところで終わっていた。

付記に、大河原から片桐に二百万、とあった。

ちなみにこのことは、〈巨顔　湯島　②〉という隠語で記されていた。

「なるほどね」

絆は手帳を、そのまま自分のポケットにしまった。

破棄するか、使うか。どうするかは考えものだったが、家族に渡しても益はなく、当然その辺に置いておけるような代物でないことだけははっきりしていた。

最後に、絆は日報に目を通した。四月からの十ケ月分だ。当然日報には、その日金田がなにをしたかが克明に書き込まれていた。

絆は思い出を辿りながらページをめくった。

最後は二月十日、金田が撃たれた日だった。

絆は、そのページを凝視した。

以下白紙のままのページが生と死の境目を思い知らせる。

だが、絆は感傷に浸ったわけではなかった。目の光が徐々に強くなった。

〈N医科歯科大学医学部病理学教室、田村新太郎《たむらしんたろう》准《じゅん》教授へ依頼〉

二月十日の日報には、金田の字でそう書かれていた。

N医科歯科大学は、西崎次郎の母校だ。そこになにかを依頼するとは、金田は西崎に関するヒントでもつかんだのだろうか。

しばらくそのままでいると、絆の携帯が振動した。片桐からだった。頭を切り替えて、絆は出た。

「はい」

——俺だ。今いいか。

「どうぞ」

片桐は魏老五の事務所に顔を出したこと、そして、キルワーカーの存在について端的に語った。

「キルワーカー、ですか」

——そうだ。もっとも、今話した通り生きているかどうかも、ヒットマンを続けているかどうかもわからない。だがな、ボスがあの手口を他に知らないというなら、高い確率でキルワーカーだと思っていいと俺は思う。

「そうですね」

絆も片桐の意見に賛成だった。

ほかのチャイニーズ・マフィアに比べて小さなグループにもかかわらず、魏老五がどこからも一目置かれるのはなぜか。それは、魏老五が切れるからだ。これは、会ったことがある者にしかわからない。

——もうひとつ。ボスは、十五年ヒットマンをやってるやつは、運だけの馬鹿か、よほどの凄腕だとも言ってた。至言だと思う。お前も気をつけろ。

わかりました、と言おうとすると、奥の方で庶務の女性となにかを話していた浜田が手を上げた。こちらに寄ってくる。

「片桐さん。このままちょっと待ってもらっていいですか」

返事も待たず、絆は携帯を置いて浜田に近づいた。

「なにか？」

「これ、君に回していいよね」

浜田が差し出したのは、二枚の書類だった。隊のメインアドレスに送られてきたメール本文と、添付のエクセルデータの打ち出しのようだ。

メールのあて先は金田様となっており、差出人は、N医科歯科大学医学部病理学教室の准教授、田村新太郎だった。件名は、同期分、論文リストになっていた。

それだけで、絆は浜田にうなずいた。

「片桐さん、もう少し待ってください」

携帯を取り上げることもなくそう言い、すぐに絆は目を通した。

〈先般のご依頼の件。添付の通りです。持ち出し及びコピーは厳禁ですので、必要ならこちらにお越しください。

PS．不吉な質問で申し訳ありませんが、この間撃たれた警視庁の金田洋二警部補ってあなたですか。この言い方も変ですが、違うなら、大変失礼いたしました。もしそうなのだとしたら、同僚のどなたでも結構です。何に使用するのかは聞きませんでしたが、添付データは二月十日、金田警部補からの依頼によって作成したデータです〉

　本文はそんな内容だった。添付には本文の件名通りに、十数人分の氏名と、論文のタイトルが書き出されていた。

　絆は、一瞬で理解した。

　五十音順の氏名の下から五番目、西崎次郎の欄に書かれた論文のタイトルが目を引いた。

〈リーガル・ハイとワード・キーの相関が示す精神疾患緩和についての考察〉

　身体が熱くなる感じだった。

　一連の事件に関して、いきなりの証拠になるかどうかは定かではないが、少なくとも西崎に対しての目が変わる。

　絆は携帯を取り上げた。

「片桐さん。明日俺、群馬に行ってきます」

――それは、今の隊長の指令かなにかか？

「そうです」

――なんだ。

「いえ、現物を確認するまではなんとも。今話しても、それは全部予断にしかなりませんから」

――そうか。

「それに、相手先とのアポもこれからです。すぐに取れれば連絡しますけど、遅いときは明日にします。とにかく、俺から連絡を入れるまでは待機で。とりあえず掃除でもして、事務所にいてください」

――まあ、掃除するかどうかはともかく、待機は了解だ。

「じゃあ――」

切ろうとすると、東堂、と片桐が呼び止めた。

「なんです」

――そのな、なんだ。気をつけろよ。

あまりに単純で平凡な言葉だが、喜怒哀楽は単純で平凡な方がよく伝わる。

「当たり前です。片桐さんこそ気をつけて。あのときのターゲットが、本当にカネさんだったのかもまだ不明ですから」

――ああ。せいぜい、気をつけるよ。

それで片桐との、長い間を取った通話は終わった。

五

片桐との通話を終えた後、絆は天井を睨んで動かなかった。しばらくそうしていた。

これまでの〈ティアドロップ〉に関わる様々な事々が西崎に収斂してゆく。

群馬、N医科歯科大学、戸島、八坂《やさか》。

そこまで考え、絆は壁の時計を見た。七時だった。

「かき入れどき、かな」

絆は遺品整理を続けた。

金田の家族に渡す物、渡せない物、破棄した方がいい物。

確認しながらの作業には、一時間以上掛かった。

最後の段ボールにガムテープを貼り、時刻を確認する。八時二十分だった。

絆はおもむろに、携帯を手に取った。登録の番号を呼び出す。

通話のボタンを押すのに一瞬のためらいがあった。本来なら掛かってくることはあれ、掛けることのできないはずの番号だった。

ひと息を吐き、その振動のような力で押した。コールは長かった。

——星野です。

重々しい声が聞こえた。

相手は出雲《いずも》の老舗《しにせ》旅館の社長にして星野尚美の父、星野敬一郎《けいいちろう》だった。

——君から掛けてもらうつもりで教えた番号ではないはずだが。

その通りだった。それが絆のためらいの理由でもある。

一月、敬一郎と最初にして最後の挨拶《あいさつ》をしたとき、自身を責めながら敬一郎はこういった。

「娘を東京にひとりぼっちにした私たち夫婦の罪は重い。ただ東堂君。君もそうやって責任の一端を感じてくれるなら、なにかのとき、本当に尚美のことに関して困り果てたとき、私たちに力を貸して欲しい」

そうして交換した携帯番号だった。

「わかっています。申し訳ありません。しかし、そのこととは一度だけ、切り離してお考えいただけませんか。いえ、切り離すわけではなく、一連の事件の中で。少なくとも、娘さんのような不幸に見舞われる女性を二度と作らないために」

かつての恋人を娘さんと呼ばなければならない立場が悲しい。

敬一郎は、しばらく沈黙した。

——捜査の一環と言うことかね。

「詳しくは話せませんが、そうお考えいただいても結構です」

——娘を不幸と断じられるのはつらいが。

「すみません。短慮でした」

——いや、こちらこそつい言ってしまった。君に謝られることではない。事実は、事実なのだから。

敬一郎が電話の向こうで笑ったような気がした。

——それで、電話の用件は。

「実は、娘さんの就職に関してのことなんですが」

——就職?

「はい。娘さんは麴町《こうじまち》にあるMG興商という会社にお勤めでしたね」

——そうだが。

「それは、どういう経緯だったのでしょうか。たしか、お父様からの紹介があってと聞いた覚えが」

——経緯もなにも、こちらの同友会でよく顔を合わせるゴルフ場の社長がいてね。立派な人だよ。その社長の知り合いが、島根の県議会で議員をしている。私も顔は知っているがね。その人の知人というのが、東京で勤めている会社が今度事業拡張で新入社員を求めていると言うことだった。それがMG興商だ。

「ゴルフ場の社長から県会議員。その知人、ですか」

——そうなるね。その知人というのは、東京の島根県人会に加入している人だそうだ。それで、尚美をどうですかと薦めてくれた。

「娘さんを、ですか。それはまたどういう」

——大学入学のときに、私が娘のことを県人会に登録しておいた。なにかの足しになればと思ってね。

「なるほど」

——まあ、会社側でも、出雲の旅館の娘と言うことは調べたんだと思う。こちらも、MG興商について調べた。たしかに釣り文句にあったように、小さいが年々業績の上がっている会社だった。場所柄も一等地だ。それでお願いすることにした。

「そうですか。ちなみにそのゴルフ場の社長と議員さん、知人の方の姓名を教えていただけますか」

——ああ、別にかまわんよ。どちらも伏せている人ではない。知人の名前までは知らないが。

　敬一郎は、社長と議員の名を口にした。絆は書き止め、復唱した。

「ありがとうございます」

——用件はそれだけかな。

「はい。お電話失礼しました。では」

絆が電話を切ろうとすると、東堂君、と敬一郎が呼び止めた。

——娘は順調に回復しているよ。笑顔も見られるようになった。

「それは——」

絆は言葉に詰まった。

「本当に、よかったです」

それしか言えなかった。

——樫宮君が献身的にしてくれている。いい男だね。

「はい」

——君もだ。私は少なくとも、娘をW大に入れて良かったと思っている。

では、と敬一郎が通話を切った。

悲しみを溶かす温情に、絆はしばし浸った。

解けて融和する感情。悲しみがあって、噛み締める優しさ、喜びがある。

逆もまたしかり。味わうべきもまとうべきも、悲しみだけではない。人の心そのものだ。

「なんか、腹減ったな」

気がつけば八時半を過ぎていた。

隊長の浜田に頼み事の電話を一本掛け、絆は分庁舎を出た。

外はすっかり夜だった。

咲き始めた梅の花を散らしはしないか。冷えた風が強かった。

絆は大きく身体を伸ばした。疲労感がたっぷりあった。事務仕事は、普段使わない筋肉と頭の部位を使うのかも知れない。

帰宅途中らしき女性が大きく伸びをする絆を見て、怪訝な顔をした。

警視庁第二池袋分庁舎はマンションや都営住宅、町場の中小企業が混じり合う雑然とした一角にある。繁華街ではない分、街灯も少ない。

「ああ、すいません」

頭を下げ、絆は女性と反対方向、つまり、暗がりから明るい繁華街へと足を進めた。

そのときだった。

絆は、辺り一帯に投網を投げ掛けられたような不思議な冷気を感じた。風の冷たさとはまた別の物だった。

絆は振り出そうとした次の足を、逆に後ろに引いた。それだけですでに、臨戦態勢だった。

冷気はまるで、生き物のように膨張と収縮を繰り返しながら、その先端でなにかを探るかのようだった。

無色透明で薄皮一枚の冷気は、まるでクラゲだ。

クラゲであり、冷気はすなわち、殺気だった。

絆は目を閉じ、五感を総動員した。

呼吸を整え、間境《まざかい》を踏み越えるイメージで膜の薄皮に足を踏み入れる。

その途端、殺気はそれ以上膨張することも、収縮することもなくなった。

狙いはやはり、絆のようだった。

殺気の内側で、逆に絆は探った。殺気の先端が、薄皮に潜ってくる感覚があった。

絆はゆっくりと目を開いた。

街灯の少ない夜道のブロック塀を、右方からゆらゆらと移動してくるのは、蠕動《ぜんどう》するような赤い小さな点だった。

レーザーポインターだ。

絆は広い視野の内に収め、しかし、意識としては注視した。

絆まで二メートルに近寄ったところで、赤点はいきなり獲物に襲い掛かるように絆を目指した。

その中間当たりのわずかな一瞬、赤点がブロックから消えた。絆は見逃さなかった。

赤点はブロック塀より内側の、車道近くに立てられた駐停車禁止サインのポールに遮られたのだ。

(ほぼ水平。角度はほとんどない)

その瞬間に絆は角度を見て取った。しかも二点測量で、向きもほぼ特定できた。市街地というのも、この場合はありがたかった。相手が身を潜める場所もある程度予測できた。右の腕先から胸に這《は》い上がってくるようなレーザーポインターの肌合いを〈観〉る。覚え込む。そして、

（あそこか）

左方五十メートル、マンションと三階建ての事務所の隙間に微かな現実の殺気があった。レーザーポインターが、右胸から中央へ移動していた。

絆は強い風に押されるような、できるだけ何気ない動きで身体ひとつ分動いた。

が、片桐の情報が確かなら、相手はスコープを使用しているという。

絆の動きから、相手も自分の位置に気づかれたことを察知したのかも知れない。

かすかな殺気が、大きさはそのままに堅く凝った。待ったなしだった。

絆は身を低くして地面を蹴った。

生死の境は、目に見えないクラックのような一瞬にある。

五十メートル先の破裂音と、髪を揺するほど近くの擦過音を絆はほぼ同時に聞いた。身体はすでに全力疾走に移っていた。

それでも——。

銃弾の発射地点に辿り着く前に、絆は走ることを止めた。

結果に拘泥《こうでい》することなく、鮮やかに殺気が掻き消えていたからだ。

路地の向こう側は道路が広く、人の往来もまだ多い時間帯だ。絆をして、追うのは不可能だった。

路地を睨み、絆は小さく溜息をついた。すると、腹が鳴った。

「死生ギリギリでも、腹は減るか」

おもむろに携帯を手にする。することは、池袋署の鑑識に応援を頼むことだった。できるだけ早くして下さいと頼み、通話を終える。

「なんか、出前の催促みたいだな」

苦笑いで空を見上げる。

澄み渡る空に、星が瞬いていた。

西崎がキルワーカーとの連絡専用に調達した携帯に着信があったのは、同日の夜九時過ぎだった

『そっちから連絡をしてくると言うことは、なにかが動いたかね』

西崎は流暢《りゅうちょう》な英語で言った。

その昔、母から教わっていた英語はフィリピンの訛《なま》りが強かった。高校時代に独学で直した。気にした分、西崎の英語は王道中の王道、どこに行っても恥ずかしくない、キング

ズ・イングリッシュ並になっていた。

——本命のね、様子を見たよ。

『本命？　東堂か』

西崎は携帯を強く握った。

『どうだった』

——どうだったもなにも。様子見、いやいや、これはプロのプライドかね。ちょっと悔しい感じだった。だから様子見。これ、気持ちの変更だね。

西崎のきれいな英語に反し、キルワーカーの英語は訛りが強かった。中華系かと思うが、深く詮索はしない。

『よくわからないが。どういうことだ』

——相棒の方、楽だったからね。そのくらいの軽い気持ちで行ってみたよ。そうしたら、凄いね。あれはまったくの別物。次元が遥かに違ったよ。

『負けを認めるということか』

——違う違う。私も気持ち、ゆるゆるだったよ。舐めてた。まだ終わらないね。強敵は認めるけど、次が楽しみだね。だから今日のは様子見ということで、自分でも納得よ。

『そうか。ならいい。足がつくようなことはないんだろうな』

——ないね。それは常に準備として、当たり前のこと。

キルワーカーはあっさりと言った。こればかりは、さすがに十五年を生き抜いてきたプロと認めざるをえない。

『ないならそれでいいが。——沖田の方はどうなっている。仕込みの説明は受けたが』

——それも問題ないね。大丈夫。

『どちらが後でいいと言うことではないと、最初に話したはずだが』

——わかってる。同時に色々やってるね。沖田の仕込みは明日。準備は万端よ。問題ない。そう、東堂とその相棒の、中間くらいね。確度で言えば、イージーの部類。

『イージーか』

長年の憎悪をイージーで済ませられるのも釈然としないが、それもプロと言うことだろう。

わかったとだけ言い、西崎は通話を終えた。

第四章

一

翌日、午後四時半を過ぎて、絆はJR上野駅の不忍《しのばず》改札を出た。

高崎《たかさき》にある、N医科歯科大学を訪れた帰り道だ。

金田宛のメールを送ってくれた田村准教授とは朝になって連絡が取れた。そのまま新幹線に飛び乗った。

N医科歯科大学では、病理学教室で田村が待っていた。関取のような偉丈夫だったが、人は良さそうだった。

「お尋ねの論文、私のサインで借り出しときました。西崎次郎の分だけで良かったんですよね」

「はい」

「そちらの個室でどうぞ。そこも使えるように予約を入れてありますから」

「どうも。お手数をお掛けしまして」

「なに、大したことしてないですから」

田村は笑いながら、製本された一冊の論文を差し出した。

背表紙にはたしかに、〈リーガル・ハイとワード・キーの相関が示す精神疾患緩和についての考察〉とあった。

「僕はアメフト部で西崎と同期だったんですよ。――奴がなにかしましたか」

やや前屈《かが》みに、田村は声を潜めつつ身を乗り出した。興味津々といった風だった。

「いえいえ」

絆も大げさに手を振って苦笑いを返した。興味の芯を突いてみるつもりだった。

「広く関係者を当たっているだけです。ご存じですよね。エムズって言う会社の、戸島武雅」

「ああ、最近マスコミとかにも出た、この町の。僕は出身者じゃないから、あまりよく知りませんが。えっ、その男に西崎が関わってるんですか」

「関わりというか、中学が同じだったみたいですね。で、辿ってみたらこの論文に行き着きまして。戸島自体が危険ドラッグに絡んでましたんで、こういう」

絆は論文を掲げて見せた。

「リーガル・ハイとか、遠くてもふたつ目の接点が見えそうになると、警察は敏感になるんです」

「ああ、そうなんですか。まあこれは真面目《まじめ》な研究ですけどね。でも、見つけたら警察って、こんな離れた場所の一冊の論文にまで、何人も動くんですね」

「いやぁ、そういうわけじゃないですよ」

田村には、殺された金田と連絡を取った金田は別人ということにしておいた。

「私は金田の部下でして。遠方はいつも、こうして部下に丸投げです」

「え。でも警部補さんでしょ。たしかご連絡の金田さんも」

「お聞き間違いでしょう。金田は警部です。ガラガラ声ですからね。よくそんなことで、勝手に格下げになったってひとりで文句言ってます。その文句がまた、聞き取りづらいんですが」

「へえ。たしかにそんな感じの電話でしたけど」

納得してくれたようだ。田村はうなずいて元の姿勢に戻った。

「ではこの論文、拝見させていただきますか。ああ、その前に、西崎さんって田村さんの印象ではどんな方ですか。私はまだ存じ上げないものですから」

「西崎ですか。そうですねぇ」

田村は腕を組んだ。

「ひと言で言えば、僕なんかより遥かに優秀な男でしたね。医師の卵としても、アメフトの選手としても。けど――」

「けど、なんでしょう」

「ちょっと、心ここにあらずって感じでしたかねぇ。いつもひとり、超然としていた感じです。まあ、見た目もほぼ東南アジア人でしたから、少し距離を置く感じになっちゃう同期も多かったのも確かですが。どっちかって言うと、当時この大学にいた外国人インターンのグループでしたかね。陳なんかは仲良かったのかなあ。この論文も陳と共著だし」

「陳さんですか」

「ええ、陳芳。中国からのインターンです」

「ああ、中国の」

とりあえず記憶にとどめる。

「ええ。でも、あ、僕はアメフト仲間やらで、そっちのグループとも友人知人は多いんですが、まあ、厳密に言えば西崎は、そっちでも浮いてましたかねぇ」

「浮いてましたか」

「そう。全体西崎は、この大学そのものからも浮いていたんじゃないですかねえ。学業もスポーツも優秀でしたけど、心ここにあらずっていうのはそういう意味で。あいつ、医学にもアメフトにも、本当は興味なかったんじゃないかなあ。そうそう、特にアメフトは、身体を誰にも負けないくらい強靱《きょうじん》に作ればいいんだって言ってました。一事が万事これですね」

「へえ。よくわかりました。ありがとうございます。じゃあ」

絆は席を立った。

「これ、拝見させていただきます」

案内された個室で、絆は休憩も取らず論文を丹念に読んだ。

三時間掛かった。

ほうと一息つき、天井を見上げる目は厳しかった。

専門的なことはわからなかったが、それでも大筋はつかめた。ドラッグによって精神疾患を治療するという内容の中に、よく出てくる言葉が〈誘導〉だった。しかも、その陳芳という男が、中国で実験したというデータによって説明と立証がされていた。

使用薬品は、すでに日本国内ではリーガル・ハイではない。

論文のタイトルは、絆的に訳せばこうなる。

〈危険ドラッグにおける、精神誘導についての考察〉

西崎はクロだ。

立証はできないが、予見でも推測でもなく、これが論文を読んだ絆の確信だった。

田村に礼を言って大学を辞去し、新幹線に乗った。

そうして上野で町に出たのが、四時過ぎだった。向かうのは片桐の事務所だ。朝、メールで高崎行きは連絡しておいた。

特に返信はなかったが、すぐ既読にはなった。行儀が良ければ、今日は大人しく事務所の掃除をしているはずだった。

西陽を浴びてきらめく不忍池の遊歩道に出る頃、携帯が振動した。表示は見知らぬ番号だった。

無言で通話にした。

「浜田さんに聞きましたが、この番号で間違いないですか」

努めて明瞭に話そうとする声が聞こえた。

浜田隊長に昨晩頼んだことへの、答えの電話のようだった。

「特捜の東堂です。お手数をお掛けします」

「いえ、こちらは島根県警本部の――」

男は藤平《ふじひら》と名乗った。刑事部捜査第二課の巡査部長だという。

「浜田隊長からお問い合わせの件ですが」

藤平は端的に用件に入った。

「ゴルフ場の社長のほうには、特に黒い噂《うわさ》も関係も見つかりませんでした。ただ、県議会議員のほうは」

警備部からストップが掛かったと言った。

「役立たずもいやなのでお教えしますが、ストップを掛けたのは第一課です。これでよろしいでしょうか」

警備部警備第一課、県警レベルでは公安のことだ。

「十分です。ありがとうございました」

絆は電話を終えた。

浜田に頼んだのは島根のゴルフ場の社長と議員と、東京の島根県人会に加入しているという人間の裏取りだ。

県人会に関しては、予測でＭＧ興商の社員から当たってもらった。当たりではあったが、左オフィスに在籍するごくごく一般の男だった。間違いなく名前を使われただけだろうという調査結果を、絆は昼前には聞いていた。

藤平が言うには、ゴルフ場の社長はおそらくシロということだった。だが、県会議員は、たぶんビンゴだ。公安が出てきた以上深くは追えないが、それだけでもわかる。

〈ティアドロップ〉によるサ連がらみに違いない。島根にもいたのだ。

その議員が西崎のルートからの脅しに動かされ、伝手を辿って星野敬一郎にＭＧ興商を紹介させたと考えればつじつまが合う。いや、それ以外には考えられない。

絆は足を止め、輝く不忍池に目をやった。

群馬方面だけでなく、島根での事々も西崎次郎という男に収斂した。

状況はただ一人、西崎次郎という男を昨晩のレーザーポインターのように示していた。

絆は手に持ったままの携帯を取り上げた。呼び出した片桐の番号をプッシュする。すぐに出た。

――なんだよ。今ちょうど煙くてな。

片桐は苦しそうな咳をした。大人しくちゃんと掃除にいそしんでいたようだ。

夕方近くなってもまだ終わらないというのは、そもそも考えものだが。

「だいぶ頑張ったようですね。そろそろ切り上げて、痛めた喉を潤しませんか」

片桐の咳が止まった。

――群馬で成果か。

「そうですね。群馬だけじゃなく、島根でも」

そうか、と片桐は言った。

――はっきりと見えてきたってことだな。

「まあ、その辺の話も含めて。その馬さんの店に連れてってください。俺、まだ行ったことないんで」

片桐は一瞬黙った。

――カネさんの件も、根っこは一緒か？

「ははっ。鋭い。いい読みです。実は俺も夕べ、赤い点に狙われました。俺もカネさんもってなれば、考えられる関わりは今のところひとつです」

――そうか。弔い合戦まで持っていける方向だな。

「そう思ってます。だから、呑みましょう。カネさんを偲んで」

――わかった。

十五分で行く、と片桐は言って電話を切った。

絆は手近なベンチに腰を下ろした。

不忍池の水面が、先ほどより夕陽の赤を濃くしてきらめいていた。

二

この日の深更だった。

成田には、濃い靄《もや》が出ていた。

「かあ。大先生、車内灯はやめてくださいよ。前が見づれえ」

蘇鉄はベンツを運転しながら文句を言った。

「気にするな。正伝一刀流の鍛えを持ってすれば、闇夜も見通せる」

「だから、闇夜にライトはやめてくだせぇって言ってんじゃねえですか」

典明は今まで見ていた、口紅マーク付きの名刺の束から顔を上げた。

「仕方ないだろうが。齢を取るとな、ひと晩経つと名前と顔が一致しなくなるんだぞ。今のうちに仕分けしとかなければ、誰が誰だかわからなくなるだろうが」

あ、これはまだいるしぶとい婆さん、と、典明は後部座席に一枚を投げ捨てた。

「あっと、それもやめてくだせぇよ！　誰が拾うかわかったもんじゃねぇでしょうに」

「わはは」

典明は上機嫌だった。

この夜、いきなり蘇鉄が典明を誘いに来た。

「サラが言うんですわ。年齢不問にしてから、閑古鳥の店が閑古鳥さえ鳴かなくなってきたみてえで、さすがに店長が婆さん連中のたいがいを切ったって。それで、時給倍で若いのをずいぶん戻すことにしたらしいですぜ。しかも、今晩から」

「なに」

乗る一手だった。典明は一大事一大事と騒ぎながら蘇鉄のベンツに乗り込み、そうして帰路についた今だった。

ちなみに蘇鉄は酒を呑むが、呑まなくても大騒ぎできるタイプだ。運転手を兼ねるときは一滴も呑まなくても平気だった。それで、キャバクラには三時間のご滞在となった。

ベンツは深夜一時近くなって、押畑の山道に入った。

深更であれば、ほかに通る車もない。山も眠ると、ひとりで立てば怖くなるくらいの大自然が押畑にはあった。

ベンツが渡邊家の前を通り、東堂家の前で停まった。

助手席から降りた典明は、隣、渡邊家の二階に灯る明かりを見た。

「なんだ。千佳ちゃんはまだ起きてるのか。こんな夜更けだというのに」

「千佳ちゃんも、キャバ帰りの爺いに言われたかないでしょうがね」

いったんエンジンを止め、運転席から降りた蘇鉄が言った。

「蘇鉄。お前がなんで降りてくる。茶など出さんぞ」

「大先生の茶葉ケチった茶なんて、出されても飲みませんや」

「なら、なんだ」

「大先生が千佳ちゃんってぇから思い出しやした。こないだの若先生との稽古、あんとき千佳ちゃんが胴着洗っとくって言ってくれたじゃねえですか。それを持って帰ろうと思いやして」

「おお、そういえば道場の控室にあったな。持ってとっとと帰れ。俺は居間で名刺の整理をする」

「かあ。豪快な剣術に似ず、乙女《おとめ》みてぇにこまけぇなぁ」

「なんとでも言え」

鍵を開け、典明が玄関に入るのを見届け、じゃあと蘇鉄は庭側に回った。道場はそちらからのほうが早い。

典明は廊下から台所に入って電気をつけ、水を一杯飲んだ。

飲んで、そのまま眉間に皺を寄せた。コップを置き、廊下に出る。

目には炯々《けいけい》とした光があった。

かすかな、本当にかすかな、質量にすれば髪の毛一本ほどの肌触りだった。典明ならではだ。蘇鉄ではわからない。絆なら、と考えて典明はやめた。〈自得〉の領域は、典明をして遥かに遠い。

台所から漏れる光を背に、典明は濃い闇のほうにゆっくりと進んだ。自分の気配は敢《あ》えてそのままにした。

対して進むに連れ、髪の毛の肌触りは半分になり、さらに半分になり、典明が居間の障子に手を掛ける頃には、完全に途絶えた。

(これは、プロというやつか)

沈めた剣気を胆に練り、典明は居間の障子を引き開けた。

十二丈の畳敷きの中央に、八人は座れる座卓と座椅子が整えられた居間だ。奥の左手にテレビ、右手に茶簞笥《ちゃだんす》、それしかない。

台所の明かりも居間までは届かないが、典明には座卓の上の電灯のスイッチ紐さえ見えていた。

おもむろに近づき、引こうとする。

そのときだった。

一瞬の光芒《こうぼう》のごとき殺気が走った。

典明の感覚からすれば、右の首筋だった。

停滞していた空気も大きく動いた。

五感を総動員し、発動する〈観〉に従えば体は自《おの》ずと動く。

典明は首を大きく左に傾けた。

襲来者は天井から、と感覚は騒いだ。

それまで典明の右鼠径部《そけいぶ》があった辺りを、闇の色をした刃物が通り過ぎた。二センチと離れてはいなかったろう。見切れたわけではない。

典明の見切りは自覚する限り、四センチを下回ることはない。五センチほどで見切ったつもりでいた。伸びる三センチは、典明をして慮外だった。

相手の得物がわからないと言うのもあるが、九死に一生、だったかもしれない。

驚愕《きょうがく》の気を漏らすことなく、典明は電灯のスイッチ紐を引いた。

座卓を挟んで典明の対面に、明かりをつけて尚、黒々とした影のような男がうずくまっていた。手に持つのは、刃渡り十センチほどの両刃のナイフだった。

焼きを入れた、黒刃のナイフだ。

「グレイト」

男はかすれた声でそういい、ゆっくりと立ち上がった。

小さな男だった。典明よりも小さいだろう。黒いニットの上下に、目出し帽も黒だ。そのせいで顔はわからなかった。

「土足のままは感心せんな」

典明は男の足元を指差した。足元まで黒い、ゴム底のスニーカーだった。

男は両手を広げ、首を傾《かし》げた。

言葉が通じないのか、ちゃかしているだけなのかはわからない。

典明は足で座椅子を脇に蹴り、半身になって右の手刀で構えた。

胆に練った剣気は、今や爆発の時を待つマグマだ。オーバーフローの分は、放っておいても全身から煙り立つほどだった。

男は気にした風もなく、両手でナイフをもてあそぶようだった。典明のほうを見てもいない。

だが、典明が座卓ギリギリまで摺り足を進めた瞬間、また光芒のような殺気が走って黒刃のナイフが大気を裂いた。

一瞬の光芒。

それがこの男の、殺気の発し方なのだろうが、わかりづらい。プロだから、ということか。

見えた。避けた。

それでも二センチは変わらなかった。

典明は右の頰に、現実に切り裂かれたような痺れを感じた。

意図しない二センチとは、それほどの近くなのだ。見誤る原因は、この期に及んでもまだわからなかった。

行き過ぎたナイフが手首の返しで戻ってきた。

今までのは試しだったか、闇の中と光の下の、どちらよりも速かった。

典明は、自身のわずかな遅れを感じた。

放っておけば、見切れて一センチ内外と踏んだ。

それはもう、神のみぞ知る領域だった。

しかし――。

「おおっ！」

典明はありったけの剣気を爆発させた。

鍛え上げた気合は、現実として大気を揺り動かす波だ。同様にして、心得のあるものには典明の剣気も衝撃波のごときものだったろう。ましてや、おそらく相手はプロだ。

「グッ」

案の定、くぐもった声を発し、男は空いた手を顔の前に上げた。ナイフは軌道に優美さを失い、伸びきらなかった。

典明は座卓の上に左足を踏み込んだ。目出し帽の右側頭部に、握った拳の人差し指だけ第二関節を立てた一指の鉄拳を叩き込むつもりだった。

だが――。

典明の踏み込みに座卓が保たなかった。亀裂が入った。

その分、典明の拳は手前にズレた。右のまぶたをわずかに擦るだけで走り抜けた。

座卓がまっぷたつに割れたのは、この直後だ。

「Ｗｏｃｈ！」

何語だかわからない苦鳴を吐き、男は右目を押さえながら飛び退いた。

追うならこの拍子だったが、

「ちいっ！」

座卓を踏みながらも一撃を放った典明自身、どうしようもなくバランスを崩していた。

典明は座卓から畳に落ちた左足を軸に、かろうじて左転しながら飛び離れた。

着地の体勢は崩れることなく十分だったが、その間に侵入者は廊下向こうの雨戸をぶち割り、庭に飛び出していた。

「逃がすかっ」

典明も素足で庭に飛び出した。

「大先生。なんですね」

奥、道場のほうから蘇鉄の声がした。

典明は信頼と能力を秤に掛けた。

すぐに答えは出た。気合さえ入っていれば蘇鉄も剣士だ。

「蘇鉄！　油断するな」

「えっ。――おう！」

道場側で蘇鉄が両手を大きく広げた。

侵入者は、典明と蘇鉄の中間で立ち止まった。

前門の虎、後門の狼。そのことに気づいたようだ。

一歩、二歩と、前後から挟んで近づく。

この辺は典明と蘇鉄の阿吽《あうん》の呼吸だ。

三歩。

そのときだった。

「典爺、どうしたの」

渡邊家の勝手口から明かりが漏れた。

千佳が顔を出した。

侵入者がいきなり走って飛んだ。渡邊家との垣根のほうだった。

「いかん！　蘇鉄っ」

典明が叫んだ。道場側の蘇鉄のほうが、遥かに近かった。

「合点っ」

蘇鉄が裏木戸の向こうに消える。

「えっ。きゃっ」

「てめぇっ！　――ぐぁっ」

蘇鉄の苦鳴より千佳の悲鳴が若干早かった。

「千佳！　蘇鉄！」

典明が裏木戸から走り込んだ。

侵入者の姿はなかった。気配もかき消えていた。

残るのは額から血を流して倒れる千佳と、その上に身を挺《てい》し、覆い被《かぶ》さるようにして動かない、蘇鉄だけだった。

蘇鉄の背中には、侵入者のナイフが深々と突き立っていた。

「蘇鉄っ、千佳っ。しっかりしろ」

呼び掛けに、かすかな呻きで答えたのは千佳だけだった。

蘇鉄はしっかりと千佳を守ったまま、動かなかった。

それから十分後、救急車のサイレンが深閑とした押畑のしじまを破った。


西崎のキルワーカー専用の携帯が鳴ったのは、ちょうどそのサイレンが渡邊家の前に到着した頃だった。

『なにか動いたか』

――動きはないよ。また、様子見ね。

『様子見？　また？』

西崎は眉を顰《ひそ》めた。

『くだらない負け惜しみだな。プロに二度目はないと思うが』

電話の向こうで、キルワーカーは低く笑った。

――違う違う。二度目じゃないね。今度は爺さん。なんて言った？　そう、典明のほう。

『典明？　ああ、東堂の爺さんの方か』

たしかに、東堂絆を翻弄し、西崎に向きそうな捜査の目を逸《そ》らすためのターゲットの中にその名は記した。

東堂絆本人をすぐに抹殺できれば必要のないリストであり、策だが、ここまで自分を追い込んだ東堂を、西崎はもう侮《あなど》らなかった。

　本人の暗殺に失敗すれば、西崎に対する東堂の疑念がより深化するかもしれない。その結果、今はまだ東堂とサポート数人の動きが、警視庁内に拡散することになっては最悪だった。

　東堂の相棒、金田の口は封じた。東堂と同居の成田の祖父も、警視庁と関わりのある人物だ。なにを聞いているかわからない。

　それが、東堂典明もリストアップした理由だった。

　今はまだ、尾行などをつけられる事態は避けなければならない。

　少なくとも、沖田丈一をこの手に掛けるまでは。

『成田の、そちらも失敗したということだな』

――くどいね。西崎さん。様子見って言ったね。

　キルワーカーの声がわずかに冷えた。逆鱗《げきりん》に触れたのかもしれない。プロのプライドという奴か。

――でもまあ、想像以上に強かったのはたしかね。老人だから侮ったわけではないけど、東堂絆並の男が、ひとつの依頼の中に複数いるとは考えなかった。これは事実。

『わかった。なんにせよ、プロに二度はないと言外に言っていることだけはな』

――そうね。ターゲットに向けるのは二の矢まで。三の矢を向けるのは自分。これは、この世界の鉄則。

『了解だ。それで、イージーの方はどうなったかな』

――イージー。なにそれ。

『自分で言ったんだろうが。沖田の仕込みだ。それとも、イージー過ぎて忘れたか』

皮肉のつもりだったが、キルワーカーはあっさり言った。

――ああ。それね。馬鹿馬鹿しいくらい簡単に終わってるよ。

『終わった？　そうか』

――それより西崎さん。迫水だっけ。言っておいてよ。

『なんだ』

――ピザだけ出しておけばいいと思ってるみたいだけど、止めて欲しいね。次は、寿司でも持って来いって。

言いたいことを言い終えたからか、西崎の返答も待たず、キルワーカーは通話を切った。

三

翌朝、片桐は絆からの電話に叩き起こされた。

時刻を見れば、早朝の五時だった。まだ眠りに入ってから三時間しか経っていなかった。

酒がまだ、体内に淀《よど》んでいた。

前夜は絆と馬達夫の店で呑んだ。捜査状況の説明であり、金田を偲ぶ会でもあったが、初めて息子に誘われた。初めて二人で呑んだ。

それはどんな機会であれ、たまらなく嬉しかった。

だから、ひとり二次会に突入したいつものバーで祝杯を上げ、上げ過ぎた。

「なんだよ。うるせえな。まだ朝の五時だぜ」

だいぶ信頼関係は築けてきたという自覚もあるが、こういうときにはまだまだ自堕落に生きてきた年月が出てしまう。

いや、もともとの自分の性根か。息子に甘え始めているだけか。

案の定、まず聞こえてきたのは朝の挨拶ではなく、溜息だった。

——あれからまた呑んだでしょう。電話を通しても酒臭いですよ。

多少の敬語が残る言葉が、親と子であって遠いことを教えるが、それでいい。そこまででいい。

十分だと片桐は噛み締めるが、絆の口から出た次の言葉に、少なくとも片桐の身体は反応した。

——成田が襲われました。おそらく、キルワーカーでしょう。親分と、その、千佳が怪我をしたようです。

「——なんだぁ！」

　思わず立ち上がった。

「どういうことだ」

——詳しいことはこれから。俺も今、いきなり迎えに来た部長に叩き起こされたところです。

　たしかに、絆の声に揺れが聞こえた。小走りにどこかへ向かっているようだ。

「お前、今どこだ」

——分庁舎のロビーから駐車場へ。部長が自分の、うわっ。

　一瞬、絆の声が途絶えた。

「どうした」

——いえ。ちょっと意表を突かれたもので。その、部長が愛車を出してくれたようなので、それで成田に向かいます。

「愛車？　ああ」

　片桐には、それで納得がいった。

——片桐さんはどうしますか。ピックアップなら回ってもらいますけど。

「ご免だね」

——えっ。

「ああ、いや。俺んとこからなら、京成《けいせい》に出てスカイライナーが早え。勝手に行く」

——わかりました。じゃあ、詳しいことを聞いたら、メールで送ります。

「OKだ」

通話を終えた片桐は手早く身支度を整え、事務所を出た。

抜け切れていない酒は間違いなく体内にあるはずだが、感じなかった。外気の冷たさも覚醒を助けた。

京成上野駅に走り込んだのは、五時四十五分だった。ちょうどスカイライナーがあった。

成田には、七時前に到着した。

片桐はそのまま、数少ないタクシーに飛び乗った。向かう先は、絆からのメールでわかっていた。赤十字病院だ。

押畑の事件の一報は、成田警察署から県警本部を通し、警視庁に回って大河原に入った。

それで、大河原が自分の車で動いたらしい。

慌てることはないという、典明の伝言も正確に回ってきたようだった。

病院のロータリーでタクシーを降り、予約開始を待つ傷病人や家族がごった返すロビーに入ると、病棟へのエレベータの近くに典明が超然と立っていた。

いつからそうしていたのだろう。

少し上を向いて虚空を睨む典明は、まるで木像のようだった。

近づけば、

「片桐か」

木像が顔を動かした。

「抜かったよ」

柔らかいが様々な感情を込めた、ひと言で足りる言葉だった。

「それで、容態は」

「どちらもな、命に別状はないようだ。ただ、ないならいいというものでは、ないな」

「そうですか。――そうですね。そういえば、特に親分は一人暮らしだって」

三年前に奥さんを癌《がん》で亡くしたとは正月に聞いた。娘が二人いるらしいが、よりによって北海道と沖縄に嫁ぎやがってよぉ、とぼやかれた。

「大丈夫だ。それならサラちゃんが見てくれるってことに、さっきなってな」

「さっき？　来たんですか？」

「来た。ゴルダもくっ付いてきてな。大先生のとこも大丈夫。私が、泊まり込みの弟子やりますって息巻いていた」

「はあ、なるほど」

ほかにもあれやこれやと詳しく聞いているうちに、病院の玄関口からロビーに駆け込んでくる生気の濃い二人組がいた。

大河原と絆だった。

大河原は典明の前に来ると、直立不動の姿勢で立った。滅多に見ない姿だ。

「大先生。ご無沙汰《ぶさた》しております」

警視庁の教練において、大河原も典明の弟子だった。典明は代々の警視総監まで弟子だというから畏れ入る。今の警視総監も典明を前にすれば、大河原と同じ姿勢になるのだろう。

「正平か」

「はっ」

大河原の声がロビーに響いた。一瞬、ロビーのざわめきが消えたほどだった。

「相変わらず、お前は面倒臭い男だな」

典明は辺りを気にし、三人に行くぞと声を掛けた。

千佳も蘇鉄も、病室は六階だった。どちらも個室だ。

怪我の具合からいけば刺された蘇鉄は重傷の部類だが、ナイフの刃はギリギリで肺を避けていたという。

それでもまだ、感染症やらの予断は許さないという病院側の見解で個室らしいが、典明に言わせれば、

「避けるつもりで、自分で動いたんだろうよ。修羅場はいくつも潜ってきたはずだ。ああいう場面でも、そのくらいはできる男だ」

　ということだった。

　千佳の方は、怪我の程度だけで言えば蘇鉄よりはるかに軽い。額と髪の生え際を、斜めに薄皮一枚裂かれただけのようだ。個室なのは、外因性のショックが、心に強い負荷になっているからだった。

　典明に先導されてまず向かったのは、蘇鉄の部屋だった。並びは典明、片桐、大河原、絆の順だ。

　命に別状はないと聞いていても、絆はひとり責任を感じるのか、沈鬱な表情で最後尾だった。

　典明が扉に手を掛けると、中から蘇鉄の声が漏れてきた。うわ言だろうが、呪詛《じゅそ》のようにも聞こえた。

「礼子ちゃんよぉ。手前ぇ、片桐ぃ、この野郎。俺の礼子ちゃんをよぉ」

　典明が慌てて扉から離れた。

「寝ているようだからな。そっとしておいてやろう。わはは」

「ま、殺したって死ぬような男じゃないでしょう」

　片桐も追随した。

　二人して絆に目をやるが、下向き加減で絆の様子は変わらなかった。

次いで、典明はふた部屋離れた病室に向かった。

こちらは、扉に手を掛けなかった。逆に正面を空けた。

それで、片桐も理解した。大河原も同様だろう。

ここには、誰の出番もなかった。

ただひとり、絆だけが出る幕だった。

本人もわかったようだ。

扉を開ける。

病院着の千佳が、ベッドの上に上体を起こして座っていた。チューブでつながれた点滴はブドウ糖溶液だろう。

なにも喉を通らないらしい。頭に巻かれた包帯が痛々しかった。

額から生え際に掛けては、完治してもうっすらとした傷が残るという。

「災難だったな」

絆は病室に足を踏み入れた。いくぶん、声は重かった。

残る三人は、廊下で見守った。

病室は、ふたりだけの領域だった。

千佳は最初、無反応だった。だが、絆が近づくにしたがって、目に見えて表情に変化が起こった。

そして最後には、

「絆っ」

ベッドから身を投げるように、絆の胸に飛び込んだ。泣き崩れた。

「お、おい」

絆は明らかに狼狽した。どうしていいか決めかねるのか、扉の方に顔を向けた。

片桐は前に出た。いや、思わず出てしまった。

廊下と病室の境界を、一歩だけ踏み越えた。

「躊躇《ためら》うことなんかねえよ。昔のことは、俺は知らねえ。でもな、泣いてる女が飛び込んできたらよ。しっかり受け止めてやるもんだ。男ならよ。まして、ちょっとでも愛《いとお》しいと思ってんなら、なおさらだぜ」

絆は片桐を見詰め、やがて、はい、とうなずいた。

「千佳、怖かったよな」

絆の声は、千佳に振り掛けるようだった。

「ゴメンな。——ゴメン」

絆がそっと抱きとめれば、千佳の手がしっかりとその背に回された。

もう、大丈夫だろう。絆なら、千佳なら。

片桐は黙って一歩下がった。

典明が静かに扉を閉めた。

大河原が、ふたりに倣《なら》って病室に背を向けた。

爺いたちだからこそ、居るべきでも見るべきでもないとわかる。齢の功というやつだ。

三人はそのまま、蘇鉄の病室に入った。

相変わらず蘇鉄は、うわ言で要らぬことを口走っていた。

「馬鹿だな。こいつ」

典明は苦笑いだった。いてもそれを聞くだけなので、早々に三人は病室を後にした。

「正平。警察手帳でな、医者や看護師に、千葉県警の人間以外、面会謝絶って言っといてくれ。特に警視庁の若者にはってな」

「了解しました」

大河原は先に走った。

一階のロビーで待っていると、さして間も置かず、頼んできましたという大河原が降りてきた。

降りてくるなり、

「大先生。これからどうされますか」

大河原は聞いた。

「うん。帰るよ」

「なら、お送りします」

なぜか大河原の鼻が膨らんだ。得意顔というやつだ。

「あっそ。じゃ、頼もうか」

片桐はなにも言わず、大河原の先導で駐車場に向かった。

「ありゃあ」

典明が抜けた声を出した。池袋での絆と似たような反応だった。

理由は、片桐にはわかっていた。

大河原は、マニアなのだ。

「ようこそ。我が愛車へ」

自分で塗ったとしか思えないサイケなツートンカラーのミニクーパーの横で、大河原が車体に寄り掛かり、妙に若作りなポーズを取った。

四

翌夜だった。

西崎は時間を確かめ、レクサスを沖田組の自宅側のガレージに入れた。

約束通り、シャッターは最初から開いていた。

レクサスの後ろには、幌《ほろ》付きのレンタルトラックがついていた。そちらもレクサスに続いてガレージに入った。

トラックが入れられるだけの高さと広さがあることは確認済みだった。

「さて、ようやくだ」

薄くマニキュアを塗って指紋を隠した指先で、西崎はハンドルを一度叩いた。

この夜は西崎にとって、いよいよ過去との清算を果たす夜だった。

〈ティアドロップ〉の入荷を餌に、西崎は取引の場所をこの夜の、丈一の自宅に指定した。

最初、丈一は渋ったが、

「じゃあ、ほかにどこがあるっていうんです？　みんな駆け摺り回って、若いのも誰もいないじゃないですか。自分で段取り取れるんですか」

――お前ぇがやれよ。

「やりましたよ。その結果、兄さんの自宅が一番安全だと踏んだんです。私は本来、もうティアには関わりたくないんです。そっちがどうしてもって言うから入れたんですよ。入荷即、引き渡し。そうでないなら無理してまで入れません。入れなくても、私は一向に構わないんですから」

――いやいや。へへっ。次郎、そう怒るなよ。

当然、丈一に選択権など与えるわけもない。それどころか西崎は、さらに付帯条件を付けた。

同行の運び屋は顔NGのため、セキュリティをすべてオフにすること。

防犯カメラはもってのほかで、駐車場から中を通って組事務所にティアを運ぶため、確実に事務所内の人間も空にすること。

「海の向こうからの運び屋です。舐めて変なことをすると、次がなくなりますから」

――わかった。お安い御用だ。

このくらいなら、丈一が渋るようなことではなかったろう。案の定、一発でOKした。

だが、その他の条件には少々の抵抗があった。

必ず、敏子と剛志を同席させること。

その際、西崎を丈一の知り合いということで紹介し、語らいの場を持つこと。

――そいつぁ、お前ぇ。いいじゃねぇか、んなこと。

「よくはありません。家方から組事務所にトラック一台分を運ぶんですよ。なにもしなかったら、家族が不審に思うのは目に見えている。私がそれとなくはぐらかします」

――問題ねぇよ。女房には俺が説明しとく。あいつだって、ヤクザの血が流れたヤクザの女房だ。ドラッグくれぇで目くじら立てや――。

「駄目です」

西崎は一蹴した。

「私は絶対表に出ない。そういう方針で今までやってきたんだ。私は一切の疑念の外。一ケ所にそっちの家族を集めるのは、私の保険です。こればっかりは任せられない。私が自分で、そっちの家族を納得させます。呑んでもらえないのなら」

――わかったわかった。わかった。わかったがよ、うちの女房は気が強《つえ》ぇしよ、そうだな、なんて説明すりゃぁいいかってのがなぁ。

「そんなの簡単でしょう」

丈一の馬鹿はわかっている。

お膳立ては、すでに西崎の頭の中にあった。

「奥さん、ずいぶん教育熱心だって話じゃないですか。私をN医科歯科大卒で、今はS大学付属病院の医師だとそのまま言えばいい。剛志がもうすぐ受験だと話したら、テクニック教えましょうかと言ってきたとでも言えば、文句はないでしょう。そう、私も手土産に、ケーキでも持っていきますから」

――そいつぁ、お前ぇ。やっぱり頭いいな。そんで、ケーキ食いながらお勉強の話してるうちに、ティアの運び込みは完了ってか。

そうして、スケジュールはほぼ決まった。予定外だったのは時間だけだった。

住宅街に帰宅者が多くなり始める時間より、できれば夕方くらいの方がよかったが、八時半を過ぎなければ剛志が塾から戻らないという。

ガレージ内のインターホンを押すと、すぐに丈一が現れた。スウェット姿だった。部屋着なのだろう。

「時間通りだな」

丈一はまず、トラック後部の幌を開けた。運転席から、目深《まぶか》に被った帽子に大きなマスクの運び屋が下りてくる。こちらは自分でどこからか調達してきたらしい、大手運送会社のユニフォームだった。

幌が開けられたトラックの荷台には、〈ティアドロップ〉の段ボール箱がぎっしりと詰まっていた。

「悪ぃが、確認するぜ」

丈一は無作為にいくつかを抜き出し、中身を取り出した。慣れた手つきだった。

西崎はただ、冷ややかな目でそれを見ていた。

問題はなにもない。中身はすべて、本物の〈ティアドロップ〉だ。

「へへっ。ＯＫだ」

丈一は手を叩きながら満足そうだった。

「じゃあ、こちらもひとつ」

西崎は開けた段ボールからティアをひとつ取り、丈一に並んだ。

携帯をカメラモードにして、運び屋に渡す。

「おい。次郎、なんだよ」

丈一はあからさまに嫌がった。

「これも保険のうちですよ。いいじゃないですか。兄さんが品物を確認したのと同じようなレベルです」

「それにしたって、写真はよ」

「一緒に写るんです。一蓮托生《いちれんたくしょう》ですよ。なんなら、撮ってすぐそちらにも送りますよ」

西崎は丈一に触れるほど近くに立ち、つまむようにした〈ティアドロップ〉のパッケージを胸の前に上げた。

「OK。プリーズ」

丈一にもわかる英語で運び屋を促す。

カメラモードの携帯が運び屋の顔の位置に上がり、空いた手の先に立てた三本の指がさらに高く上がった。

スリー。

「一蓮托生はわかるけどよ」

丈一がまだグズグズしていた。

運び屋が指を一本折り、二本になった。

ツー。

「どうせ写るなら、笑った方がいいんじゃないですか」

指が一本になる。

ワン。

「ちっ」

フラッシュが焚《た》かれてシャッター音がし、運び屋から西崎に携帯が戻された。

画像の丈一は、笑っていた。

「兄さんの方にも送りますか」

「要らねえよ。さて、もういいだろ。こんなとこでもたもたしてねぇで、始めようじゃねえか」

丈一はぶっきら棒に言い、運び屋を上から下まで眺めた。

帽子のツバに手を掛け、運び屋がわずかに頭を下げた。

「次郎。なんか華奢《きゃしゃ》だな。こんなのひとりで、全部運べるんかい」

「問題ないですよ。こういうのは見た目じゃないですから」

「ふん。ま、どうでもいいがな。俺が疲れるわけじゃねぇし」

よろしくなと運び屋に声を掛け、丈一はガレージから自宅に向かおうとした。

西崎はセルシオの助手席から用意してきたケーキの箱を持ち出し、丈一の後に従った。

(さあ。戦闘開始だ)

冷たく厳しい目を丈一の背に向け、西崎は口元をかすかに歪めた。

五

常夜灯の点在する庭を渡り、丈一は玄関に入った。

「おう。連れてきたぜぇ」

中に声を掛けると、待機していたようで居間から敏子が満面の笑みで出てきた。

「まあまあ。わざわざこんな遅くに。申し訳ありませんねえ」

どぎついほどの化粧をしていた。後ろから、小太りで無表情な剛志もついてくる。

(ふん。この親にして、この子有りか)

剛志は一瞥《いちべつ》で、凡庸以外のなにものでもないことがわかる子だった。

「どうも。初めまして。西崎です」

それでも西崎は丁寧に最大限の笑顔で、最上級の明るさで頭を下げた。

これは貸しだ。

あと一時間もしないうちに、返してもらう。

そう思えばなにほどのこともなかった。

「丈一の妻の敏子です。で、この子が剛志。ご挨拶しいや」

敏子の手に頭を押され、剛志はどうも、とだけ言った。

まるで人形だ。頭を押せば、言葉をしゃべる。

「これ、つまらない物ですが」

西崎はケーキを差し出した。

近づけば居間からの空調の流れに乗り、いやでも敏子のきつい香水の匂いがした。

「これは、ご丁寧に。うち、甘い物大好きなんよ。もしかして西崎さん、知ってはりました?」

「やあ。それならよかった。わざわざ並んでまで手に入れた甲斐があるというものですね」

並んだのは事実だが、当然西崎ではない。MG興商の誰かに迫水が手配させた。

丈一が頭を搔いた。苛立っているようだった。

「おい。玄関先で、いつまで立たせとくんだよ」

一瞬、敏子が真顔に戻った。お里が知れるというやつだ。礼儀も教養も、まるで感じられなかった。

「ああ。そやね。もう西崎さん。失礼しました。さ、どうぞ、お上がりになって」

通された居間は、広かった。三十畳はあるかもしれない。

百インチのテレビ、革張りのソファ、ペルシャ絨毯《じゅうたん》、シャンデリア、紫檀《したん》のテーブル、上質なレースのテーブルクロス、高級酒ばかりが並ぶサイドボード、いたる所に置かれた観葉植物。その端に置かれた、ナチュラルウォーターのサーバーだけが際立って異質だった。

西崎は三人掛けのソファに座った。丈一は左側のひとり掛けに踏《ふ》ん反《ぞ》り返り、剛志は西崎の対面の右端だった。

「それで西崎さん。主人とお知り合いやて聞きましたけど」

ケーキをキッチンに置いた敏子がすぐにやってきて、西崎の真正面に座った。

「ええ。正確には、沖田さんの知人の知り合いになりますが」

「N医科歯科大学をお出になって、今はS大付属病院にお勤めやて。優秀なんですなあ」

「それほどでも」

「内科のお医者さんなん？」

「精神科です」

「え、精神科て」

敏子はかすかに眉を顰めた。そういう反応をする人間はいまだに多い。

「いえ。心労で体調を崩された方の治療とか、そういうメンタルな仕事です。そう、呼び方としては、メンタルクリニックと覚えていただいた方がいいですね」

「あ、メンタルクリニックね。へえ」

カタカナにしただけで納得する。こういう反応も、また多い。

「もっとも、私は研究者の側面が強い医者でして」

「あら、そうなの？」

「はい。クスリのどの成分が、心のどの部分に働くか。その人の生い立ちや生活環境、すべてを含めて解析してゆくんです。そのために外来に出ているようなものなんです」

「はあ」

なにを言ってもわかりはしない。

ここら辺から煙に巻くことにする。

「そういうデータは多ければ多いほど確からしさがアップするものなんです。治験というんですが、たぶんに統計的でして。健康な方からもデータは取れるんです。メンタルな薬ですから、特に身体に害はないんですが、なかなかそういう人たちにお願いする機会もなくて。その辺で漠然と探していたら、今回、共通の知人の紹介でご主人と知り合うことができたんです。ご協力いただけると。ご主人、相当顔が広い方らしいですね」

「えっ。ええ、そりゃまあ、ねえ」

敏子は目を白黒させた。ちょうど、廊下に物音がした。

敏子の目が、そちらに動いた。

「奥様、ご心配なく。その治験に必要な薬をちょっと運び込ませていただいてます。沖田さん、事務所の方でいいんですよね」

いきなり話を振られた丈一はただ、おう、とだけ答えた。

「ああ。そやの」

敏子はうなずいた。納得したようだ。

「それで、ご協力いただいたお礼といってはなんですが、ちょうど受験を控えたお年頃の坊ちゃんがいらっしゃると聞いたものですから。微力ながら、ご協力させていただこうと思ったんです」

剛志の方を一度見る。人の話を聞いているやらいないやら。

「これから何度もお邪魔することになると思いますので、よろしくお願いします」

西崎が頭を下げると、え、何度もですの、と敏子は目を輝かせた。

今までの話に穴はないはずだが、どっちにしろこれで、今までの話はすべてどうでも良くなるはずだった。

「はい。少なくとも受験までは」

「まぁまぁ、それは。西崎さんみたいな頭のいい方にそこまで見てもらえるなんて、タケちゃん、ありがたい話やな」

剛志にとっては、母の声がワード・キーなのかもしれない。うん、と無表情なガキがそのまま短く答えた。

「奥様。頭の働きには糖分が重要です。ははっ。奥様の好みは残念ながら知りませんでしたが、坊ちゃんの頭脳のためにと、あのケーキを持参させてもらったんです。是非、坊ちゃんに食べてもらいたくて。お、もちろん奥様にも」

「えっ。ああ、まあ、気が利きまへんで。ほほほ。ほな、すぐに準備しますわ。――そう、そう、西崎さん、コーヒーはお好き？」

「はい。大好きです。ケーキにブラックは最高ですね」

「うち、水にも豆にもこだわってますのよ。お淹れしますわ。タケちゃんはジュースでええか」

「ああ、奥様。ケーキのときは、水にこだわってらっしゃるなら水の方が。脳に糖分は大事ですが、過度の摂取は逆効果です」

「あ、そやの。ほな、タケちゃんはお水な」

また剛志はただ、うんと答えた。

敏子がいそいそとキッチンに向かい、コーヒーメーカー用の水タンクとコップを持ってウォーターサーバーに向かった。

このとき、西崎の目がかすかな光を帯びた。

「ああ、奥さん。ちなみに豆はなにを」

聞きつつポケットの携帯を取り出しながら、同じところに入れたなにやらのスイッチを押す。

「豆って、そやねぇ。——あら、今なんか変な音しいへんかった？」

「奥さん、それで豆は」

西崎は会話を促した。

「あ、豆ね。えぇと、あらやだ、ど忘れやわ。ほほ、とにかくいい豆やから、飲んで確かめてくださいな」

西崎は鷹揚にうなずいた。

おそらくそんなものだと思っていた。

こだわっているのは産地や種類ではない。値段だ。

一番高い豆イコールいい豆。そういうことだろう。

それからしばらくは、立ち働く敏子のガチャガチャした音と、廊下を往復する運び屋〈キルワーカー〉の足音だけがした。

といって、キルワーカーが実際になにかを運んでいるわけではない。後が面倒臭くならないように、これはポーズだけだ。西崎も携帯を確認するポーズで、怠惰な時間を過ごした。

「さあさあ、お待たせしました。西崎さん、ありがとうな。タケちゃん、とってもおいしそうなケーキやで」

銀の盆に切り分けたケーキとコーヒー、それに水のコップを載せて敏子がソファに戻った。

四人分がそれぞれの前に配られると、まず剛志がなにも言わずケーキ皿を手に取った。

「ちょっと、タケちゃん」

「はは、いいじゃないですか。おいしそうに食べてくれるなら、それが一番。剛志君、ちゃんと合間に水を飲んでね。いきなりの血糖値上昇は良くないよ」

剛志から特に返事はなかった。

「タケちゃん。お水って先生がおっしゃってるわよ」

やはり剛志にとっては、母の言葉がワード・キーのようだった。

剛志が水を飲むのを確認して、西崎は携帯を膝の上に置いた。

周りからは見えないだろうが、画面上で働いているのはストップウォッチ機能だった。

「まったく、すいませんねぇ。まだまだ子供で」

溜息混じりに、敏子がコーヒーカップを手に取った。

「沖田さん、ご自慢なんですって？」

西崎は、仏頂面を崩さない丈一に話を振った。

「ああ？　なにがだ」

「コーヒーですよ」

丈一の目がカップに落ちた。

次いで、おもむろに手も伸びた。

「これか」

口を付け、俺ぁ、あんまりわかる方じゃねぇからよと言った。

西崎はストップウォッチを見た。二十秒を過ぎたところだった。

敏子がケーキを口にした。

「まっ、おいし。あんたもほら、食べ」

敏子は丈一をケーキフォークで促した。

丈一はゆっくりと西崎を見た。

三十秒。

「先生、先に食べなよ」

染みついた癖か、西崎への疑心か。こういう物に、先に手を出すことはないようだ。

「兄さん。早くしないと食べられなくなりますよ。最後の晩餐《ばんさん》なのに」

え、兄さんてなんやのと敏子が口にするが無視する。

西崎は丈一に笑いかけた。丈一が顔を引きつらせた。

五十秒。

「なんだよ次郎。最後の晩餐ってなぁ」

その目がケーキに落ちる。西崎は笑顔のまま手を振った。

「毒なんか入ってませんよ。安心してください。毒を入れたのは、別のものですから」

「ああ？　手前ぇ。与太こいてんじゃねぇぞ」

一分が過ぎていた。

丈一が立ち上がろうとしたとき、テーブルの反対側で派手な音がした。

「えっ、あ、タケちゃん、どうしたの」

そちらに動かした丈一の目が驚愕に見開かれる。西崎は見もしなかった。わかっているからだ。

剛志の身体に、致死毒が回ったのだ。

「なんだ次郎、なにしやがった！」

「水ですよ」

「あぁ？　水だぁ？」

そのとき、敏子も剛志の隣で藻掻き始めた。それで丈一もわかったようだ。

「手前ぇ、ウォーターサーバーか」

「ご名答」

キルワーカーは毒も扱う。

業者のサイクルを確認し、仕掛けを施した替えのタンクをキルワーカーは用意したのだ。

業者のタンクを手に入れ、キャップの内側に毒入りのプラスチック容器を仕込み、キャップを巧妙に元に戻す。それをタイミングを見て、リモコンで破裂させる。

一連の流れは簡単なことだ。外に新しい容器を置いておけば、今使っているタンクに水がたっぷり残っていても敏子がすぐに交換することは確認済みだった。

この仕込みの一番の肝は、当然バレないように水タンクの置き場に毒タンクを置くことだが、キルワーカーが業者を装ったか忍び込んだか、その辺の詳細に西崎は関知しない。プロには聞くことでもないだろう。

いずれにせよ、キルワーカーは成功した。

ちなみに、キルワーカーから連絡があった〈仕掛けは終わったよ〉とは、水タンクを置いたことではない。古い水タンクが回収場所に出されたこと、すなわち、毒のタンクがセットされたことを意味した。

入念なことだった。

毒についても特に詳しく聞くことはしなかったが、キルワーカーが原料を持ち込み、日本国内で合成した。無味無臭な分、効くまでに多少の時間が掛かるが、いったん口にすれば死は免れないという代物らしい。水の残量に応じて効能が現れ始める時間も、西崎は一リットル単位で教えられていた。

居間に入ったときの見当で、それを西崎は一分と踏んだ。

「水タンクの換え、いつもより早いと思わなかったか」

問い掛けるが、丈一からの答えはなかった。

立ち上がり掛けた姿勢でテーブルに手を突き、西崎を睨んだまま丈一はブルブルと震え始めていた。

かすかに玄関の方で音がした。〈仕事〉を終えたキルワーカーが出ていったようだ。

「結構、早そうだな。さて、ほかの二人はいいとして、お前だけは毒なんかで死なれちゃ困るんでね」

西崎も立ち上がった。

上着の内ポケットからナイフを取り出す。

「この日が来るのが、どんなにか待ち遠しかったよ。本当は剛毅の方が良かったが、丈一、お前で勘弁してやる。あの世で親父に自慢しろよ。代わりに殺されてやったってな」

丈一は唸《うな》り、唸るだけで動けなかった。

「丈一、お前この間、俺を犬の弟って言ったよな。そっくりそのまま返そうか。この女も含めて、お前らヤクザはみんな、社会にたかるダニだ。ダニの一族だ。俺にも半分だけ流れてるが、半分違うのは救いだ。ダニの一族はな、俺の母、マリーグレースの眷属にもふさわしくない。――消えろよ。みんな、この世からな」

西崎は表情ひとつ変えず、丈一の左目にナイフを突き立てた。

刃の全部を潜らせ、ひねる。

丈一は、糸の切れたマリオネットのようにソファに落ちた。

西崎はしばらく、丈一を見下ろした。

恩讐《おんしゅう》は終わりだった。

もう動かなくなってはいたが、敏子と剛志はただの余禄《よろく》だ。目もやらず、西崎は居間を出た。

出て、思わず足を止めた。

事務所とは反対側の、母屋を仕切ったドアの内側に、いつも変わらない能面のような顔の老婆が立っていた。

信子だった。

(ちっ。面倒を増やしてくれる)

一度しまったナイフを、西崎はもう一度出そうとした。

すると、

「次郎や。美加絵の件は、あんただろ」

信子が声を発した。

意外な声音《こわね》だった。初めて聞くほどの柔らかさに、西崎は思わず動きを止めた。

「美加絵、あんただろ」

信子はもう一度繰り返した。西崎はただ、うなずいた。

「やっぱりね。でもいいや。許してあげようかね」

途端、信子の能面にひびが入った。笑ったようだった。

「いつかいつかと思いながら、なにもできないままに齢《よわい》を重ねちまった。この歳まで。あきらめてたんだ。でも、次郎。あんたがしてくれた。満足だけど、お礼は言わないよ。その代わり、美加絵を殺したこと、チャラにしたげる」

美加絵の名と、信子が告げる意外な内容に、西崎は毒気を抜かれた感じだった。

「もう行きな。後はあたしが始末するよ」

なぜか、逆らえなかった。

ひと言も発することなく、西崎は沖田の家を後にした。

ガレージでは、すでにエンジンを掛けたトラックの運転席にキルワーカーがいた。

『終わったか』

囁くような英語だった。

西崎がああ、と答えると、キルワーカーは帽子を取った。鼻腔《びこう》にアラビアジャスミンが香ったような気がした。

『上手くいったなら、次だ。今度は本気』

トラックは静かにガレージを出て行った。

西崎もレクサスに乗り込み、ガレージを出た。

しかし、出てみればやはり懸念が勝って離れられなかった。

沖田家から百メートルほど離れた場所に停車し、しばらく迷った。

(信子をこのままにしておいていいのか)

逡巡《しゅんじゅん》はしばらく続いた。付近の個人宅の防犯カメラの有無も調べてあるが、住宅街の路上に長くとどまっていいことはない。

だがやがて、目に映る沖田家の様子が、西崎の迷いを断ち切った。

家のシルエットを浮かび上がらせるような赤の揺らめきが、またたく間に全体に広がり、炎となって立ち上り始めたのだ。

どれほど待っても、家の中から信子は出てこなかった。

隣家との塀は高く仕切られている。たとえ梯子《はしご》があっても老婆に登り、降りられる高さではない。

西崎は一度、レクサスを降りた。近所の住民が騒ぎ始めていた。

(そうか。あの婆さん)

ふと、西崎には合点がいった。

信子は生涯を掛けた目的の達成を見届け、美加絵の元に旅立ったのだ。

そう思えば、信子は西崎の同類だった。

「もっと早くそれを見抜いていれば、俺もずいぶん楽だったのにな」

自嘲の笑みを漏らし、レクサスに乗り込む。

バックミラーさえ見ることなく、西崎は燃え上がる沖田邸を後にした。

第五章

一

一晩中燃え続けた沖田邸は全焼だった。

絆は消火及び検分の終わった沖田家の敷地に立った。

「なんてぇか、本当に、見事なまでの全焼だな」

隣に立つ片桐が、一面の焼け野原を眺めながら言った。

辺りにはまだ、所轄の腕章をつけた捜査員たちがずいぶんいた。部外者である絆や片桐の近くを、邪魔だといわんばかりの態度で行き来する者も少なくはなかった。

「そうですね」

絆はそれだけ答えた。細かいことは、鑑識や検分の結果を待たなければわからないからだ。ただ、消防からの報告によれば、間違いなく放火だという。そうでなければ全体があっという間に、しかも綺麗に焼けることなどないことくらいは絆にもわかった。

放火は、中からのようだった。広く灯油が撒かれたらしい。

見つかった遺体は四体だった。そのうちの誰かが撒いたようだ。

放火は、放火心中と見るべきだという意見が、所轄、消防ともに強かった。

「数は合うわな。沖田丈一、妻の敏子、長男の剛志、それから先代の後妻の信子。でもよ、沖田組本家の組長だぜ。しかも、それに先代の後妻まで殊勝に加わるってのもわからねえ。若い衆や直系に、この日は来るなって言ってた事実があったとしてもだ」

どう思う、と片桐はその場にしゃがみ込みながら絆に振った。

絆は首を振った。

「わかりません。予断は禁物ですから」

「じゃあ、深く考えなくていい。勘ならどうだ」

「心中はないでしょう」

即答した。片桐がにやりと笑った。

「いい速さだ。やっと俺の仕込みが活きてきたかな」

「片桐さんの？　ちょっと違いますかね」

「じゃあなんだよ」

「片桐さんのってことは、結局カネさん仕込み。違いますか」

今度は絆が笑い掛けた。

「ちっ」

片桐は立ち上がった。

「そこを言われちゃあな。ぐうの音も出ねぇや」

うわ、真っ黒になっちまったと呟き、片桐は二月の陽差しに手をかざした。

そのときだった。

所轄の連中がざわめき始めた。

焦げた沖田邸の門から、腕章のないスーツの一団が入ってきた。

「なんだあ。おいおい、部外者は遠慮してくれよ」

所轄の班長らしい男が制止するが、一団には耳を貸す様子もなかった。かえって、髪をオールバックにした背の低いロングコートの男が、前に出て来て証票を開いた。

齢回りは四十手前に見えた。キャリアかもしれない。

「――えっ。本庁、警視っすか」

ロングコートの男は、特に答えもしなかった。

「撤収してくれたまえ。後は預かる」

言ったのはそれだけだ。まったく揺るぎのない声だった。

「預かるったって。ここはうちの管轄です。はいそうですか、どうぞご自由にってわけには」

　コートの男は、強い眼差しを班長らしき男に向けた。射抜くような目だった。

「くどいな。撤収と言ったら撤収だ。署長に話は通してある」

　片桐が絆の方を向いた。

「なんだとよ。あの態度見りゃ、誰だってわかるわな」

　絆はうなずいた。

　また、本庁の公安が出張ってきたようだ。サ連事件のときにも最後に出てきた。そのことを考え合わせれば腑にも落ちる。

　一団は、公安外事第二課、かもしれない。

　渋々、所轄の連中が撤収作業に入る中、警視だという男が絆たちに目を止め、近寄ってきた。

「所轄は撤収、と言ったはずだが」

　片桐が口を開こうとするのを、絆は制止した。

「ああ、すいません。所轄じゃないもので、気がつきませんでした」

　男の目がまたきつくなった。ずいぶん、プライドが高いようだと絆は踏んだ。

「どこの所属だ」

「組対特捜」

「組対の特捜だと。証票は」

「おっと。失礼しました」

絆は警察手帳を開いて見せた。

「特捜隊の、東堂です」

「東堂？」

男は眉を顰《ひそ》めた。

「お前があれか。大河原部長の肝煎りだという。参事官に聞いている」

参事官とは、役職的には部の№２になる。階級は警視正だ。

「へえ。参ったな。私の名前は、凄いところまで知れ渡っているようですね」

「ああ。勝手にチョロチョロ動く、鬼っ子だとな」

「あらら。ひどい言われようだなあ」

絆は頭を掻いた。

「ま、当たらずとも遠からずですが。ちなみに、今の参事官ってどなたでしたっけ？」

「手代木警視正だ」

男が言った途端、片桐から一瞬の炎が立ち上るのを絆は〈観〉た。

「けっ。手代木か」

片桐は吐き捨てた。

すると、ロングコートの男にも炎が〈観〉えた。ただし、純度と総量は、片桐に比べるべくもない。

「今の言葉は聞き捨てならないな。お前、所属は。お前も組対か」

居丈高《いたけだか》に男は言った。

片桐は鼻で笑った。

「残念だな。俺は、そんな堅苦しい組織の人間じゃねえよ」

「ブン屋、雑文書き」

呟いて、男はいきなり無表情になった。

「なんでもいいが、なるほど、外の人間か。ならばなおさら、お引き取り願おう」

鉄の仮面を被った感じだ。公安マンとして、ひと通りの鍛えられ方はしているようだった。

と、絆は門の方の、引き上げる所轄の中に視線を感じた。

瞳を動かさず広い視野に捉えれば、何気なく所轄の連中の中に立っていたのは、サ連のマンションに現れた公安マン、漆原《うるしばら》だった。

漆原は、指でなにかを示していた。右手を口に当て、左手で1を示し、もう一度右手を今度は肩口から背中、つまり、門の外に向けた。

絆が垂らした右手をかすかに振ると、わかったようで漆原は所轄に紛れて消えた。

「へっ。俺はブン屋でもライターでも」

「片桐さん」

なおも突っ掛かろうとする片桐の袖を、絆は引いた。

「ああ？　なんだよ」

「引き上げますよ」

有無を言わせない、厳《げん》とした絆の口調だった。

片桐の反応も見ず、絆はロングコートに一礼し、門に向かった。

「お、おい。待てよ」

絆という媒介がいなければ、片桐は本当に門外漢だ。追うしかなかったろう。

「片桐さん。なんでそんなに熱くなったんですか」

追いついてきた片桐に絆は聞いた。

「なにってよ。まあ」

困ったような顔になり、片桐は横を向いた。

「お前には関係ねえよ」

「そうですか」

もやもやとした気をまつわりつかせたままの片桐と東海道線に乗り、言葉少ないまま山手《やまので》線に乗り換えた。

「これから、どうすんだ」

吊革の向こうから片桐が聞いてきた。顔は見えないが、制御し切れていない気は〈観〉えた。

「俺は隊に戻ります。さっき隊長にメールで呼ばれたんで」

これは嘘だが、方便というやつだ。

「奴らから圧力でも？　それとも、俺のせいか？」

「どっちも違うでしょ。まあ、組対にも風見鶏や、変な方を向いてるのはうようよいますけどね。うちの隊長は飄々《ひょうひょう》としてますけど、ああ見えて真っ直ぐに意固地ですから。周りにも上にも負けませんよ。メールではわかりませんけど、用件は、そうですね。どっちにしろ、捜査を進める方向の話に違いないと思います」

「そうか。――なら、俺は事務所だな」

「そうなります。少し頭を冷やすにはちょうどいいでしょ」

「頭？　俺が？　そんなことは、あれだ。――そうだな」

心に一番効く鎮痛剤は、時間の経過だ。片桐はようやく、自分の心を認めたようだ。

「じゃあ、降ります」

「おう」

絆は、池袋で片桐と別れた。

改札を出てG‐SHOCKを見た。午後三時だった。

絆は駅を出、脇目も振らず西口ロータリーを抜けた。

「いらっしゃい」

向かったのはいつもの喫茶店だった。絆は、指で小さくVを作った。

「お、珍しい時間だと、珍しいこともあるもんだ」

マスターにブレンドをふたつ注文し、一番奥の四人掛けの席に座って携帯のメールをチェックする。

コーヒーが運ばれると、ほぼ間を空けずカウベルが鳴った。足音が近づき、椅子が引かれる。

絆は携帯から顔を上げた。

シャープな輪郭に細い目、太い眉。

漆原警部補だった。ついてきていることはわかっていた。

「一別以来だな」

「こんなとこまでついてきて。蒲田の現調はいいんですか」

「関係ない」

「あれ？　関係ないんですか」

「二課にも係が色々ある。わかるだろう」

「そりゃわかりますが、サ連、ティア絡みの二課だと思ってたんで、漆原さんのとこかなって」

「あいつらは、竜神会絡みのルートで動く連中だと思う。詳しくは知らない。それにしても本隊ではなく、分析のチームのはずだ。ひとりふたり、カイシャの十三階で見掛けた奴がいた」

「本隊じゃない？　って、警視まで出張ってきてですか？」

「お飾りがどこのなんに興味を持とうと、我々の知ったことではない」

鉄鈴のような声だった。

少しくらいの風では動かないと感じられた。比べればやはり、先のロングコートの管理官風情とは、鍛え方が違うようだ。

「となると、別ルートの本隊だと思われる漆原さんが、俺になんの御用ですか」

「取引だ」

潔いというか、気持ちいいくらい簡潔な答えだった。

「取引、ですか」

「そうだ。これから俺が指定する場所に向かってもらいたい。何日かは、そこで過ごしてもらうことになる」

「なんのために」

「キルワーカーを誘《おび》き出《だ》す」

「ふうん。キルワーカー、ね。知ってるんですね」

漆原はなにも答えなかった。情報の出し入れは心憎いばかりだ。さすが公安、といったところか。

絆はコーヒーをひと口飲んだ。まだ十分、温かかった。

「取引って言いましたよね」

「言った」

「俺のメリットは？」

「佐甲《さこう》管理官が――。ああ、さっきのロングコートの男だ。佐甲管理官が引き取った、沖田本家全焼に関するすべての情報。それに、成田の東堂家周辺の警護。それを我々の係で引き受ける」

「へえ」

全焼事件は公安が引き取った以上、組対の大河原部長が直談判したところでもう出て来はしないだろう。

加えて、プロのヒットマンが相手では、たしかに成田は心許《こころもと》なかった。成田警察署も慣れているわけではないだろうし、典明は自身のことはいざ知らず、隣家の渡邊家まで気に掛けなければいけないとなると不安は大きい。

考えるまでもなかった。

引き受ける。

非業の死、一生残る心身の傷。これ以上の痛みも悲しみも、もう次は要らない。

そのためなら艱難辛苦《かんなんしんく》、七難八苦は望むところだ。

「東堂。どうだ」

「乗った」

絆の答えに、漆原が出会って初めて、男臭い笑みを見せた。

二

漆原に指定されて絆が向かったのは、大田区にある、統合で廃校になり、いまだ取り壊しになっていない小学校だった。

そこに漆原と話した直後からレンタカーを借りて向かい、絆は〈十一人合宿〉に入った。

漆原から指示されたことは、まとめればこうだ。

「キルワーカー本人の動きも封じたいが、入国や仲介のルートも確定したい。そこで、お前が警視庁の教練教授に選ばれたことにする。公安講習の一環として、候補生を連れて合宿に入るとな。この、公安ということは大事だ。そうすることによって、極秘に動いても不思議でなくなる。実際には十人の猛者《もさ》たちをつけるが、お前ならそんな連中にもなにがしかの教練をつけられるだろう。ふっふっ。これは我々の役得とするが、お前もどこの誰と連絡を取ってもらっても構わない。ただ、向かう場所と目的は口外なしだ。これは守ってくれ。お前の周辺の、こちらで怪しいと睨んでいる数ケ所、数方向にだけこの情報をリークする。少しずつ内容を変えてな。そのくらいが通るスジを我々は持っている。それが仕事のようなものだからな」

スジとは警察の隠語で、主に調査対象組織内に持つ、情報提供者、いわゆるスパイのことだ。

「基本、流す情報は一泊二日の教練だ。今日の場所だけは、これから情報を仕込む都合上三泊にするが、あとは一泊だ。お前には面倒だろうが、ほかの十人も一蓮托生だ。我慢してくれ。毎回隊に帰り、次の場所に行ってもらう。次に向かうべき場所は、そのとき隊に入れる。その都度レンタカーを返し、新しく借りることも重要だ。調べる奴はそこも調べる。まあ、お前にはくどくどいう必要はないか。上手くやってくれ」

絆は隊に戻り、事務処理と身支度を済ませると、早々にレンタカー屋に向かった。

ミニバンに乗り込んですぐ、携帯をブルートゥースにつなぐ。

――おう。

片桐は大人しく真面目に、事務所に戻ったようだ。すぐに出た。声を聞く限り、頭は冷えているようだった。

――どうした。

「しばらく潜ります。緊急ならいつでも連絡は取れますけど」

――潜る？　それが隊に呼び戻された理由か。

「そうですね。この場合、そうなります」

本音は、〈この場合、そう考えていてもらえると助かる〉だが。

「どことも何日とも、今のところ言えません。なので、しばらくは自由行動ということでお願いします」

――わかった。なら俺は、勝手にできることをやっとくよ。

「あ、掃除も、できることに加えておいてくださいね」

――掃除だ？　この前やったじゃねえか。

「机周りだけでしょ。しかも、右の物を左に動かした程度じゃないですか。今回はもう少し時間があります。この際、模様替えでもしてみたらどうです？」

――俺は今の配置が気に入ってるんだが。

「いえ。そのくらいの勢いで、徹底的に綺麗にしてくださいって意味です」

——ああ。そうか。ま、暇ならやっておこう。あんまり期待するなよ。

「期待はしませんが、楽しみにはします。それじゃあ」

電話を切る頃、時刻は午後六時を回っていた。

指定の小学校には、七時前に到着した。体育館にライトは点いていたが、人はいなかった。気配もない。

絆は稽古着に着替え、体育館のステージ下に端座した。

目を閉じて呼吸を整えれば、床から温かいものが立ち上ってくるようだった。

幾星霜とつながれてきた小学生たちの夢と希望が幻にも〈観〉えた。

楽しく、感動的ですらあった。

やがて、ひとりふたりと体育館に人がやってきた。

十人が揃ったところで、絆はゆっくりと目を開けた。

「まずは、座ってください」

絆は横一列を指示した。弟子の位置取りだった。

無言で座る十人を、絆は見渡した。

なるほど、不敵な面魂《つらだましい》の男たちばかりだった。スーツ姿もいれば、ジーンズやスウェットもいた。捜査か私生活かは知らないが、それが今の個々のスタイルなのだろう。

気配は、どれもあまり歓迎すべきものではなかった。絆に対し冷笑を浮かべる者や、あからさまに見下す目を向ける者もいた。少なくとも、プラスの感情だと思われるものはひとつもなかった。

だが引き受けた以上、やるべきことはやらなければならない。

「皆さんも貴重な時間を割いて集まった方々でしょ。どうせなら、本式に行きますよ」

答えはなかった。気配も変わらない。

（まっ。こういうのは最初が肝心だからな）

絆は大きく吸った息を胆に落とした。次いで、右手を自身の右側面の床に伸ばし、イメージで重さを十分に感じながら立ち上がる。

一同がみな、怪訝な顔をした。

普通の人にはわからないだろう。もしかしたら怪しげなパントマイムくらいに思われるかもしれない。

しかし、胆に気を練り、剣士となった絆には〈観〉えていた。

床にあり右手に持ち、今左手に持ち替え帯に差し落とすのは、東堂家伝来の備前長船《びぜんおさふね》の太刀だ。

緩やかに足を開き、絆は長船の鍔《つば》に指を掛けて鯉口《こいぐち》を切った。

練り上げた気が螺旋《らせん》となって心身を取り巻き、大気を巻き込み渦をなす。

「おおっ！」

烈迫の気合とともに正伝一刀流の抜刀術が銀の光となって放たれる。

切り裂くのは男たちの、後ろ向きの心だ。

幻の鞘《さや》に長船を納め、絆はその場に佇んだ。

無様にひっくり返る者、手を後ろについてこらえる者、頭を抱える者。

十人十色だが、とにかく絆の前に、そのまま座っていられた者はひとりもいなかった。

ほう、と息をつき、絆は一同を見回した。

「舐めて掛かると、怪我をしますよ」

答える者は誰もいなかったが、気配は見事に統一されていた。

師と弟子の関係が決まった瞬間だった。

絆の前に、全員が正座して頭を下げた。


柔軟、ランニング、筋トレと、基礎体力に問題がある者はひとりもいなかった。

種目によっては、絆より抜きん出ている者が何人もいた。

「いやあ。みんな凄いね。俺ももっと鍛えなきゃ」

絆は苦笑いを浮かべるが、

「そんなことはありません。かえって我々の方が、ただの体力馬鹿のようで」

「そうです。譬《たと》えるなら俺たちはディーゼルトラックで、東堂さんがＦ１。そんな感じですか」

「え。俺、そんなに燃費悪いですか」

「いえいえ」

舐めて掛かる者は皆無だった。

一度の試技で師は師、弟子は弟子と、その隔絶を理解する猛者たちだった。

この三泊四日は、何事も起こらなかった。本当にただの合宿になった。

四日目の午後、絆はレンタカーを返し、一度隊に戻った。浜田が待っていた。

「次はここだそうだ」

メモ紙を差し出した。日野《ひの》にある企業の、レクリエーション施設の名が浜田の字で書かれていた。

「これも、囮《おとり》捜査ということになるんだろうねえ。個人的には、あまり歓迎できないがなあ」

浜田はそれだけを言った。

そのまま、絆は日野に向かった。

この一泊二日も、特に変事はなかった。

次に向かったのは、奥多摩《おくたま》にあるゴルフ場だった。正確には、造成と芝生の張り込みまでで力尽き、前年十一月に全作業を打ち切った場所だ。いまだに買い手がつかないということで放りっぱなしだが、十一月の中断直後には、ボクシングの世界チャンピオンが三人合同で合宿を張ったということで話題にもなった。

絆は向かう途中、久し振りに片桐に連絡を入れた。

片桐がむせながら電話に出た。真面目に大掃除をしているようだった。

「掃除、順調ですか」

──順調もなにも、今日から始めたとこだ。別にさぼってたわけじゃないぞ。昨日まで成田に行ってたんだ。

「成田？　じゃあ、親分のとこは行ったんですか？」

──ああ。行った。もう大丈夫だってよ。まだ動けはしないがな。

蘇鉄はまだ病室で唸っているという。

千佳は十七日には退院し、自宅で静養しているようだ。昨日、抜糸も終えたらしい。

「そうですか。よかった」

声には知らず、真情が乗った。わずかに心が疼《うず》いた。

──ただ、爺さんがよ。

「ん？　爺ちゃんがどうしました」

──閉口してるぜ。サラとゴルダのダブル攻撃でな。

「……なんかそれ、ソドムとゴモラとか、モスラ対ゴジラみたいな響きですね」

——似たようなもんなんじゃねえのか。

ゴルダはゴルダで、朝から晩までハイテンションで稽古をせがむようだ。

サラはサラで、毎日蘇鉄の病室に顔を出してはその後、東堂家に現れるらしい。そして、

——どっちかってえと、爺さんが特に閉口してるのはサラの料理だな。

千佳や真理子の代わりのつもりか、香辛料や食材を大量に持ち込み、毎日多国籍なシンガポールらしい料理を作っては出すという。

稽古中のいつもの婆さん連中などは、

「南国じゃのう。ここは冥途《めいど》かい」

とかなんとか言っているらしい。

——たまにならまだしも、毎日じゃあよ。爺さんも和食が食いてえってこぼしてるよ。俺も三日で飽きた。だから帰ってきたんだ。

「なるほど。それで掃除と」

——そういうことだな。俺に思い立つことも今のところねえしな。そっちはどうだ。

「まだまだ、深く潜ってる最中です」

——そうか。ま、気をつけろよ。

近況報告は、それで終わりだった。

奥多摩までは、まだ遠かった。時刻は夜の七時を回った頃だ。

絆は、何気なくハンズフリーの携帯をまた手に取った。

ためらいがちに千佳の番号を押す。コール音が車内に響いた。

待ったが、千佳は出なかった。コールがメッセージ音声に変わった。

残念と安堵《あんど》は、半々だった。

録音開始の音がした。

「あ、絆だけど、抜糸も終わったって聞いたから、遅ればせながらだけど」

――あ、絆。

突然、生の千佳の声が割って入った。

「えっ。あ？」

――どうしたの？

半々の心は、さすがに意表を突かれて戸惑った。

「いや。抜糸も終わったって聞いたからさ。――すぐに出なかったね。なにかしてる最中じゃなかったのかい」

――ううん。今日から出社してね。今ちょうど、家の前で車をバックしてたから。

「あ、そうなんだ。大丈夫かい。もう出社して」

――うん、平気。ふふっ。かえって空港でもね、周囲が気を遣ってくれちゃって。だから今日は、珍しく定時上がりだったのよ。

千佳の声は明るかった。

元気さと明るさは、絆にとって救いだった。

「また、巻き込んじまったな」

——あはは。まぁた言う。前にも言ったでしょ。絆のせいじゃないから。くよくよしない。反省するな。

「ありがとう。——でも、額の傷は、さ」

残っちまうんだろうとは言えなかった。

——ねえ、絆。

千佳の声が、柔らかかった。

——変な言い方になるけど、思うのよね。こういうのも、悪くないなって。

「えっ」

——あ、もちろんいつもあっちゃ困るけど。それはそうだけど。でもね、お父さんもお母さんも、典爺も片桐さんも。親分なんて身体張ってくれたし。絆も。こういうときって、みんなの優しさが見えるでしょ。嬉しいよね。本当の気持ちが見えるって。私の気持ちも、見えちゃったかな。

「千佳の気持ち？　そうなのかい」

――うーん。そうなのかいって言われるとねえ。

「どんな気持ちなんだ」

――ふふっ。わからない人には言わない。じゃ、家に入るから。またね。

なにかわからないが、電話は切れた。

なぜかわからないが、心が満たされた。

絆はアクセルを踏み込んだ。

ナビによれば、奥多摩まではまだ一時間の距離が残っていた。

三

交通手段に乏しい奥多摩のゴルフ場跡地には、それぞれが車で来たようだ。

「あれ。遅れたかな」

絆が到着したとき、駐車場にはすでに十台の乗用車が停まっていた。

所を変えながらの合宿も、もう五日目だ。全員と意思の疎通は出来ていた。

絆はロビーに入った。誰もいなかった。気配はすべて、ライトに照らされた十八番ホールにあった。

稽古着に着替え、竹刀を持って絆も外に出た。

池の水は澱み、植木はどれも伸び放題で形が崩れていた。空気を吸い込めば、主に芝生の匂いが強かった。

十八番では全員が稽古着姿で、思い思いに準備をしていた。上がりのグリーンから薄暗いティーグラウンド方向にランニングをしたり、グリーン上で柔軟体操をしている。

十人全員が素足だった。

すべての基本は、足裏の感覚から。

これは初日に絆が指示したことだった。全員が忠実に守っていた。

グリーンの脇には、竹刀が十本置いてあった。車だからだろう。きっとそれぞれが持参したものだ。

「じゃ、俺も」

しかし――。

アスファルトから十八番グリーン脇の芝生に足を踏み入れた途端、絆の背筋に悪寒が走った。

シャボン玉が割れるような薄い感じだったが、刻み込んでいた。

それは、第二池袋分庁舎近くで感じたものだった。

比べれば数百倍に薄まっていたが、違うということは有り得ない。

キルワーカーが、どこかにいる。

かえって絆は冷静になった。

死生の間《はざま》こそ、剣士の心の置き所だ。

五感は冴えた。

芝生の上に立っても、その匂いの中に植木、立木、澱んだ池の匂いまでが明確に分けられた。

「先生。今日もお願いします」

絆の到着に、グリーン上の者たちが前に並んだ。みな、稽古着はすでに汗に濡《ぬ》れていた。

絆は鷹揚に笑って受け、大きな深呼吸を始めた。

最後のひとりがランニングから帰るまで、その場で繰り返した。

やがて、そのひとりが弾む息のまま並んだ。

「少し遅れましたかね。それとも、みなさんのやる気が勝ったかな」

何人かがうっすらと笑った。

「じゃあ、俺はこれから一、二周歩きます。みなさんは型でも乱取りでも結構です。これまでの反復をお願いします」

一同が一斉に竹刀に向かうのを確かめ、絆は竹刀を手に、十八番ホールのティーグラウンドに向けて歩き出した。

ここからが刑事として、剣士として、絆の本番だった。

頭頂から踵《かかと》まで、正中線に重心を通して一足一足を意識する。

芝生を通じ、足裏から生きとし生けるものの息吹を感じる。吸い上げる。

絆は剣士として覚醒した。

覚醒した絆は無想であり、無双だった。大自然の一部でもある。

フェアウェイ脇、右の木立から吹く風にかすかな違和感を〈観〉る。

殺気とは程遠い、人のものとも言い切れないほどささやかなものだったが、絆は捉えた。

ティーグラウンドへの行きは、そのまま何事も起こらなかった。絆は堂々と、フェアウェイのど真ん中を歩いた。

違和感が増大したのは、木立を左手に見る復路でだった。

池袋のときより遥かに薄く、遥かに広く、遥かに冷たい一線を、絆は踏み出した右足の甲に感じた。

そこがどうやら、キルワーカー必殺の境界線のようだった。内側は本気の領域、ということだろう。

絆は足を止め、軽く飛び跳ねて首を回した。

天を一度、振り仰ぐ。

（――カネさん。始めます）

互いの駆け引き、死闘の時間だった。

絆は、ふたたび歩き出した。ただ、歩みは今までと同じものではなかった。左右にふらりふらりと、千鳥足にも似た弱法師《よろぼし》の足捌きだ。

そのまま五十メートルも進むと、キルワーカーの領域に漂う気配がはっきりと変わった。冷たさが凝って次第に突き当たり始める。言えば、殺気の強風域から、暴風域に入ったと言うことだろう。

普通に考えれば、明らかに絆の方が不利だった。池袋のときと違い、角度と方向を定める目印はなにもない。フェアウェイのど真ん中だ。

ただし、大自然は大いなる味方だった。絆の中に清冽《せいれつ》な気を送り込み、絆の命の純度を高める。

さらに三十メートル、五十メートル。

グリーンに近づくほどに、辺りに光が増えた。絆の姿を認めた弟子の何人かが動きを止めた。怪訝な顔をする。

そのときだった。

身体を一瞬、左方から真横に行き過ぎる違和感があった。レーザーポインターで間違いないだろう。

弱法師の歩みを進める無想の絆に、このとき天啓が降った。

口元に、うっすらとした笑みが浮かんだ。

(天が、いや、カネさんがそう示すのなら、やってみるか)

絆は胆に剣気を集めた。

集めて縒《よ》り、練り続けた。

限界はなかった。気は無尽蔵に足元から供給された。

レーザーポインターの違和感が胸から左のこめかみに上がった。視界の端にかすかな光源が見えた。

左のラフの、盛り上がった斜面に植えられた一本杉の根本だった。

潮合《しおあい》、必殺の刻《とき》はまもなくだった。

凝って一瞬の、矢のような殺気を絆は感じた。

「はっ!」

絆は一気に、蓄えたすべての気を放出した。

と同時に全身に急制動を掛け、気の人形《ひとがた》から抜け出し、左転して全速力で走った。

剣気を扱い、時間に隙間を作る。

絆がこの死生の場で用いたのは、道場で蘇鉄が見せたあの、〈空蟬〉だった。

絆はそれを見様見真似《みようみまね》で実践した。

ただし、蘇鉄の技より絆の方が同じ一瞬でも遥かに長く、鮮明にして峻烈《しゅんれつ》だった。

絆の〈自得〉もあるが、それだけではない。

気の膨大な総量には大自然からの手助けもあり、弱法師の足運びの妙が、気の人形《ひとがた》からの刹那の抜け出しを可能にした。

駆け出す絆の前方で銃火が上がり、絆が予測した通りの、一身分右方に銃弾の唸りが過ぎた。

「なんだっ」

「先生！」

異変に気づいた弟子の何人かがグリーン上から駆け出る。

さすがに公安の鍛えだ。動きは速かった。

絆はただ、白光ほとばしる目に一本杉を見据えて走った。

キルワーカーに動揺があった。

プロにあるまじきと言う嘲《あざけ》りは正しくない。

絆の動きが、プロを超えたのだ。

焦りも含め、絆にはすべてが〈観〉えた。殺気にも収斂しない散り散りの気で放つ銃弾など、引き金を引く一瞬まで易く〈観〉えた。当たりはしない。

くぐもった二度の銃声だけが、虚しい抵抗の残滓《ざんし》だった。

キルワーカーは、猿のような顔をした小男だった。金壺眼が極限まで見開かれた。

「おおっ！」

稲妻の足捌きでキルワーカーの視線を外し、低く左方から踏み込んだ絆は地摺りからの竹刀を天に伸ばした。

切っ先三寸にたしかな手応えがあり、キルワーカーの手からサイレンサー銃が飛んだ。

「Ｏｕｃｈ！」

苦鳴を発するキルワーカーを絆は待たなかった。

天空に回った竹刀の剣尖《けんせん》を返し、上段から真っ向唐竹に振り下ろす。

上段はすなわち、炎の位取りだ。

金田の無念、千佳の悔しさも力に変えれば、竹刀も炎の刃《やいば》となる。

「せあぁあっ！」

気合、一閃《いっせん》。

手応えは十分だった。

絆はキルワーカーを、たしかに〈斬〉った。

地上ギリギリに竹刀を落とし、左膝をついた絆の残心の前で、キルワーカーがゆっくりと仰向けに倒れていった。

「先生っ」

「先生！」

駆け寄ってくる弟子たちの前に、月影を拾って絆は立ち上がった。

「見たかい？　これは、稽古じゃないよ」

弟子たちは、真剣な眼差しでうなずいた。

「俺の教練は、これで終わります。お疲れ様でした」

絆は、完爾《かんじ》として笑った。

四

翌日、隊にいた絆の元に一本の外線電話が掛かってきた。交換が告げた名は、漆原だった。

「はい。東堂」

「さすがだな。さすがの手練《てだれ》だ。——出てこられるか」

漆原が指定したのは、前回と同じ喫茶店だった。

向かえば、これも前回と同じ席に漆原が座っていた。ご丁寧にブレンドふたつも同じだ。

しかし、

「まったく同じようでいて、違うんですよねえ」

絆は呟きながら席に着いた。

「なにがだ」

鉄鈴は鉄鈴のままに、少し動く感じだ。緊張はわずかに薄くなっているようだった。

「これですよ」

絆はブレンドコーヒーを取り上げた。

「俺は気を遣いましたよ。漆原さんに香り立つコーヒーを出そうってね。でもこれ、完全に冷めちゃってるじゃないですか」

ああと言って、漆原は片頬を吊り上げた。

「仕方ないだろう。俺には、お前のような勘働きはないからな」

この表情が漆原の苦笑いかと、絆はとりあえず記憶した。

「さて。で、なんです？」

冷めたコーヒーを飲み、絆は本題を促した。

「欲しい情報は得られましたか？　これで成田は大丈夫なんですかね。あの管理官のところから、沖田家の結果報告は持ち出せましたか？」

「一度に聞かれてもな」

漆原もコーヒーに口を付けた。

「まず、沖田家のことからいこうか」

焼死体は沖田丈一と妻の敏子、息子の剛志、そして先代の後妻、信子。放火したのは本人や灯油のポリタンクの位置などから、信子だろうという見解らしい。生体反応があったのも信子だけのようだ。ほかの三人の肺に、煙の成分はなかったという。

「信子以外は死んでいたってことですか」

「そうなる。しかもな」

完全な焼死体からは、熱で成分分析は曖昧らしいが毒物が検出されたらしい。三人ともだ。

「毒ですか」

「そう。ただ、それだけで済まないところがややこしいようだ」

中でもひとり、丈一の遺体は眼窩《がんか》の端から、刃物によるわずかな亀裂が見つかったという。

「生体反応もあったようだ」

「ということは、毒を飲ませて三人を弱らせ、丈一にだけは先にとどめを刺し、その後信子が心中した、とか。そういう線ですか？」

「それもある。だが、もうひとつの線も浮かんだ。サ連以来、お前らの動きをマークした結果だが」

「あれ。尾行や盗聴をされた覚えはまったくないですが」

漆原は、お前はなと言ってうっすらと笑った。

「金田警部補や浜田隊長、大河原部長はな、我々にしたら取りやすい」

「なるほど。迂闊《うかつ》でした。それで？　その線とは」

「西崎次郎」

「え、西崎？」

「そうだ。周辺はお前らに任せるとして、我々は外周を徹底的に洗った。その結果、西崎はな、沖田剛毅の息子だということが判明した」

さすがに、絆はなにも言えなかった。コーヒーカップを持つ手も止まった。

思考が目まぐるしく、様々なピースをはめ込んでゆく。

もしかしたら、西崎が沖田一族だということが最後のピースなのかもしれない。

すべては、納得だった。

「西崎も、大いにありますね」

「そういうことだ。――次に、お前に働いてもらった結果だがな。これはまだ、とりあえず未定にしておこう」

「あれ。それってズルくないですか」

「そういうことではない。まだ決定していないということだ。三番目の合宿で釣るには釣れたが、その後に仕込んでいた輩もいる。それらが完全に白かどうかはこれからの判断だ。我々は情報で動く。裏が取れていない情報は、ただのゴミだ」

「はあ、ゴミね」

「教えないわけではない。ただ、もう少し時間が掛かる。その対価として、西崎のことを教えたと思って欲しい」

「時間分がそれでチャラだと」

「——ならんか」

「いえ。十分でしょう。——それで、成田のことが一番最後になった理由は？」

「鋭いな」

絆の言葉に、漆原はうなずいた。もうひと口コーヒーを飲む。

「別に誰かになにかがあったわけではない。だが、お前が合宿を終えても我々の警護は続く。これは、お前が囮を了承してくれた、あのときから決まっていたことだ」

絆は首を傾げた。よくわからなかった。

「どういうことですか」

「さすがのお前でもわからんか。なにか、一矢《いっし》報いた気分だが」

「一矢でも二矢でもどうぞ。それで」

「キルワーカーはな、我々が得た情報によれば、ひとりではないのだ」

少し間が空いた。

さすがに虚を衝《つ》かれた。

「——はぁ？」

「キルワーカーは三人でひと組のヒットマンらしい。それ以上のことは不明だ」

口を開けたまま、絆は固まった。

いや、呆気《あっけ》にとられると、本当に口は開けたままになると、絆は二十七年生きてきて初めて知った。

大学での診療を終え、いつも通り職員駐車場のレクサスに乗り込んだ西崎は、車内に小さな光を見つけた。キルワーカー専用の携帯に着信があった。

最近は、迫水からの電話であってもその場では掛けない。この専用携帯もブルートゥースにつなぐだけで、レクサスを発進させてしばらくしてから掛けた。

——やあ、西崎さん。

いつもより多少上擦っているように聞こえた。

『今度こそ、いい知らせなのだろうな』

——うーん。残念。大外れだね。

キルワーカーは言葉を切った。

『どうした。はっきりしろ』

——完敗だ。

地の底から湧き出るような声が車内に響いた。

『なんだとっ』

西崎は思わずブレーキを踏んだ。

『どういうことだ！』

——東堂絆。あれは強敵だ。弟の上を行った。

『ふざけるな。そんな言葉を聞くために大金を払ったわけではないぞ』

——慌てるな。二の矢、三の矢と言った。弟は負けたが、キルワーカーは負けない。——

また連絡する。

『お、おいっ』

通話は一方的に切れた。

西崎は暫時、固まった。

世界を股に掛けるヒットマンと、たかが警視庁の一刑事。

西崎の中の地球のイメージを、東堂絆が鷲《わし》づかみにする。

あれは、それほどの男なのか。

後続車からの激しいクラクションで我に返る。慌てて西崎はアクセルを踏んだ。

力のバランスが崩れているようだった。急発進になった。

レクサスのタイヤは、悲鳴のような音を上げた。

五

この日の夜、七時を回った頃だ。

成田の東堂家の居間は、この夜も色とりどりの花咲く南の島を思わせる匂いに包まれていた。正しくは居間だけでなく、家全体が、だ。

古民家でありながら、東堂家は周囲から完全に浮いていた。

「はぁい。お待たせねぇ」

いそいそとサラが運ぶのは、ポピアだった。パンケーキ風の皮で包まれたニョニャの生春巻きだ。エビやピーナッツ、もやし、キュウリなどがふんだんに巻き込まれ、ニンニクや唐辛子がべらぼうに利いている。

ほかに食卓には、ココナッツミルクをベースにしたラクサという麺や、豚肉のスペアリブを、これまたニンニクや強い香辛料で煮込んだバクテーが並んでいた。

どうやらバクテーは国民食のようで、毎回出る。

「まあ、いいんだがな」

典明はスパイシーな湯気の立つ料理を前に、憮然とした顔で座っていた。

ちなみに座卓は、前回のキルワーカー襲来時に典明が踏み割った関係上、新しいものに替えられている。今までが一枚木であった分、とりあえず買った量販店の品はずいぶん華奢だ。肘をついただけで、典明に言わせれば、またすぐ壊れそうだった。

「オー。美味《おい》しそうね」

典明の真向かいでゴルダが目を細める。

よくも毎日毎日美味そうだといい、本当に美味そうに平らげるものだと、そこだけは典明も認めるところだった。

典明には、味の違いがまったく分からなかった。食感だけは当然のように違うが、それ以外はどれも同じだ。

ざっくり言えば、ニンニクが利いていてとびきり辛い。それだけだ。使われている香辛料は複雑すぎてなにがなんだかわからない。ただ辛い。

渡邊家に千佳は戻ったが、サラの情熱めいた献身と、自分たちより遥かに手の込んだ料理を見て、真理子も千佳も口を出そうともしない。千佳などは、どこか面白がっている風情もある。

「ゴル。お前、幸せだな」

つい呟いた。

日本食への渇望の裏返しの、なにを食っても満足そうな奴への妬みだ。

だが、

「オー。そうですね。私、稽古でお腹ペコペコね。美味そうな料理ばかり。大先生、私、幸せ者ね」

典明がシンガポール料理をわからないように、ゴルダは日本語の機微がわからないようだった。

この夜はたしかに、稽古日だった。とうとう婆さん連中は、なにが有り難いのかわからないが、東堂家の冠木門《かぶきもん》から入るときに拝み、出るときにまた拝むようになった。

素直な年少組の子などは、ただ〈臭《くちゃ》い〉と言った。

「はぁい。典ちゃんもゴルちゃんも、食べますよぉ」

サラも席に着く。

ゴルダはかぶりつくようにして料理に向かうが、典明は箸が重かった。

気持ちからすれば、剣より重い。

「あれぇ、典ちゃん。どうしたかな。どこか具合でも悪い？　大丈夫、ソテっちゃんの隣の部屋、空いてるよ」

サラは料理に絶対の自信を持っているのだろう。口に合わないか、と聞いてくれることはない。悪いとすれば常に、典明の身体の方だ。

「そんなことはない。食うぞ」

ヤケで片っ端から口に入れる。

混ざろうと混ざるまいと、すべてが辛いニンニクなのだ。どうでもいい。

「はぁい。ふたりとも、よく食べましたぁ」

食事の終わりに、ゴルダは膨れ上がった腹を摩《さす》りながら満足げに上を向き、典明は精根尽き果てたように下を向く。これも最近ではいつものことだった。

ただ、

「これ、飲んでてねぇ」

そう言って後片付けと洗い物の間、サラはいつも茶を出してくれる。

これは美味かった。

黄、紅、プーアル、ルイボスなど、種類は典明にはわからないが、どれも舌の痺れを癒す妙薬だった。その後に出てくる、どれもココナッツの味しかしない馬鹿甘いデザートを思うと憂鬱にはなったが。

「今日は白茶《パイチャ》。福建のお茶ですよぉ」

サラは典明とゴルダの前に、可愛らしいボーン・チャイナのティー・カップを置いた。

これもサラの持参したものだった。

いつもの料理、いつもの茶、そしていつものデザートのコース。

ただ、この夜だけはわずかに違った。

清流に一点の澱みのようなものだろうか。

ティー・カップが置かれるふとした一瞬、典明はサラの瞳に光を感じた。典明をして、気のせいかと疑うほどの一瞬だった。

「デザート、今日はちょっと違うよぉ。楽しみにしててねえ」

ご陽気に笑い、サラは台所に去った。すぐに水音がして、ハミングも聞こえた。なんの歌かはわからないが、南国シンガポールの歌だろう。

典明はゴルダを見た。白茶を飲もうとしているところだった。

典明の視線を読んだか、肩をすくめて茶を置くと懐からなにかを取り出し、ゴルダはなにかをした。

それからしばらくして、口笛を吹いた。

「大先生。凄いね。脱帽よ」

言うなりゴルダは、

「ゴアァッ」

いきなり胸を掻き毟《むし》り、のたうち回り始めた。

「ゲェエッ」

畳で暴れ、テーブルを蹴り上げる。

カップが飛び、湯気の立つ茶はすべて畳が吸った。

「オッ。オォッ」

見事に苦しそうだった。

気配も縮んでゆく。

「――――！」

アホ臭いので放っておいた。

典明はその場で静かにうつぶせになり、気配を絶った。生気として通常なら漏れ出る分もすべてだ。

呼吸すら最小限に落とし、隠形《おんぎょう》を芯に据えればそれも可能だった。

ゴルダが、さらに気配を閉じていった。普通なら瀕死《ひんし》と言ってもいいレベルだった。

台所の水音が止んだ。

そのまま、変わらないハミングが居間に入ってきた。

メロディは変わらなかった。

ただし、にじみ出る気配は段違いだった。

冷たく、暗く、居間の様子を見ても動じない気配で、サラは南国の歌を口ずさんだ。

「OKね。兄さんも、だらしない」

そのひと言だけで十分だった。

典明はゆっくりと起き上がった。

離れたところから、ほぼ同時にゴルダも起き上がる。

「えっ。なに」

サラの硬質な気配がひび割れた。

「なんでっ。どうしてよっ」

「うーん。どうしてと言われれば、そうだな。日本の匠《たくみ》の技、ということかね」

言いながら、典明は気のボルテージを上げた。常態を超えて遥かに高次にだ。

ゴルダも、廊下側に動いてサラの退路を狭めながら殺気を滲ませてゆく。戦闘モードというやつだろう。

「ただな。ゴルから聞いていなければ、この茶を飲まなかったかと言われればわからんがな」

「イエース。大先生、持ち上げ上手」

ゴルダは鼻を膨らませた。

押し掛け弟子として上がり込んだ初日、あらゆる暗殺に対するために来た、とゴルダは言った。

「相手が暗殺のプロなら、私も戦争のプロね」

ゴルダはそう言って笑った。

典明が白茶を訝しんだ後、ゴルダが取り出したのは毒物検出の試薬だった。

結果は、やはりクロだった。だから飲まず、量がわからないよう畳にぶちまけたのだろう。

「なに。なによっ」

サラが退こうとした。

無駄だよ、と典明は声を掛けた。

「サラもわかるだろうに。この家は、最初の県警レベルを超える者たちに守られているようだ。逃げ場はないよ」

徐々にサラの殺気が膨れ上がってゆく。

愛らしく明るく、献身的だった今までが嘘のようだ。

いや、実際に嘘だったのだ。

殺気の一部が視線となって部屋の隅に流れた。そこにはサラのバッグがあった。銃か暗器でも入っているのだろう。

「くっ」

飛びつこうとするサラを典明が逃すはずもなかった。

〈毒使い〉、それがサラの正体なのだろう。体捌きに見るべきものはなかった。

音もなく近寄った典明は、手刀でサラの首筋を打った。

バッグに触れることもなく、サラはその場に倒れ伏した。

ゴルダがバッグに寄った。

案の定、中には小型の拳銃が入っていた。

「フィニッシュね」

「そうだな。さて、外の連中を呼んでくるか」

典明の足取りは、少々重かった。

蘇鉄に、なんと説明するか。

「ま、なんとかするしかないが。それよりゴル、喜べ」

典明は振り返った。

「明日から、日本食復活だ」

「オー」

ゴルダは、典明の意に反して渋い顔をした。

「なんだ」

「私、日本食苦手です」

「――お前、トホホな奴だな」

どうにも、典明の全身から力が抜けた。

「なら帰れ。自分の会社でも、国にでも」

典明は廊下に出た。

背に、困った困ったと嘆く、ゴルダの声がしばらく響いた。

六

翌日、絆は二度目の襲撃を受けたと聞いた成田に、再度向かった。

ただし、急ぎはしなかった。一報も、大河原が直接特捜隊にやってきたわけではなく、電話だった。

——大先生んとこがまた襲われたってよ。さっき公安の方から連絡があった。けどよ、慌てる必要はねえぜ。大先生が撃退したらしい。怪我人ひとりいねえってえし、隣ん家なんかはな、間違いなく襲撃があったことすら知らねえってよ。

驚く間もなくひとまず安堵する。というか、させられた。

襲撃されたという一事だけで、公安外事第二課の漆原を怒鳴りつけてやりたい気もする。が、大河原に連絡してきたのが県警ではなく公安ということは、約束通り周辺の警護はきちんとしていたということだろう。

未熟か上手か、それは約束の本質には関係がない。

ただ、安心しろと言った漆原のひと言に対して、百倍返しの文句だけは言いたかったが。

「部長、それって——」

ちょっと待った、と大河原が遮った。

――俺が知るのは、今ので全部だ。わかるだろ。出所は公安だからよ。自分で行って、聞いて来い。

ということで、成田に向かうことになった。

襲われたのが典明で、傷ひとつないなら、いや、多少の傷くらいでも行く必要は考えなかったが、情報は取りたかった。だから、特に急がなかったし、片桐も呼ばなかった。

成田駅からロードレーサーを走らせ、前回の襲撃以来、ほぼ十日ぶりの我が家に上がり込んだ。

「やけに匂うな」

香辛料の強い匂いがした。染みついた感じだ。

「よお」

障子を開け放した居間で、典明はゴルダとふたり、のんびり茶を飲んでいた。

矍鑠《かくしゃく》とした老人と屈強な外人の並びは奇妙だが、日向《ひなた》ぼっこには間違いない。

「なんだよ。お茶って」

気にはしなかったが、ここまで平凡を絵に描いたような日常の中に納まっていると癪に障った。

「ん？　なんだ。お前も飲むか。白茶、美味いぞ。なあ、ゴル」

「イエース。よくわからないけど、高いお茶ですね。美味いね、きっと。若先生、煎餅もあるよ」

いつの間にか、典明とゴルダはずいぶん気の合うコンビになっているようだった。

絆は頭を掻いた。

ひとり警察官面で入れる空間ではなかった。

ひとまず日向ぼっこ界の住人になることを決め、絆も座卓の一角に座った。

「もらうよ。その白茶」

ＯＫと言ってゴルダが茶簞笥に向かった。なかなか板についている。茶はすぐに出てきた。

「どうぞぉ」

出された茶は、色は薄かったが香りが高く、たしかに上品にして上等な茶だった。切れのある後味にはほのかな甘みもあった。

「なるほど。美味いね」

「そうだろう」

「これ、どうしたんだい？　中国茶なんて珍しいね」

典明が笑った。

「サラの置き土産でな。昨日はその茶に毒が入ってた」

思わず噴き出しそうになった。

典明とゴルダは、そろって笑った。

ずいぶん気の合うコンビ、どころではない。このままにしておくと、相乗効果で危険な気がした。

「え、サラ？　毒？　——ああ、サラが」

キルワーカーだったのか。

それで、公安が出し抜かれたわけがわかった。

彼らが張り付く前から出入りしていた人間、それも家人が許した者は、対象外にもなろうというものだ。

「そうか。毒、ね」

絆の脳裏に全焼の沖田家が浮かんだ。

沖田丈一以下、家族三人は毒を飲まされていた。ここまで符丁が合えば、それもサラの仕業ということか。

レーザーポインターのキルワーカーは、漆原の部下に無条件で引き渡した。以降、公式にはなんの発表もない。毒のキルワーカー、サラも、このままなら存在自体から裏に潜るに違いない。

確証を得るには、漆原を揺するしかないだろう。

「そうですねぇ。彼女、ヒットマン。キルワーカーね。かもしれない、くらいだったから、ビックリね」

ゴルダがひとり、しみじみとうなずいた。

絆はまた噴きそうになった。

「えっ。ゴルダさんが、どうしてそれを」

「オー。ゴルダさんは、水臭いね。ゴル、オア、ゴルちゃんでお願い」

「いや。それはどうでもいいけど」

「はっはっ。絆。今回はな、ゴルに助けられたようなものだ」

「——なにそれ」

ゴルダは最初から、東堂・渡邊両家に目を光らすためにやってきたらしい。

「事務所の移転からなにから、いい取引だったね。私の会社、ちょっと斜めだったからね。でも、こっちに来て今は真っ直ぐ」

依頼を受けてきたはいいが、少し遅れたという。それで蘇鉄が刺され、千佳が消えない傷を負った。

「ごめんなさい、と言うしかないね。ごめんなさい」

ゴルダは大きな体をたたんで頭を下げた。

キルワーカーは三人。それは最初から知っていたという。そこまでの情報は与えられていたようだ。

ただ、それぞれの性別や特徴までは知らなかったという。だから当初は、主にナイフ使いの再来に注意していたらしい。だが、ゴルダもI国で鍛えられた男だ。途中から視野を広く切り替えたようだ。

「へえ。やるね」

「大したことないね。同じ外人、変かなってね」

「——あ、それだけ」

「ノー、ノー。ちょっと違う。外人の私、思うところあってここに来た。同じような時期に、もうひとりの外人。そしたら、思うところがあるかもって思うのはありね。これは、外人の私が、思うところがあったからわかることだよ。思うところがなければいいけど、思うところがないと、なかなかこんなところまでこないね。ここは僻地《へきち》」

ゴルダは断言した。

「わかったようでわからないようで。とにかく、僻地で悪かったね」

「ノー。僻地、サイコーね」

典明が、そうだろうと言って煎餅をかじった。

「私のルートから、沖田さん家《ち》の毒、すぐ知らせが来たね。だから、関係はわからなかったけど、毒もあるかと思ったよ」

「えっ」

絆はふと、刑事の目に戻った。

大河原ですらお手上げの公安の情報が、ゴルダに入る。

訝しいことだ。

「オー。若先生。そういう目、ダメね。ちょっと怖い」

「って言われてもなあ。――ねえ、ゴルさんって、何者？」

「私、民間のパーツ輸出業者ね。ただ、昔は凄腕のパラシュート」

「絆。細かいことは気にするな。ゴルはゴル。このまんまだ。気配でわかるだろうが。穏やかな、いい気配だぞ」

それは、たしかにわかる。

ゴルダは満足そうに胸を張った。

「毒、要注意ね。だから私、毎回大先生より先に食べたよ。毒味って言うかね。検査キットも持ってきた」

「えっ」

聞けばさすがに、それ以上は言えなかった。

ゴルダは陽気さの裏で、命を張ってくれていたようだ。

「そうまでしてくれたんだ。ありがとう」

絆は素直に頭を下げた。

「ノー、ノー」

ゴルダは慌てて首を振った。

「私の方こそ、なのね。私の会社、本当に斜めだったね。真横に近いくらい。この依頼で、真っ直ぐ。それに、大先生の教え、凄かった。剣に憧れがあるの、本当だよ。すべてがハッピーね。私こそ、ありがとうだね」

陽気な男が、珍しくしんみりとして言った。

決して上手くない日本語にも、真情は乗る。

「でもゴルさん。その依頼のルートってのは、なんなんだい？　できたら教えてくれない？」

「オー。それは無理ね。無理の無理」

ゴルダがまた、いつものゴルダに戻った。

「あ、やっぱり駄目かい」

「ダメと違うよ。私もわからないと言うことね」

「――わからないって。――それがわからないけど」

「私への依頼、私の古い友人から。毒のことも、その友人からね。でも、その古い友人も誰かに頼まれたみたいだね。友人の先、友人が言わないから私も聞かない。私の友人は、戦場での友人ね。戦場での友人って、そういうもの」

「ふうん。戦場、ね」

そんな場所を微塵《みじん》も感じさせない陽気さの裏には、おそらく多くの悲しみがあるに違いない。深く聞かなくとも動けるほど、戦場の友人とは強いつながりなのだろう。

「あ、でも何度か口にするのを聞いたよ。〈J〉って人らしいね」

「〈J〉ですか」
J、〈J〉。
たしか美加絵のノートPCの中にもあった。

JOKER、JESUS、JUDAS。

「いや」

絆を取り巻く環境の中で当てはめれば、JUNYAか。

予断でしかないが。

「色々わかったよ」

絆は腰を上げた。

「でも爺ちゃん。油断はしないように。例のナイフ使いがまだ残ってる」

「おう。任《まか》へとへ」

煎餅をかじったまま典明は言った。

絆は溜息をついた。

「ま、煎餅が嚙める丈夫な歯があるうちは、大丈夫そうだね」

絆は次いで、ゴルダにも目を向ける。

「ゴルさんも気をつけて」

「オーへー。わたひ、まはまは住み込むへ」

こっちも煎餅をかじっていた。

「――ま、いいや」

じゃあ、と手を挙げ、絆は家を出た。

辺りを見回せば、四つのかすかな気配があった。漆原の仲間だろう。

「皆さん。相手はまだ、もうひとりいます。よろしくお願いします」

当然、答えはない。

絆はロードレーサーにまたがり、駅に向かった。

到着すると、ちょうど十二時を知らせるチャイムが鳴った。

「ふむ」

改札へ向かおうとする足を止めた。

「今からなら、ちょうどいいかな」

その辺で昼食を摂り、もう一度ロードレーサーにまたがれば、目的地に着くのはちょうど一時頃だろう。

一時は、赤十字病院の面会許可時間の始まりだった。

七

綿貫蘇鉄は夢を見ていた。

最初の場面は十八歳の頃、香具師《やし》の元締め稼業を父親に仕込まれ始めた頃だった。

東堂家にはまだ先代、十八代が厳格にして健在だった。

蘇鉄はその日、道場でいつも以上に仏頂面の典明に稽古をつけられていた。二十四歳の典明だ。

仏頂面の理由はわかっていた。

やがてその理由が、東堂家にタクシーに乗ってやってきた。

「へっへっ。見てきやす」

「あ、こら。おい、蘇鉄」

典明の声を無視して蘇鉄は玄関に走った。

ふかふかしたタオルに包まれた新しい命と、十八代夫婦、そして典明の妻、多恵子がいた。

新しい命は赤い顔をして、十八代の腕の中で眠っていた。

「へえ。小っちぇっすねぇ」

伸ばしかけた腕を十八代が叩いた。

「汗臭いぞ。触るな」

「いいじゃねぇすか。ちょっとくれぇ。——でもなんか、可愛いっすね」

そうじゃろう、と後にも先にも、厳格を絵に描いたような十八代のやに下がった顔を、蘇鉄はこのとき初めて見た。

典明の仏頂面は、退院の赤ん坊を迎えに行くことを十八代が頑として譲らなかったからだ。

女の子は、礼子と名付けられた。

すくすくと育ってゆく礼子を、蘇鉄は見続けた。

男勝りで勝ち気で、幼稚園のとき、運動会で一等を取れなかったと言って泣いた。

「少し、鍛えてみるか。足も速くなるぞ」

「うん。やる」

年少組として礼子が道場に立つようになったのは、この日の晩からだった。

真新しい稽古着の礼子は、可愛らしく微笑ましかった。

二十五歳で父が急死し、いきなり大利根組を継がなければならなくなって気負い込む蘇鉄を、愛らしい笑顔でほぐしてくれたのは、小学生の礼子だった。

「そてっちゃん。なんか怖い顔だよ。スマイル、スマイル」

自分の両頰に指を当て、にっこり笑って顔を左右に振るお下げ髪。

泣けた。

少女の前にもかかわらず、どうしようもなく泣けた。

それから十八代の死、蘇鉄の結婚、礼子の中学進学、十八代の妻の死、礼子の高校合格と、蘇鉄と礼子は折々に、なぐさめと祝福を分担した。

礼子は凜とした剣士として、女性として、立派に成長していった。

そんな礼子から初めて恋心らしき話を聞いたのは、礼子が高校一年になった八月だった。クソ暑い道場の片隅でだ。

「なんか、気になる人がいるんだぁ。この間の玉竜旗で優勝したの。凄く強いのよ。父さん以外にあんな強い人、初めて見た。きっと、インターハイも取るんじゃないかなあ」

自宅に帰ったその足で、蘇鉄は古新聞をひっくり返した。

「にゃろう。こいつか」

優勝旗を堂々と掲げる若い男の名は、片桐亮介と言った。

そして片桐と礼子は――。

という夢を見ていると、背中が痛かった。

あっさり、蘇鉄の夢は破られた。

「ふぇ？」

「やあ、親分。起きたね」

首を回せば絆が病室の扉側、蘇鉄の背中近くでパイプ椅子に座っていた。

「――ええと。もしかして若先生、あっしの傷に触ってませんでしたかい」

「あ、ばれた？」

絆は悪戯《いたずら》気な顔で笑った。

「かぁ。そういう起こし方、やめてもらえやせんかね。これでも怪我人なんですぜ」

「でも、もうだいぶいいんだろ」

「よくても怪我人は怪我人でしょうが。退院したわけじゃありやせんよ。まだ当分、許しも出てねえみてぇだし」

「あ、そ。――まあ、だからちょうどいいんだけど」

絆が前屈みになった。

蘇鉄はいやな予感がした。

というか、いやな予感しかしなかった。

「ねえ、親分。前から聞こうと思ってたんだけどさ。俺の母さんって――」

「知らねぇ知らねぇ」

蘇鉄は無理を押して、ベッドの上で反対を向いた。背中の傷が疼くように痛かった。

「その、俺の母さんってさ」

パイプ椅子をガタガタやりながら絆が回ってくる。

「知らねぇって言ってんじゃねえすか。誰すか、それ」

元の方にまた向き直った。

今度は、絆は追ってこなかった。

「誰すかは言い過ぎじゃない？　わかりやすいなあ」

「とにかく知らねぇ。聞きたきゃ、大先生に聞きゃいいじゃねえっすか」

絆が黙った。

もともと気配がうっすらしているというのが始末に負えない。なにを思っているかがわからない。

「あの、若先生」

声だけ掛けてみた。

「親分。大丈夫、わかってるから。片桐さんが親父だってことは」

「えっ。そうなんすか」

顔だけ振り向けた。

窓から見える青空を背に、絆が笑っていた。

「あ、やっぱりそうなんだ」

「うわっ。汚《きた》ったねえよ、若先生」

「ははっ。冗談冗談。大丈夫だよ。爺ちゃんといい千佳といい、親分といい。あれだけ腫れ物を扱うみたいによそよそしくされれば、誰だってわかるって」

「——そんなこと、してました？」

「そんなことしてた。ま、成田に限ったことじゃないよ。警視庁内にも、当時のことを知る人は大勢いるからね」

絆は、だからと言ってベッドの上に両手をついた。

「……なら、なんですね」

「聞きたいのは、そのことじゃない」

さらにいやな予感が蘇鉄にはした。

「母さんがどうして亡くなったか」

予感は的中した。

「言えねえ。違う。言いたくねえ」

「——傷口、触るよ」

「あ、それもいやだが。——若先生、勘弁してくれよ。金輪際口にもしたくねぇ話だ」

「だからだよ、親分。親分には申し訳ないと思ってる」

絆は、やけにしんみりとした口調になった。

「けど、聞ける機会も場所もそんなにないだろ。俺は、知りたい。いや、子供として、知らなければいけないんだ」

蘇鉄は一瞬、黙った。

わからないでもない。義理と人情を秤に掛ければ、義理が重たい任侠の世界に生きてはいるが、この場合どっちが義理で、どっちが人情だかわからない。

「でもねぇ」

「頼むよ、親分」

「しかしですねぇ」

「傷口、グーで叩くよ」

「あ、それは勘弁」

勘弁は方便。

きっかけはそんなもんでいいか、と思ってしまった。

「仕方ねえ。いいですか。一度しか話さねぇよ。変な説明も疑問もなしだ。ひと息にしゃべっから、それっきりにしてくだせぇ」

「――ありがとう。恩に着るよ」

「へっ。どんな形で帰ってくる恩だか」

大きく息を吸い、

「片桐と礼子ちゃんはよぉ」

蘇鉄は、病室の窓から見える風景に語り始めた。

背には変わらず、絆のうっすらとした気配しかなかった。

ちょうど、今まで見ていた夢の続きのようだった。

いや、今もまだ夢の中なのかもしれない。

ひとり語る自分は、現実か、夢か。

(そういや、なんかあんまり、傷が痛くねぇなあ)

窓の外をゆっくり流れる雲が行き過ぎ、次が来てその次が来ても、蘇鉄のひとり語りは終わらなかった。

第六章

一

次の日、また特捜隊に外線電話が掛かってきた。漆原からだった。

「何分だ」

前置きもなく漆原が聞いてきた。

「そうですね。八分」

会話はそれだけだった。

時間を調整しながら、絆はいつもの喫茶店に向かった。ちょうどマスターがブレンドコーヒーを、これもいつもの席に運ぶところだった。

「どうも。この間の嫌み、覚えていてくれたんですね」

「嫌みだとは知らなかったが、まあ、そういうことだ」

漆原はうなずいた。

「だが、俺はお前のような魔法は使えないからな。堅実に地味な方法を取るしかない」

漆原は先にコーヒーに口を付けた。

「たしかに、こういう物は温かい方が美味いな」

「それはそうでしょう。――で」

「この前の結果だ。ああ、その前に」

漆原は姿勢を正した。

「成田では、すまなかった」

「そうですね」

来たとばかりに、絆は百の文句を並べようとした。

「漆原さん、あれは――」

「もっとも東堂。我々が関わる前からの出入りにはどうしても手薄になる。内から食い破られてはどうしようもない。落ち度、とこの辺りに関して責められる謂《いわ》れはないと言っておこう」

「えっ。あの」

「ただし、俺はお前に安心しろと、まるで確約のように言ってしまった。これは俺の軽挙であり、下手をしたら妄言になりかねなかった。軽々しく口にすべきではなかったと思っている。そのことについては、頭を下げる。この通りだ」

漆原は辺りはばかることなく、頭を下げた。

絆は、まるで餌を求める金魚だった。

ゆっくり、漆原の顔が上がった。

「東堂。仲間に落ち度はない。責めるなら、俺を責めろ」

「――いえ。一から百まで、今ので終わっちゃいましたから。もういいです」

「ん？ そうか。寛大だな」

少々釈然としないものは残ったが、絆は手で先を促した。

まず毒使いのキルワーカーに関して、

「ニョニャの店は、本当にあった。だが聞けば、金で何日かを買ったようだ。一日店長みたいなものだな。だが、その昔にも一度あったらしい。キルワーカーの女は、前にも日本に潜入したことがあるようだな。理由はわからないようだったが、そのときは特になにも起こらなかったようだ。オーナーは、だから気安く今回も引き受けた。もっとも、それなりの金でもあったらしいが」

片桐が言っていた、魏老五暗殺計画のことだろうか。そうだとすれば、理屈には合う。

「で、ここからが本題の結果だが」

おそらく仲介者はノガミの魏老五、と漆原は声を落とした。

「そうですか。魏老五が」

　Nとは Nシステム、自動車ナンバー自動読取装置のことだ。走行中の自動車のナンバーを自動で読み取り、ビッグデータと照合できるシステムだ。

「Nに引っ掛かった。あの日午前中、江は自分の車で八王子《はちおうじ》まで行った」

　正確には、魏老五のところの江宗祥だ。

「前の二度にはもちろんのこと、後の二度にも怪しげな動きは皆無だった。細かくは言えないが、竜神会系や新宿のとあるチャイニーズのグループなどだ。疑わしい動きがないわけではなかったが、この件に関してはシロだった。お前には関係のない部類だ。結果、不穏な動きをしたのは三度目の魏老五だけだった」

　五回目の合宿をリークした先でも、絆がキルワーカーを撃退した日から数えて二日後の話になる。キルワーカーにつながる者がいるようならすでに動いているか、動き始めるか。

　三度で打ち止めとなった絆と公安課員の合宿だが、実際にはあと二回、つまりは二泊三日分残っていたらしい。

「それが我々の仕事だ」

「へえ。言い切りましたね」

「おそらくという言葉は、依頼者か仲介者かという部分に掛かる。そして、我々のおそらくの確度は高い。関わりという意味なら、魏老五が関わっているのは間違いない」

「おそらく、ですか」

片桐に聞いた話を思い出したばかりだ。納得はいった。その昔、キルワーカーというより向こうの仲介者、あるいは組織を取り込んだのだろう。

「我々は確度をさらに上げるつもりだ。キルワーカー三人組のうち、お前のおかげもあって二人までを押さえてある。こちらの仲介者は魏老五と当たりはつけた。これで初めて、向こうの国内での仲介組織まで辿り着けるかもしれない」

「へえ。それは凄いですね。外事第二課って、いや、漆原さんの係って、簡単にそんなところまで届くんですか」

「簡単ではないさ。うちの係でもな」

「でも、自信ありげでしたよ。その気配も窺える」

「ははっ。敵《かな》わないな。お前の鋭さには」

漆原は薄く笑い、これがタイミングかな、と言った。

「なんです?」

「場合によっては、お前には話していいと言われている。キルワーカーのことにしても中国のことに関しても、係だけでは無理だ。課になってもどうだろうな。キーワードはな、〈J〉だ。それだけは伝えておこう」

「──あ、〈J〉」

また〈J〉が出てきた。

J、J、Jと、周りにJが多すぎる。
「かぁ。なんですか、それ」

絆は膝を叩き、椅子に背を預けた。

「なんか、掌の上って感じですね」

「そうなのか。俺にはわからないが。まあ少なくとも、ティアに始まるこの一連の件は、お前が先頭だよ。全員がそれに続いた。お前の力なのは間違いない。人が動くということも含めてな」

「そうですかね。どうにも、ちょこちょこ〈J〉が出てきます。どういうつもりでしょう」

「恩でも売ろうかと聞いた気がする。ああ、このことを口にするのは、俺の過失を不問にしてくれた礼だ。だが、言葉通りに受けていいものかどうか。どうだろう。案外、友達になりたいのかもしれんぞ」

漆原はコーヒーを飲み干して立ち上がった。

「寂しいのかもしれないな。俺には本当のところはわからんが」

背を返し、漆原は、ああそうだと立ち止まった。

「なんですか。まだなにかあるんですか」

「そう構えるな。――お前と六日をともに過ごした連中な。近いうち、全員がお前の前に並ぶかもしれん。お前の弟子にして欲しいそうだ」

「え？」

いきなり話が飛んだ。少し意表を突かれた。

「こうして、お前の周りには人が集まる。それはそれで、武器だろうな。絆か。いい名前だ。言い得て妙だ」

じゃあなと手を挙げ、漆原は出て行った。

しばらく、漆原の言葉を吟味しつつ、泡沫のような思考に身を委ねていた絆は、やがてひとつのことに気づいた。

「もしかして、コーヒー代は俺持ちか」

マスターが離れたカウンターの奥から顔を出し、よろしくねぇと手を振った。

二

この日、午後になって片桐は上野仲町通りに向かった。

顔つきは、厳しいものだった。プレスなど掛かっていないコートのポケットに両手を突っ込み、一点を見据えて真っ直ぐ歩く。対面からくる者たちは、みな道を空けた。それほど険しい雰囲気であり、表情だった。

向かうのは、魏老五の事務所だ。

絆から片桐のところに、五分ほど前にメールがあった。湯島の坂を下り、手近な牛丼屋で昼飯を食っているところだった。

〈三人組の仲介者、魏老五〉

思わず噴き出しそうになる飯を、逆にかっ込んだ残りで蓋をするようにして味噌汁で飲み下し、考える前に身体は仲町通りに向いていた。

いつものビルの七階に上がり、インターホンを押す。

普段より少し待った。グループの若い者が出た。

アポなど取っているわけもない。

「なにか」

「なにかじゃねえ。とっとと開けろ」

「今日、アポないとボス言ってる」

「うるせぇな。開けろったら開けやがれ！」

誰もいない廊下に片桐の怒声だけが響いた。

しばらくして、鍵が開いた。

待つのももどかしく、片桐はこじ開けるようにして事務所内に入った。

中にいるグループの連中は、いつもより少なかった。十人ほどだった。

「やあ、爺叔」

いつものデスクの向こうではなく、魏老五は広間の真ん中に立っていた。

(けっ。こんなんだったかい)

こんなにも細かったか。こんなにも小さかったか。

着ている物は上等だが、こんなにも貫禄もクソもない男だったか。

(こんな男がコソコソしやがるから)

金田洋二は、殺された。

渡邊千佳は、生涯消えない傷を負った。

無言で片桐は魏老五に近づいた。魏老五は動かなかった。

「手前ぇっ！」

胸倉をつかみ、怒りにまかせた拳を振り上げる。

周りが騒然とした。素早く駆け寄ろうとする者もいた。

「シッ！」

魏老五の声が全員を縫い止めた。

片桐の拳だけが止まらなかった。魏老五の頬を打ち抜いた。

「ぐぁっ」

華奢な身体が独楽《こま》のように回って吹っ飛んだ。

近場のソファやテーブルを巻き込んで床に倒れ、しばらく動かなかった。

「ボ、ボス」

「ボス！」

配下の全員が駆け寄る。

片桐も近寄り、魏老五を冷ややかに見下ろした。

やがて、よたよたと魏老五が上体を起こした。

左の頬は早くも、わずかに腫れていた。口元に血の滲みもあった。

「爺叔、いいパンチね」

魏老五は口元の血をぬぐった。

「でも、手加減したろ。爺叔の本気、こんなものじゃないね。こんなものの男に、私、仕事頼まない」

「ふん。手前ぇこそ、なんで黙って受けやがった」

魏老五は、片桐の拳を最初から受けるつもりのようだった。だから、直前にわかった片桐の拳は鈍った。

本気で打ち抜かなかったのは手加減ではない。迷いだ。

「迷惑、掛けたからね。金はもちろんだけど、金で済まない償いもあるね」

「誰に」

「──馬達夫だよ」

「馬だぁ？」

「キルワーカーが来れば、爺叔の周りが騒ぐのはしょうがない。当たり前。でも、場所が馬の店はダメ。あれは、私の一族。私と違い、陽の当たる場所で一生懸命頑張ってる者の店。あれはダメ。キルワーカーは、そんな店を血で汚した。私のせいね。私は、罰を受けなければならない」

「なんだよ。じゃあ、俺があの件でここに来る前から決めてたってのかよ」

笑おうとして、オウ、と魏老五は顔をしかめた。

頬が明らかに腫れを見せていた。口中もズタズタに切れているはずだ。

「さて爺叔。約束は約束ね」

「約束？　そんなもん、茶番じゃねえか」

「そんなことはない。爺叔は辿り着き、口にした。私は言わなかった。言葉は大事。言った者勝ち」

魏老五は手足を動かし、床の上で小さく丸まった。

土下座だ。

誰も動かなかった。空気までが固着したようだった。

片桐は冷ややかに、見下ろすことはできなかった。

屈辱に違いない。償いだという。

これも俠《おとこ》の形か。

(大陸の俠は、わからねえ)

静まったわけではないが、いつの間にか怒りは矛先を見失っていた。

魏老五は顔を上げた。目にいつもの、艶めく蛇のような光が戻っていた。

「ただ、爺叔。私にこうまでさせることの中心に、爺叔の倅がいるね。爺叔は、倅の味方をするのかな」

「当たり前だろ。それが、親父ってもんだ」

魏老五はうなずいた。

「それでいいね。そうじゃない男は信用できない。でも、信用できても扱えない男も、ときたま出る。キルワーカーのことはここまで。当然、誰が依頼主かは言えるわけない。爺叔、私たち、手切れね」

「そうなるか。ま、そうだな」

「握手はしないよ。次、邪魔したときは、本当に爺叔も倅も、容赦はしないね。顔見知りであればあるほど、死は惨《むご》いものになると覚えておいた方がいいよ」

「肝に銘じるよ」

片桐は頭を掻いた。

「けどな、そこんとこはお互い様だろうよ。なあ、魏老五」

答えも待たず背を向けると、魏老五の声が掛かった。

「そう。公安に触る機会があったら伝えておくといい。このことで海の向こうに手を伸ばしても、辿るのは無理ってね。もう、形、変わってるよ」

「なんだあ？」

「やりそうだと思ったね。徒労を省いてあげた。これ、最後のサービスよ。片桐さん」

特になにも返さず、片桐はそのまま魏老五の事務所を出た。

路地の角まで出て、煙草に火をつけた。

この日は土曜日だ。昼間も仲町通りは大した賑わいだった。

行き交う人の流れを見ながら、片桐はコートのポケットからおもむろにイヤホンを取り出した。

耳に装着し、煙草を吸った。

紫煙が流れ、ノイズのような足音の中に声が聞こえた。

魏老五の中国語だった。

片桐は魏老五を殴り倒した際、どさくさに紛れ、ソファの裏地に見つけた切れ目に盗聴器を押し込んだのだ。

二日と保たない分、盗聴器の電波は強く、聞こえてくる音声はクリアだった。

――爺叔とはもう関係ない。

――〈ティアドロップ〉は、どう。

とぎれとぎれにそんな言葉が聞こえた。とぎれたのは音声ではない。片桐の理解だ。

「ちっ。もう少し真面目に習っとくんだったたな」

魏老五と付き合うようになって、多少の中国語は覚えた。若い連中に教えてもらった。

だが、中国人同士に生の会話をされるとよくわからない。

「へっ。手切れって言いながら、いなくなってもまだ爺叔と呼ぶんかい。なあ、ボス」

わかったのは魏老五のこのふた言と、それに対する返答のいくつかだった。

煙草を何本か吸い、イヤホンに、

――じゃあ、行ってきます。

と誰かの声が聞こえたのを潮に、その場を離れた。

人混みに紛れて歩きながら、片桐は絆の番号を押した。

――はい。

すぐに出た。

土曜だというのに、親に休日らしい休日はなく、子は子で、休日は休むということさえ理解しているものかどうか。

（まったくなぁ）

笑えた。胸の内が少しすっきりした。

片桐は、魏老五の事務所でのことをそのまま伝えた。

絆からは特に相槌《あいづち》もなかった。

「ま、これで魏老五とは縁切りの形になった。以降はあまり期待するな」

――そうですか。

声の調子が、なにかいつもと違った。少し遠い気がした。

「どうした」

――いえ。

ひと言だけで、間が空いた。

――片桐さん。俺、赤十字病院に親分を見舞いました。

「そうか」

――そこで、色々聞きました。母の話。

片桐の心臓が大きく鳴った。歩調も乱れた。面と向かって言われなかったことは、幸いだった。

「そうか。聞いたって、なにをだ」

――全部、ですかね。もっとも、生い立ちとかまでは知りませんが。

「そうか」

同じ返答の繰り返し。我ながら情けないと思ったが、ほかに言葉は出なかった。

「それで？」

――それでって。それだけですから。

「そうか」

――昨日と今日、今日と明日。なにも変わりませんよ。俺は、俺の道を歩くだけですから。

聞きようによっては突き放した物言いだ。冷たくも淡白にも聞こえる。

しかし、片桐にはわかった。同じ師に鍛え上げられた、剣士なのだ。

突き放した物言いは、すべてを受け止め、離さない、その覚悟だ。冷たく淡白な口調は、哀しみをいくつ背負おうと、何枚まとおうと、その重さに負けることなく、揺るぎもしないで真っ直ぐに立つ、強靱さだ。

明鏡止水の境地に、足を掛けたか。

改めて片桐は思った。

この男は、この息子は、強い、と。

「そうか。いや、それがいい。お前は、それでいい」

通話を終えた。

土曜日昼間の明るい雑踏は、片桐には無縁なものだ。しかし、

（礼子、聞いてたか。俺とお前の息子は、強いぞ。立派に育ってるぞ）

やけに視界が滲んだ。

「ねえママ。あのおじちゃん、どうして泣いてるの?」

両親に手を引かれた男の子がすれ違いざま、素直な疑問を口にした。

三

どう考えても、すべての中心に西崎次郎がいた。確証はなにひとつないが、そう考える以外、チャートの芯に据えるべき主犯は見えなかった。

サ連、沖田組、エムズ、JET企画、MG興商、田之上《たのうえ》組、全国の中小企業や組合団体、議員。

〈ティアドロップ〉は、人の思惑や欲望を上手く引き出し、つなげた。

と同時に、魏洪盛、宮地、戸島、沖田美加絵を始めとし、丈一、敏子、剛志、信子、金田。

人の思惑や欲望を絡ませもし、増幅もし、多くの人の命を奪ったが、これは思いつくままに列記しただけだ。もっと多いかもしれない。

そして、八坂、尚美、千佳、蘇鉄など。さらに、クスリの成分やそれに群がる暴力は、間違いなく何千何万という人の心身を傷つけた。

その中心に、今やはっきりと西崎が見えた。

ただ、これだけの渦の中心にはっきりと見えながら、決め手となる物的証拠がなにもないというのも、また事実だった。

周到にして綿密にして明晰《めいせき》なのだ、西崎次郎という精神科医は。

絆は腹を決め、各所に応援を頼んだ。関わりのありそうなすべての事件、すべての人物を、西崎次郎という男を念頭に置いて洗い直すためだ。

渋谷署からは下田の係だけでなく、魏洪盛殺人事件の絡みで若松の係も手を挙げてくれた。美加絵や金田の事件があった大崎《おおさき》署や上野署も同様の措置を執ってくれた。

三田署からは大川が複数の係を駆り出した。オーバーステイたちの件で収穫のあった所轄も、借りを返すとばかりに動いた。

池袋の特捜隊も、浜田隊長がGOを出し、四班が臨時の専従となって各署の応援に散った。

そのままどの署でも係でも、二完徹に及ぶ中身の濃い再捜査となり、再精査となった。

しかし、それでも――。

すべてのあらゆるものと、西崎をつなぐなにものも見出《みいだ》すことはできなかった。

時間がまだ十分ではないと見る向きもある。

しかし、一度は捜査のプロたちが動き、情報を集めた案件だ。下準備は出来ている。そこから精度を上げた結果なのだ。

新たな発見や疑問が出てきたものは、すぐに聞き取りや現地調査に走った。

にも拘《かかわ》らず、西崎のにの字も浮かびはしなかった。

いや、西崎を念頭に置いた分、逆にはっきりと分かった。

追えば追うほど、かえって西崎からは遠ざかった。離れて消えるか、その先を諦めざるを得ないほど離れに離れた。

「なんだか、言葉はよくないけど、凄いですね。ここまでの仕込みって、よっぽど頭がいいんでしょうね」

二完徹の疲れを微塵も感じさせず、絆はモーニングコーヒーを口に運んだ。

時刻は朝の六時前だった。実際には、どこからのどれがモーニングコーヒーだかはわからない。渋谷署の喫煙ルームから、鮮やかな朝焼けが見えたからそう思っただけだ。

「さぁて、それだけかな。これまでに、十分な時間が取れたってのもあんじゃねえのか。始めた頃の隙や粗さが改善されるほどのよ」

朝焼けを浴びながら、疲れ切った顔の下田が目頭をもんだ。

「だからこりゃ、お前が負うべきもんじゃねえ。俺らが見逃してたから、いつの間にか出来上がっちまったんだ」

「ああ。なるほど」

「ちっ。簡単に納得すんなよ。少しはこっちにも気を遣え。この齢で初めて二完徹だ」

「ええと。お疲れ様です」

「おうよ」

コーヒーを飲み、下田は煙草を吸った。

「で、東堂。これからどうすんだ」

「そうですね。まあ、シモさんたちは皆さん、少なくとも今日は休んでください」

下田は血走った眼を向けた。

絆は強く笑って見せた。

「組対的正攻法で、とりあえず真正面から行ってみます」

「組対的って。大丈夫か。時間のことは言ったが、それだけじゃねえ。切れ者には間違いねえんだ。下手なこと言ったら言質《げんち》を取られる。それを逆手に取られて訴訟なんてことになったら、それこそ今後の身動きが取れなくなる」

「気をつけます」

「気をつけますって。――俺もついていこうか？　いや、俺じゃあな。若松つけるか」

「それこそ共倒れになったら本も子もありません。大丈夫」

絆は携帯を取り出し、振って見せた。

「休養十分なのを呼び出して、連れて行きますから」

「片桐さんか」

「はい」

LINEを起動し、簡単な文章を送る。

〈品川、S大付属病院にレンタカーで。ロビーに十時〉

「これでまあ、最近の勤勉さから言ったら、九時くらいまでには連絡があ――」

言ったそばから、絆の携帯が音を立てた。

〈了解〉

片桐からの返信だった。

「なんとまあよ」

下田が笑った。

「ずいぶん、行儀よく仕込んだじゃねえか。組対の星を前にすると、伝説の男も形無しだな」

「いえ。仕込んだとすれば、カネさんですよ。カネさんが命で仕込んだんです」

「ふうん。そう卑下することはねえと思うけどね」

「卑下？　いえ、本心ですよ。さて」

絆はコーヒーを飲み干した。

「やる気十分なのを連れて切れ者のところに向かうには、俺も少しくらい寝ておかないと。

「仮眠室、借ります」

絆は喫煙ルームから出て、仮眠室へ向かった。

ドアを開ける。

「ありゃ」

思わず声になった。

仮眠室は、二完徹の男たちで満員だった。

四

十時少し前にS大学付属病院に到着した絆は、まず総合受付に向かった。

「すいませんが」

受付の女性に精神科の出勤医師を尋ねる。

この日は月曜日だった。常勤の西崎が不在ということは、よほどのことがない限り考えにくいが、確認は必要だった。

間違いなく、西崎は出勤していた。

「よう」

気持ち悪いほど、十時ちょうどに片桐はやってきた。やけに晴れ晴れとした顔だった。

憑《つ》き物《もの》が落ちた感じだ。

絆は眩しいものを見るように、目を細めて手をかざした。

「なんだ。それは」

「いえ。なんか変わったなあと思って」

片桐はコートの前を開き、自分の全身を矯《た》めつ眇《すが》めつした。

「自分じゃわからねえがな。どんな感じだ」

「そうですね。チョイ悪オヤジってとこでしょうか」

「――いいのか悪いのかわからねえな」

「ははっ。悪くないですよ」

「ならいいが」

まあ、もっともよ、と片桐は視線を絆から外した。

「悪くない方に変わったとすりゃ、お前のお陰だ」

「なんですか、それ。よくわかんないですね」

「わかんねえでいいんだ。説明もできねえよ。ただ、お前ならいずれ〈自得〉するだろう。わかるのはそのときで十分だ。――さて」

片桐は絆の肩を叩いた。

「ここに集合ってことは、直接あいつに当たるってことだろ。手順は？」

「おお。張り切ってますね。さすが、気合も休養も十分の男」

「よくわからねえが、お前は少し目が赤いな。寝不足か」

「そんなことはないです。寝ましたよ。三時間くらい。立ったままですけど」

「――器用だな。それも正伝一刀流、戦国の技か？」

「いえ。ただの苦肉の策です。ちなみに三回、倒れました」

「――ま、気をつけて寝ろとしか言えねえな」

「了解です」

それから絆は片桐とふたり、院内の喫茶店に移動し、それまでの報告とこれからの手順を話した。

十一時を過ぎてから席を立ち、それとなく救急入り口から出て職員駐車場のレクサスを確認した。片桐はナンバーを書き取った。

「じゃ、俺は車にいるぜ」

「お願いします。そうですね」

絆は腕のＧ‐ＳＨＯＣＫを見た。

「一時間、遅くとも二時間くらいのうちには動くと思います。その間にできたら、こっちからの通路が見える辺りに移動しておいてください」

「わかった」

「余裕があるようならメールしますが」

「大丈夫だ。その辺は気にするな。仕事柄、尾行には慣れてる」

「わかりました。ああ、そういえば、車はなんですか」

「ランサーだ」

「ああ。ランサー」

絆は西崎のレクサスを見た。

「仕方ねえだろ。急だったから、それしか空いてなかったんだ」

片桐は口を尖らせた。

「けどよ。最新型だし、ターボ付いてるし、ＥＴＣも搭載だぜ」

「お任せします」

片桐は一般の駐車場に去った。

絆はひとり、病棟の壁に寄り掛かって待った。片桐同様、仕事柄、絆も待つのには慣れていた。

一時間待った。

さすがに特定機能病院らしく、救急車が六台、入ってきた。西崎はまだだ。

さらに一時間近く過ぎた。

救急車が五台。

ようやく西崎が現れた。

絆はゆっくり、背後から近づいた。

「西崎さん」

その気になって近づく絆に、西崎程度では気づくはずもない。

案の定、西崎は驚いたように振り返った。いきなりの近さに、すぐには目の焦点が合わないようだった。

「ああ。刑事さんか。東堂さん、だったね」

言葉は平静を装うが、目に焦点が定まった瞬間、西崎の瞳に絆が〈観〉たものは、警戒以外のなにものでもなかった。

絆は大きく息を吸った。これまでの捜査に関して一気にまくし立てた。

どこかに穴なり弱点はないか。

そういう反応が〈観〉たかったからだ。

「なるほど。お話はわかりましたが」

精神科医、だからか。話の間にも、見事に感情は収まっていた。

〈観〉るべき反応は、なにもなかった。

「以前お聞きしたことの詳細のようですが、それを私に話してどうしようと」

「いやあ。ダメかあ」

絆は蒼天を振り仰ぎ、嘆息した。

「キルワーカーってご存じないですか」

聞いてみた。

「東堂さん。いい加減にしてくれませんかね。私になにか疑いがあるなら、捜査令状を、とお話ししたはず――」

「二人まで失敗しましたけど」

「！　ふたり目」

一瞬、西崎が乗った。気配も揺れた。

それだけで十分だった。

絆には確信できた。

西崎は関わっている。いや、西崎が魏老五への依頼者だ。

「そうですか。魏老五への依頼者」

魏老五という名前にも動揺が見られた。どうしてそこまで知っている。そんな感じだろう。

「だからなんです。東堂さん、私もこれで忙しい身――」

「星野尚美さん。順調に回復しているようですよ」

「――えっ」

「少し勉強しました。西崎さんのような専門の方からすれば上っ面でしょうけど。記憶に強固な鍵を掛けて沈めたマインド・コントロールって、なかなか解くのは難しいらしいですね。漠然と全部を思い出させようとすると、解けたかどうかわからない状態になることも多いって聞きます。ただ、掛けた人物が特定されていればどうでしょう」

西崎の目が光を帯びた。

「封印したその特定の人物に対し、コントロールにコントロールをかぶせる。あるいは少しずつ緩めてゆく。できない話じゃないですよね。しかも、その道の権威に委ねれば」

「――どうだろうね」

絞り出すような西崎の声だった。効いているのだろう。

「研究者の立場から言わせてもらえば、それは大変危険なことだ。封印されているということは、君も今、自分で言っただろう。強固な鍵が掛けられている。どんな権威に依頼しようと、程度の差こそあれ、結局は壊すことになるかもしれない。賭けだよ。できるのかね、警察が。いや、君が、彼女に」

「できますよ。やらなければならないとなったら」

即答だった。あっさりとして、逆に淡白にも聞こえる。

「ふん。口ではなんとでも言える」

だから、西崎にはわからなかっただろう。

だが絆のそれは、警察官としてすべてを受け止める覚悟だ。剣士として、真っ向から受けて立つ、強さだ。

「口だけだと、思いますか」

絆から吹き上がるものがあった。

西崎が目を細めた。

「面白い」

口元が吊り上がる。冷笑だろう。

「なら、やってみるといい。お手並み拝見といったところ――」

「ああ。ただし」

絆はまた、西崎の言葉を遮った。

言葉の中断は大いなるストレスだ。絆の目的でもある。

西崎の冷笑は崩れた。

「またお返ししますが、西崎さんも今言いましたよね。強固な鍵って」

「――言ったがどうした」

絆は、挑発的に笑って見せた。

「たぶん俺、その鍵を知ってます。〈リーガル・ハイとワード・キーの相関が示す精神疾患緩和についての考察〉。読ませてもらいました」

西崎の呼吸が乱れた。気配にも、増大する敵愾心《てきがいしん》が〈観〉えた。

「あんなものはただの論文だ。特定の患者、特定の言葉と、投薬をすることの効能を論じただけだよ」

「十分ですよ。勉強になりました。最初は、なにかの合言葉かと思っていた言葉が、今はまりました」

「なんだ。なんのことだ」

「一度、尚美さんが言っているのを聞いたことがあるんですよ」

W大学園祭の夜、キャンプファイヤーの近く。

「オープン・マイ・ハート。ご存じですか？」

西崎はなにも言わなかった。ただ、喉仏が大きく動いた。

「ああ、ご存じなくても結構です。でも、俺は思うんですよ。オープン・マイ・ハート。これが自分で心を開く言葉なら、相手の心を開かせる言葉もあるでしょう。対になるとすれば、そう、オープン・ユア・ハート。しっくりきませんか」

「——私に聞かれても、そんなことはわからない。失礼する」

西崎は泳ぐようにレクサスに向かった。

絆はあえて追わなかった。

ここからは、片桐の受け持ちだった。

西崎のレクサスが職員駐車場を出るのを見送り、絆は携帯を取り出した。ＬＩＮＥを起動しながら、ゆっくり救急入り口に向かう。

〈今出ました。ヨロシク〉

先に〈お巡りさん〉のスタンプを送り、文章を送ろうとした、そのときだった。

雨避《あめよ》けに張り出した救急入り口のエントランス上から、細く研ぎ澄ました、針のような殺気とともに小さな影が音もなく降ってきた。

戦いの場にあっては、どれほど気配を絶ったとしても、そこまでの接近を許すことはないくらいの近さだった。

(しまった)

迂闊、と絆は自身をなじったが、そうではない。

思考がすべて、西崎との今の会話の反芻《はんすう》に向いていたというのもある。なにより病院という、生気の強弱が綯《な》い交《ま》ぜの空間も特殊な環境だった。相手の極限まで絞った気配は、その中に紛れた。

降ってきた影は、空中で大気を切り裂く唸りを生じた。

「くっ」

とっさに絆は上体を傾けた。見切りとしては、避け得るはずだった。

しかし、〈観〉は危急を告げた。剣士の本能として、絆は〈観〉ずるままに手にした携帯を首元に上げた。

「――！」

軽い衝撃と擦過音があった。ひとまず、異変はそれだけですんだ。

「おおっ」

絆は大きく飛び離れた。

体勢を決め、手の携帯を見る。

半ばまでが断ち割られ、液晶画面が割れていた。

間一髪だった。

携帯をポケットに収め、絆は視線を上げた。上げて、わずかに眉をひそめた。

五メートルほどのところに、うっそりとたたずむ男がいた。猿のような顔で笑った。

「グレイト」

濃紺のパンツに黒のブルゾンを着た、キルワーカーだった。

正確に言うなら、ゴルフ場跡地で絆が撃退したはずのキルワーカーだった。

同じ背恰好で、同じ顔をしていた。

ということは――。

「双子、か」

絆は低く呟いた。

成田での話を総合するなら、双子の兄と妹、ナイフ使いと銃使い、毒使い。

それが、キルワーカーというヒットマンの全容だった。

キルワーカーの手には、鈍く光る刃物が握られていた。青竜刀と見紛う反りがあるが、それよりは小振りで内刃のようだ。グルカ民のククリナイフが近いだろうが、それよりは長い。成田で蘇鉄の背に突き立っていた黒刃のナイフもそうだが、これもオリジナルということだろう。

——それにしても。

背丈、腕の長さ、ナイフ。そのすべてを絆は一瞬で見切ったはずだった。だが〈観〉は騒ぎ、実際、携帯のガードがなければ頸動脈に致命傷を受けていたかもしれない。

絆の見切りを超えた、伸びの理由が分からなかった。

(死中に活、だな)

絆は右手を背腰に回し、そのまま下に振り出した。小気味よい金音《かなおと》を発して特殊警棒が伸びた。右足を引き、腰を決める。

正伝一刀流、小太刀の位取りだった。

キルワーカーが歯を剝《む》いて笑った。今や隠しもしない、見事なまでの殺気だった。

どんな気配であろうと純化するというのは難しい。キルワーカーの気配は、殺気以外の一切がなかった。

ひけらかすように二度右手のナイフを振り、キルワーカーは絆に走り寄った。

半眼、俯瞰の目配りで絆はキルワーカーの全体を見た。ただ〈観〉た。

二メートルの内に入ってキルワーカーは飛んだ。速度が増した。

風圧を左の側頭部に感じた。

絆は左足を半歩差して頭上に刃を流した。ぎりぎりだが、見切った。三センチに間違いはなかった。

「おう！」

伸び上がって特殊警棒を脇腹に送ろうとした。

が、そのときすでに、左手に持ち替えられたキルワーカーのナイフが始動していた。こちらの方が刃速は上だった。

絆は、キルワーカーが左利きだと看破した。

視界の端にナイフをとらえ、重心を崩すことなく絆は退いた。見切りは十分なはずだった。

だが、キルワーカーの殺気は緩むことなく、さらに硬化した。必殺の斬撃なのは間違いなかった。

〈観〉に従い、絆は特殊警棒を真下から振り上げた。

ギンッ。

響く金属音が天に突き抜け、絆とキルワーカーは互いに飛び離れた。

「なるほどね。くそ、帰ったとき爺ちゃん、なにも言わなかったぞ。分かってたはずなのに」

絆はひとり苦々しくうなずき、右半身に位取って特殊警棒を突き出した。

「大した技だ。邪道だけどね」

理解したかどうか知らないが、キルワーカーが表情を硬くした。悔しがっているのかもしれない。

絆は今の攻防で理解した。

少なくともキルワーカーの左腕は、自在に関節が外せるようだった。それが斬撃の中で鞭《むち》となって伸びるのだ。正確な見切りほど意味を失う。それが、キルワーカーの技だった。

絆は身に猛気を蓄えた。

と――。

遠くに救急車のサイレンが聞こえた。

いきなりキルワーカーから殺気が消えた。

「え」

絆が訝しく思う間もなく、キルワーカーはナイフをブルゾンの内側に隠しながら後退った。

ここまで、と言う英語が聞こえた。

絆も簡単な聞き取りくらいならだいたいわかった。

〈病院の中を通る。追ってくるな。悲惨なことになるぞ〉

要約すれば、そんなことを言ったようだ。カタストロフィという言葉も使った。

絆は唸るしかなかった。

キルワーカーから救急入り口までは三メートルもなかった。対して、絆とキルワーカーの距離は五メートル以上だ。ひるがえって飛び込まれたら、追い切れない。しかも、救急車両が近づいていた。

「わかった」

絆は特殊警棒をしまった。今は、そうするしかなかった。

キルワーカーは笑顔のまま救急入り口まで退き、悠然と背中を返して院内に消えた。

絆はその場に立ち尽くした。

救急車のサイレンがもう、耳に痛いほど近かった。

五

国道に出ようとしたところで、西崎は救急車両とすれ違った。

(なんなのだ、あの男は。いや、それよりもあいつだ。あの猿だ!)

西崎は専用の携帯をブルートゥースにつないだ。キルワーカーはすぐに出た。

——ヤア。

背後が騒がしかった。いきなりレクサスの車内が、病院のロビーになった気がした。

——なに、西崎さん。今、忙しいね。

『ふざけるなっ。おい、今東堂に聞いたぞ。ふたり目も失敗したそうだな。なぜ黙っていた』

——へえ。さっき長々と話してたのは、そんな話だったのか。なるほどね。

『さっき? おい、見ていたのか』

電話の向こうでキルワーカーは笑った。

——見てただけじゃないね。仕掛けたよ。東堂に。

『なんだと。それで、どうなった』

——イーブンね。救急車がきて、そんな気分じゃなくなったよ。

『気分？　おい、気分にひとり二億も払ったわけではないぞ』

西崎の声は荒くなったが、キルワーカーはどこ吹く風だった。

――西崎さん。ひとり二億は、ちょっと違うね。

『なんだ』

――まあ、ノガミのボスの取り分もあるからハッキリ言えないけどね。取り分の六十パーセントは私よ。残りの二十パーセントずつが弟と妹ね。もともと、キルワーカーは私ひとり。ああ、ひとりのときはネーム、違ったけど。あとで弟と妹がくっついてきた。だから、キルワーカーの主体は私。私がいれば、契約の大半はイキね。

話しているうちに、車内が静かになった。代わりに、風のような雑音が混じった。

『なんでもいいが、失敗は許さんぞ。金を返してもらうだけではすまない。紹介してきた魏老五の顔も潰すことになるのだからな』

――ふふ。西崎さん、脅しは無駄だよ。そうね。弟と妹の分は戻せるなら戻してもいいけど、大半のお金は絶対、西崎さんの手に戻らないね。

『なにっ』

西崎は気色《けしき》ばんだが、キルワーカーは冷静だった。

――いえ。安心して。いや、安心できないか。西崎さん、私が成功すれば、お金は少し戻る。けど、失敗するときは、私の死ぬときよ。これは、プロの決まりね。そうなったら、全額お金、戻らない。

『能書きはいい。そんな弱気を聞きたいわけでもない』

――弱気じゃないよ。契約の再確認。この辺、依頼人に納得してもらわないと、私も好き勝手な注文、言えないね。

赤信号でレクサスが止まった。青になるまで、西崎はたっぷり考えた。

『間違いないんだな』

――最後までやるよ。

『わかった』

西崎は電話を切った。

レクサスはすでに晴海《はるみ》通りに入っていた。自宅マンションまでは、五分もなかった。

恩讐のターゲットともいうべき沖田の一族は壊滅させた。悲願だった。西崎にとっては快事だったが、自身も無傷ではなかった。戸島を失い、美加絵を失った。

プラスマイナスで言えば、なぜか心に隙間風が吹くようだった。人がましい感情だと理解した。だが、人がましい感情なら時間が解決する。いずれ研究欲かビジネス欲が埋めるだろうと楽観していた。

沖田家に対する恨みを晴らしたら少し休むかと、年が明けた頃には初春の神仏に尋ねもしたところだった。

目的は果たしたが、今度は自身が追い詰められ始めていた。

（逃げるか。それも手だな）

心に空いた隙間に入り込むのは、意欲の前に弱気かもしれない。

自嘲を漏らしながら、西崎はマンションの駐車場にレクサスを入れた。

普段使いの携帯が着信を知らせてきたのは、車を降りたときだった。

液晶を確認して、西崎は眉宇をひそめた。掛かってきたのは国際電話であり、相手は陳芳だった。

内容はなんとなくわかる。発注した〈ティアドロップ〉の納期のことに違いない。

明日一日で、二月も終わる。

わかっている分の余裕はあったが、話して気持ちのいい相手ではない。海の向こうにいてすべてを把握されているのは、正直怖いことでもあった。

「はい」

西崎は努めて平静を装った。

「陳芳。もう少し待ってくれは聞かないぞ。いい連絡なんだろうな」

会話に先手を打って、優勢を保つつもりだった。

――はっはっ。西崎さん、なんのハッタリか。そういうの、私はあまり好きではないね。

陳芳は笑った。

冷たい笑いだった。

西崎は戸惑った。

先手を打つつもりが、返された。

「ハッタリ？　なんのことだ」

――お金よ。

「金？」

――まだ入らないね。もうこっちは、品物を送り出す準備に入ってる。

啞然《あぜん》とした。意表を突かれた。言葉はなかった。

――どうなっているかね。私のサービスに胡坐をかいてはいけないよ。このままだと、韓国の韓進海運状態ね。追加費用も発生するかもね。

「い、いや。陳芳。ちょっと待ってくれ」

――待つよ。今月一杯はね。と言っても、今月も明日で終わり。商取引の基本、私は守るよ。西崎さんも、くれぐれも怖いことにならないようにね。

「陳芳。おい」

通話は切れた。

西崎は、手の携帯を呆然《ぼうぜん》と眺めた。

なにが、どうなったのだ。

「馬鹿なっ！」

思わず口を衝く怒声が、マンションの駐車場に虚しく響いた。


片桐はランサーを、マンションの駐車場入り口近くの路肩に止めた。そこが西崎のマンションだということはわかっていた。

「なんだよ。帰ってきただけか？」

車を降り、地下へのスロープを歩いた。大して距離はない。

「馬鹿なっ！」

いきなり怒声が聞こえた。

片桐は走った。

駐車場内を覗けば、レクサスの傍《かたわ》らに背の高い、東南アジアの風貌《ふうぼう》をした男が立っていた。

直接目にするのはこれが初めてだが、絆に見せられた資料にあった顔だ。西崎次郎に間違いなかった。

西崎からは燃え立つような気配が感じられたが、近寄ろうにも駐車場内はほかに誰もいなかった。

さてと考えているうちに、西崎はエレベータホールに消えた。西崎に怒りの感情を爆発させる、なにかがあったことは間違いないが。

片桐は地上に戻り、絆に電話を掛けた。

「お掛けになった電話は、現在電波の届かないところに——」

定型音声が聞こえてきた。

最後まで待って、片桐は口を開いた。

「おい。やっこさん。自宅マンションに入ったぜ。車に発信器つけとく。俺は奴の徒歩と電車に備えて、地上のエントランス側にいることにする」

そんな伝言を吹き込み、携帯をしまう。

そのまま一度、車に戻った。

(おい、絆。なんか胸が騒ぐぜ。俺のなんざ、当たるも八卦《はっけ》、当たらぬも八卦だがな)

片桐には、なにかが起こりそうな感じがしていた。

探偵の勘というよりは、金田に叩き込まれた頃の、刑事の予感だったろうか。

六

自宅に入った西崎は上着を脱ぎ捨て、ソファに座った。

いつもならすぐに熱いシャワーを浴び、ミネラルウォーターを飲む。それが公と私、オンとオフの切り替えだったが、今はそれどころではなかった。

取るものもとりあえず、西崎は携帯の番号を押した。相手は当然、迫水だった。

――ああ、西崎さん。そろそろ掛かってくる頃だと思ってましたわ。

西崎は眉根を寄せた。いつになくぞんざいな迫水の声だった。ただ、初めての気はしなかった。

「なんだ。いつもとずいぶん調子が違うな」

――あれ。そうですか。こんなもんですよ。持って生まれた性根ってのは、なかなか変わらないもんでね。

そうだ。言われればわかる。出会った頃、沖田組に出入りしているチンピラだった頃の迫水は、そんな感じだった。

目ばかり独楽鼠のように動かし、抜け目なく周囲を窺《うかが》っていた。二十歳の頃だ。西崎はそれを見て、迫水の賢さを確信したものだ。

剛毅の危篤を伝える伝令として久し振りに再会したとき、ただのチンピラはなりをひそめ、一般社会人としてもなかなかになったと思った。それでMG興商を起こすとき、トップに据えた。

ということは今まで、西崎の前では猫を被っていたということか。

「見抜けなかったよ。そこまでチンピラのままだったとは」

——そうでしょう。俺ぁ、役者でもいけますかね。

つき合ってやるような会話にはならなかった。声こそ違え、話している感じはエムズの戸島と大差なかった。

ただし迫水は、戸島より遥かに切れる男だ。

「今、中国から連絡があった」

迫水は答えなかった。

「どうなっている。期限は明日だぞ。用意はできているんだろうな」

返ってきたのは、迫水の冷めた溜息だった。

——西崎さん、もう止めましょうよ。てぇか、俺ぁ止めますわ。だから用意なんてしてねぇし、端《はな》から出すつもりもありませんでしたから。

「なんだと」

気色ばんで見せたが、言われれば腑に落ちてしまうところもあった。西崎自身、陳芳に操られている危険は十分に感じていたのだ。自分自身に、わからない振りをしていたところもある。

——このままやってたって、ズブズブじゃないすか。そんなことに会社の金まで使って十億。正気の沙汰じゃないっすよ。

「だからといって止めます、はいわかりましたとはならない。相手はチャイニーズ・マフィアだぞ。少なくとも、今回の分はなんとか納めなければ先がないだろう」

――なら、西崎さんが勝手にやってくださいよ。とにかく、MGの金を当てにすんのは止めてください。あれぁ、俺の会社です。真っ当にやってるだけでも、たいがい、いい暮しできるんですよ。

「お前の会社？　笑わせるな。金を出したのは俺だ」

――でも、名義人に仕立てた爺さんとこに、実際に金持ってったのは俺です。呆けてますけど、俺の顔見りゃなにか言うかもしれねえ。少なくとも、西崎さんが行ったってなにもないですよ。

「警察だってMGに目をつけてる」

――だからなんです。あれから来やしねぇし、言ったでしょ。もう俺はなにもしませんって。問題ないでしょ。

「今日、東堂が俺のところに来た」

迫水の答えはただ興味のない、へぇ、だった。

――そもそも、もうダメじゃないっすか。

「それでいいのか。俺が捕まったら、お前も一蓮托生だぞ」

――て言うか、西崎さん捕まんでしょ、もうすぐ。

「そんなことはない。キルワーカーがいる」

——もう、ふたり終わったみてぇじゃないっすか。

迫水はあっさり言った。

さすがに西崎も驚いた。今日初めて西崎が知った事実を、すでに迫水は知っていた。

「なぜそのことを」

——へっへっ。俺もそれなりに、金も人脈も持ってますからね。警察のちょっとしたところにも顔は利くんですよ。当然、西崎さんのまったく知らないとこですがね。

なにも言えなかった。

迫水は迫水なりに、密かに力をつけていたということだ。

——まあ、キルワーカーったって、残るはあの猿だけでしょ。ここんとこ帰ってこねぇみてえだし、どれほどのことができるんですかねえ。西崎さん、あんたはもう、ダメダメでしょ。ま、頑張ってくださいよ。

迫水は電話を切ろうとした。

「待て、迫水」

——なんすか。なに言われても、答えはノーっすけど。

「いや。もう少し話し合おうじゃないか。直接会って。お互い、冷静になってな」

——冷静ねえ。俺はいつでも冷静ですけど。

迫水は鼻で笑った。

——ま、いいですよ。俺がここまでになれたのは、西崎さんのおかげだ。これは間違いねえ。仁義、じゃねえ。礼儀はきちんとしねえとね。どこにします？

「〈ワン〉、でどうだ」

〈ワン〉とは、〈ティアドロップ〉を隠匿していたマンションだ。戸島がジャスミンを囲い、ティアを根こそぎ奪い取られた場所でもある。

——ああ、〈ワン〉ね。時間は？　あんまり早いのは駄目っすよ。明日はげ・つ・ま・つなんで。わかるでしょ。社長は忙しくてね。

「なら、俺は一杯呑んでひと眠りする。日付をまたいだ頃でどうだ」

——その頃なら。了解っす。

「警察に気をつけろ」

——お互い様、っていうか、そっちだけでしょ。

通話を終え、本当にバーボンを瓶から呷《あお》った。

熱い塊が喉を通る。

(眠る？　眠れるのか)

灼熱《しゃくねつ》のバーボンもただ熱いだけで、胸の中にわだかまるものをなにひとつ溶かすことはなかった。

西崎はまた携帯を手に取った。

相手はすぐに出た。

「契約の追加だ。金はどうなっても全額くれてやる。その代わり——」

西崎には、自分の声が地獄の底から染み出すように聞こえた。


六時近くなっても西崎は動かず、絆からの連絡もなかった。

「なんだ、あいつ」

なにかあったのだろうか。

仕方なく、片桐は池袋の特捜隊に電話を掛けた。

初めに女性が出て、名前を告げると少々お待ち下さいとなって、本当に待たされた。

——ああ、片桐さん。よかったよかった。

聞こえてきた声は、隊長の浜田だった。

「なんで隊長さんが出るんだ？」

聞けば、S大付属病院の職員駐車場で絆がキルワーカーに襲われたという。攻防があり、逃走を許したようだがその際、絆の携帯が破損したらしい。

——それで、片桐さんに連絡が取れなくなったようですねえ。

「なるほど。今風だな。昔はありとあらゆる番号を暗記したもんだが」

——へえ。凄いですね。私なんか、空で言えるのは五十件くらいですが。片桐さんは？

「あ、いや。今は無理だな」

機器の進歩はどんどん人を自堕落にする。もっとも、昔でも覚えていたのは十件くらいだ。

——で、東堂からだいぶ前に連絡がありまして。痺れを切らしたらきっと隊に掛けてくるはずだから、よろしくと。ははっ。隊長ですが、顎で使われましてねえ。

浜田は片桐の携帯番号を聞いてきた。

——この前の上野のとき、私も聞いておけばよかったですねえ。

「けどよ、隊長。俺の番号なら、大河原部長は知ってるぜ」

——今日はちょうど、東堂から連絡があった頃から本庁の部間調整会議に入ってましてねえ。下らないことで連絡すると、怒るんですよ。あの人、怒らせると怖いですからねえ。

「俺の連絡先が下らないってのか」

——緊急なら下らなくないですけどねえ。片桐さんだって、東堂はどうしたってこっちに掛けてきたのは今じゃないですか。

「まあ、それはそうだが」

——なにか動きがあったんですか。

「いや。それもまだないが」

——じゃあ、私の怒られ損になっちゃいますよねえ。

もっともな気が、しないでもない。

「それで、あいつは？」

——携帯ショップですよ。順番待ちしてます。

「……ショップね」

——新機種の発売に重なったようで、どこを回っても激混みのようですねえ。これなら動かない方が早かったみたいですってぼやいてました。逐一、連絡は入れると言ってましたけど。

「ま、いいや。それまでは、なんかあったら隊に連絡すればいいんだな」

——そうなっちゃいますねえ。

とにかく連絡の手段は、か細かったが確立した。

通話を終え、片桐はランサーのシートに背を預けた。

そろそろ日が暮れ始める頃だった。

発信器を仕込んだレクサスに動きはまだなく、エントランス側も出入りするのは、子供か女性、家族連れだけだった。

それから一時間、特に進展はなにもなかった。怪しまれないよう、車の位置を何度か動かしただけだ。

絆からの連絡もなかった。代わりに一度、浜田が自分の携帯から途中経過を送ってきた。

〈あと九番だそうです〉

イレギュラーなことだ。仕方ないと言えば仕方ないが、なんとも力の抜ける連絡だった。

と——。

発信器の位置を知らせる、受像器上の赤い点が動き出した。

西崎がレクサスでどこかに行こうとしていた。

「おっと」

片桐はランサーを急発進させた。

受像器も発信器も、レンタカーで来いと指示されたときから、こういう場面に備えて用意した優れ物だ。

発信器は少し大型だが、電波もマグネットも強力でバッテリーの保ちもいい。距離で半径一キロ、時間で丸二日はいけた。受像器もナビを改造したものだ。昔、そういうのが得意な奴に頼まれごとをして、料金のことで揉めたら作って置いていった。

片桐は二百メートルを基本とし、〈ステルス〉となってレクサスを追った。

そして、三十分が過ぎた。

「野郎。警戒してんだな」

受信機をつけて正解だった。

西崎は二十三区内を、まるでドライブのように回った。

四十五分が過ぎたところで、携帯の呼び出し音が鳴った。

——どうも。お待たせしました。

安閑とした絆の声だった。

「遅《おせ》ぇよ。まったく」

——すいません。

「キルワーカーとやり合ったんだって」

——はい。それで携帯、おシャカになりまして。

「身体は大丈夫なんだな」

——ええ、なにも。その代わりに携帯が。

「くどいな。わかったよ」

——で、片桐さん。今どこに。

「どこってのは難しいな。当て所なく彷徨《ほうこう》中だ」

なんとなく走ったポイントポイントを片桐は口にした。

――尾行を気にしてますね。

「そうらしい。お前は今どこだ」

――秋葉原のショップを出たところです。

「秋葉原？　品川からそっちの方まで行ったのか」

――はい。どこも物凄い混雑だったんで、大きいとこなら早いかと思ったんですが。

「田舎者《いなか》の考えだな」

――ちょっと引っ掛かりますけど、結果ですから。否定できないですね。

「だが、秋葉原ならターミナルだ。動くにはちょうどいいだろう。待機してろ。奴の目的地がわかったら連絡する」

――了解です。

とはなったものの、片桐と絆はさらに三時間以上、西崎に振り回されることになった。

「畜生。なんなんだ、あの警戒心は」

コンビニにも寄った。ファミレスにも、大型のＤＩＹにもガソリンスタンドにもだ。

ファミレスに入ったときは絆に連絡を取った。だが、五分もしないで西崎は出てきた。

当然、絆は移動中だった。ＤＩＹのときも同じだ。絆が追いつくことはなかった。

ガソリンスタンドのときは片桐も遅れて入り、再接近した。車外に立つ西崎は剣呑《けんのん》な気を放散させ、厳しい顔つきで辺りの様子を窺っていた。

やはり、尾行を相当気にしているようだった。

——なんか、もうすぐ色々な路線が終電になっちゃいますけど。

絆から連絡が入ったのは、深夜の十二時過ぎだった。

「今、どこだ」

——東中野です。

「じゃあ、新宿まで出ろ。そこで連絡がなかったら、池袋の隊に戻れ。この時間になったら、その方が動きやすいだろう」

——そうですね。そうします。

「こっちもう、腰を据える。浮ついた連絡はしねえ。本人が入って、十五分動かなかったらGOだ」

——わかりました。

実際、西崎がようやくレクサスを停めたのは、それから一時間あまり後のことだった。

品川区の新馬場にあるマンションだった。

レクサスは併設の駐車場に入っていった。住人用の契約駐車場だ。そこで西崎は車を降り、マンション内に入っていった。

片桐はランサーを近くに停め、携帯を手に、遅れてマンションの駐車場口に向かった。

ガラス扉はオートロックだった。中を窺うが、西崎の姿はもうなかった。

物陰に隠れて全体の様子を確認した。

駐車場側から見える四階の共用廊下に西崎が現れた。

鍵を取り出す素振りもあったが、とある部屋のドアノブに手を掛け、開いているとさして驚いた様子もなく、中に消えた。

（愛人、隠れ家。まあ、なんにしても）

片桐は辺りを見回した。

時間が時間だ。人影どころか、人の気配すら皆無だった。

十五分経って、携帯を耳に当てた。

「俺だ。今度こそ間違いねえだろ」

片桐は場所とマンション名を告げた。

――え。結局品川ですか。振り出しじゃないですか。

「仕方ねえだろ。こりゃあ、振り回された挙句の、結果でしかねえんだ。考えるな」

――ですね。了解です。

片桐はいったん車に戻り、助手席の上着から煙草を取った。

思えば、豊洲《とよす》のマンションから尾行を始めて以来、久し振りの煙草だった。クラクラした。

「八から、三ミリくらいに落とすかな」

呟いて紫煙を吹き上げる。

マンションは全体として、夜に沈むように静かだった。

第七章

一

西崎はレクサスを降りた。キーはつけたままにした。それが万が一のときの、契約の条件だった。

口を真一文字に結び、厳しい顔でマンションに入った。

ここから、ひとつの戦いだった。

「早かったな」

西崎が居間に入ると、暖房の効いた中で迫水がソファに横になっていた。

「ん。ああ、西崎さん」

頭を撫で付けながら起き上がる。

「そう、着いたのは十時くらいですかね。約束の時間までだいぶあったんで、寝ちまいました」

聞きながら西崎は上着を脱いだ。

見てわかっていながら、迫水は寄ってもこなかった。西崎は、自分で上着をコートハンガーに掛けた。

「珈琲《コーヒー》でも淹れるか」

「いいっすね。お願いしますよ」

これも、なかったことだ。

「お前の分まで、私が淹れることになるとは思わなかったよ」

「へへっ。体《てい》のいい小間使いでしたからね、俺は。でも、もう終わりです」

コーヒーメーカーが音を立てる。

しばらくはその音だけが室内を支配した。

できあがった一杯を迫水の前に置き、自分の分を持って西崎はデスクに移動した。

西崎がこの部屋を訪れたとき専用のデスクだった。両袖の引き出しには鍵が掛かっている。

おそらく、戸島も使ったことはないはずだった。戸島用のデスクは別にあった。

西崎は革張りの椅子を軋ませた。

「なあ、迫水」

「ああ、西崎さん。最初に言っときますけど、このコーヒー一杯分ですよ」

「──なにがだ」

「西崎さんの与太話を聞く時間ですよ。明日もね、朝から社内会議でしてね。早いんですわ」

西崎は怒りを噛み殺した。

冷静にならなければいけないと自身を諌《いさ》める。

諌めながら、西崎の手はデスクの右袖にゆっくりと動いた。手の中になにかを握っていた。鍵だった。

西崎は大げさに溜息をつき、自身の動きを誤魔化した。

「長い付き合いになるのにな。迫水、最後がこれか？」

「長い付き合いだからですよ」

迫水はコーヒーカップを取り上げた。

「コーヒー一杯分、貴重な時間を割いてきたんです」

言いながらカップを口元に持っていった。ひと口啜《すす》る。その間に西崎は、右袖の引き出しに鍵を差した。

「へへっ。西崎さんに淹れてもらったコーヒー、格別っすよ。なんてったって初めてですからね」

「十億でどうだ」

「なにがです？」

「MG興商の値段だ。十億でくれてやる」

「冗談でしょう」

迫水はあからさまに、侮蔑の表情を浮かべた。

「どっからどこまでも、もうあそこは俺の会社です。十億だ？　馬鹿馬鹿しい」

「だが、俺は中国に払わなければならない」

「言ったでしょ。ご自分でどうとでもしてくださいって」

「払える額ではないとわかっているはずだな。賢いお前なら」

「さぁて。そいつぁ、西崎さんの器量でしょ。俺の知らないとこで、ほかにもなんかやってんでしょ？　昔から信用できなかったもんなあ。なに考えてっかわかんねぇし、勝手に動くし」

「俺をそんな目で見ていたのか。知らなかった」

「ま、お互い様ってことっすよ。でもね、おかげで色々勉強させてもらいましたからね。ダミー会社や金の作り方。ある面じゃ、抜いたって自負もあるんですよ」

「そうか」

左手をデスクにつき、頭を乗せる動作にかぶせて右手を動かす。

音もなく、デスクの鍵を開ける。

「ああ、迫水。嘘も隠しもなく、もう俺には十億なんてない。中国の手から逃れるには、このまま警察に駆け込むのが一番の安全策だが」

「どっちも大して変わらないっしょ」

迫水はコーヒーに口を付けた。

「変わらない？　なにがだ。中国に捕まれば、待っているのは確実な死だ。警察なら死ぬことはない。〈ティアドロップ〉の全容と引き替えに司法取引の手もある。まあ、そうなったらお前も、呑気《のんき》に社長なんかしていられなくなるがな」

揺さぶるつもりだったが、迫水は、お構いなく、と平然としたものだった。

「問題ないっすよ。さっきも言いましたけどね。俺ぁ色々勉強させてもらって、ある面じゃ西崎さんを越えてんです。裏金も作ってますしね。西崎さんと同じ手順で別に会社も持ってんです。ＭＧみてぇなの」

「なんだと」

このときばかりは、わずかに気色ばんでしまった。

その反応を見てか、迫水はさらに得意げだった。

「へっへっ。わからなかったでしょ。もちろん、社員からなにから全部、西崎さんの知らねえ人間です。社長を任せてんのもね。ＭＧから仕事、だいぶ移しましたよ。今日も忙しかったのはMGじゃなく、そっちの末締めでね」

　だから、と迫水はもうひと口コーヒーを飲んでから続けた。

「別に警察で話してくれちゃっても構いませんよ。俺ぁ、西崎さんの指示通りに動いただけっすから。弁護士もいいとこのを何人も用意してます。なんかあったとしても、執行猶予は間違いのねぇとこですね」

「ふふっ」

　今度は西崎が笑う番だった。

「いくら優秀な弁護士をつけても、お前だけ逃れられると思うか？　いや、俺が逃すと思うか？」

「思いますよ。てぇか、西崎さんがなにを言おうと関係ねぇんで。さっき中国も警察も同じって言ったでしょ」

　迫水は言いながら、ポケットから一本のＵＳＢスティックを取り出した。

「これぁコピーですが、西崎さんの言動からなにから、全部入ってんです」

「なにっ」

　西崎は驚愕した。

「全部だと。なにが全部だっ」

「全部って言ったら全部ですよ。ＭＧを立ち上げた頃からの全部。場面によっちゃ動画もね。ああ、こっちは最初からそのつもりっすから、誘導もさせてもらいましたよ。最近のじゃ、宮地のことも入ってます。何人殺したんでしょうね。中国も死なら、西崎さん、俺を巻き添えにしようとしたら、あんたは警察に行っても極刑ですよ」

唸るしかなかった。

「なるほどな。俺はもう、八方塞がりってことか」

「そういうことっすね」

迫水はコーヒーを飲み干し、さて、と膝を打って立ち上がった。

「どうとでも、ご自由にどうぞ。俺ぁこっから、陽の当たる中を歩いていきますから」

片手を上げ、迫水は悠然と背を向けた。

西崎はデスクの引き出しを開けた。

「そう急ぐなよ。迫水」

取り出したのは、一丁の拳銃だった。この部屋を借りたときから、〈ティアドロップ〉と一緒にしまっておいた物だ。模倣銃ではなく、サイレンサー付きのトカレフの本物だ。試射とサ連がらみのとある学生に、二発使ったことがある。

「なんですね。そんな物騒な物取り出して」

迫水の顔が引きつった。それでも狼狽まではしないのは、さすがに肝が据わっているからか。

「さっきのＵＳＢ、渡してもらおうか」

「ＵＳＢ？　へっへっ。コピーだと言ったはずですが。俺が戻らなかったら――」

「いいや」

西崎は余裕を持って首を振った。

「お前が他人《ひと》に、そんな大事な物を委ねるはずがない」

迫水の目が忙《せわ》しく動いた。

「俺から勉強したんだろ。俺を越えるんだろ。なら、そういうことだ。さあ」

西崎は手を差し出した。迫水が観念したように笑った。

「へっ。違ぇねぇや」

と、迫水がいきなり居間から走り出ようとした。

反射的にではありながら、西崎は本気でトカレフの引き金を引いた。

何人も殺してきた。躊躇《ちゅうちょ》はない。

しかし――。

トカレフは、今までと違う音がした。

西崎は灼熱に包まれた。なにがなんだかわからなかった。

気がつけば、滲む視界の中に天井が見えた。床の上に倒れたようだった。身体は動かそうとして、動かなかった。

顔中が痛かった。左目は見えなかった。涙の感覚だけはあった。それよりなにより、右手の痺れが異常だった。すぐにも激痛に変わるだろう。

「暴、発、か」

ひと声ひと声に、疼くような痛みがあった。口も上手く動かない。

「へっへっ。USBを人に託さねぇのは正解ですがね。そこまで読んでるなら、こんなとこに置きっ放しのトカレフ、俺がそのままにしとくと思いますか。あれだけ、あんたから学んだって言ったじゃないっすか」

声はすぐ近くから聞こえた。姿は、見えなかった。

「——仕込んだ、のか」

「ええ。昔戸島に、西崎さんが一丁持ってるって聞いてね。一時期、熱心に探したもんですよ。わからねぇようにってのが大変でしたけど、見つけました。あんただけが持ってるつもりの鍵はね、たいがい、俺も合鍵を持ってんすよ。だから〈ワン〉でって言われたとき、ピンと来ましてね。銃口にちょっとね」

「そう、か。最初から、か」

「そうっすよ。だからなにも触ってねぇし、カップもきちんと洗って戻しときます。あんたはこの、あんたの秘密の部屋で、モノホンの拳銃をいじってたら暴発したと。実際その通りっすからね。それで、おしまいです」

迫水の声が、ゆっくりと遠ざかった。水音がした。

やがてキャビネットが開けられ、閉まった。

「じゃ、西崎さん。もっと優越感に浸りてぇとこですけど、行きますわ。不測はいつでも起きるって、これも勉強させてもらいましたからね」

西崎は口を開いた。

が、もう声にはならなかった。

声が出せたら、

(笑えたのにな)

迫水が玄関から出て行った。

部屋内に静寂が訪れた。

積もるような静けさは、かえって音だった。

美加絵の声が聞こえた。

〈人なんて良くも悪くも、みんな自分と大差ないわよ〉

天の声というやつか。降りてくる天使は見えないが。

(わかっているさ。だから、最後の最後で信用しなかった。美加絵、お前のおかげだ)

意識が薄れてゆくのがわかった。死ぬのだろう。

(だが、悪くない。悪くないな)

どうしてもしなければならないことなど、もうこの世にはない。

弾けては消える泡沫《うたかた》の世に、こうなって初めて、未練がなにもないことを知る。美加絵も戸島もいない。

顔に疼くような痛みがあった。わずかな意識を集中し統合すれば、どうやら西崎は、笑っているようだった。

気持ちは穏やかだった。

しかし——。

(俺は、最後の最後まで悪党だな)

笑みは、死に際《さい》しての達観でも仏心でもない。

(迫水。お前も道連れだ)

そうして、西崎の生気は消え果てた。

二

部屋を出た迫水は、そのままエレベータに乗った。

「これで名実ともに、全部俺のもんだぜ」

呟き、口元を歪めた。

すでに昼間の電話から、こうなることを予見していた。プランだった。挑発すれば会おうということになるのは目に見えていた。

おそらく、このマンションを指定するだろうとも思った。トカレフが隠してあるからだ。違う場所を指定してきたら別の方法を考えなければならなかったが、西崎は予定通り〈ワン〉を指定した。

後は、流れだった。西崎にトカレフを撃たせればいいだけだ。西崎は迫水の掌の上で、無様《ぶざま》な踊りを面白いように踊った。

踊って、死んだ。

エレベータが一階に着いた。

深夜の一時を回ったロビーに人気はなかった。終電も終わっている時間だ。

迫水は靴音も高く、悠然とロビーから裏手の駐車場口に向かった。

マンション棟から駐車場口までは庭園のようになっており、雨避けの長いアーチになっていた。

防犯カメラなど、迫水は一切気にしなかった。なぜなら、数年前から迫水はこのマンションに、実名でひと部屋を借りていたからだ。

自分の部屋に戻っただけ。後になにがあっても言い張り、振り切ることはいくらでもできる。

現実に西崎の銃は暴発なのだ。誰が手を下したわけでもない。未必の故意、いや、余人にはわからない、必然の故意を仕込んだだけだ。

（ま、気だけは引き締めなきゃな。まだ後始末があらぁ。警察、竜神会、中国は陳芳といったか。ゴチャつくな。面倒臭ぇ。俺も、ノガミの魏老五に付け届けでもして近づくか）

トップとして片づけなければならないことに思いを巡らせながら、迫水は駐車場口の自動ドアから外に出た。

そのときだった。

アーチに、軽い物音があった。

深夜だ。訝しい。何気なく、ふと振り返った。

迫水の前に、共用スペースの明かりを背に、小さな影が降ってきた。

「て、手前ぇっ！」

影はキルワーカーだった。

地上に降り立った猿は、歯を剝いて邪悪に笑った。

迫水の背に、地虫が這い上がるような悪寒が走った。

わずかな光が自分の首筋に閃《ひらめ》き、走り抜けた気がした。

噴き出す温かいものが自分の血だとわかったのは、地面に倒れた後だった。

脇に立つキルワーカーは、冷めた目で見下ろしていた。獲物の弱り具合を確認しているのか。

「なん、なんで、だ」

キルワーカーの足に手を伸ばす。震えが収まらなかった。

一歩下がられた。それでもう、届かなかった。

「西崎さんの、契約の変更ね」

迫水は目を見開いた。キルワーカーの口から出てきたのが、はっきりとわかる日本語だったからだ。

「マンションから先に出るのがあんたなら、殺せとね。それで契約は終了と。ふふっ。その方が簡単だからね。そうならいいと願ってたよ」

キルワーカーは迫水の脇にうずくまった。

「日本語、できないと思ってたでしょ。それがね、できるのよ。できない振りは西崎さんの提案。あんた、あっちのマンションに来るたび、西崎さんへの不満、言ってたね。全部私、伝えたよ。あんた、私を馬鹿にした目で見るから、ちょっと盛ったけどね」

そういうことか。

キルワーカーが一度視線を外し、遠くの様子を窺った。おやおやと口の中で呟いたようだ。

手にした小型のナイフを握り直すと、迫水に向き直った。

「じゃ、さよならね。今夜で私、この国から出る。警視庁も成田も、正直手強《てごわ》かったね。いい勉強」

おもむろにキルワーカーは、ナイフについた血糊を舐めてぬぐった。

「不味《まず》い血ね」

そのまま振りかぶられたナイフの刃が、ストンと迫水の胸に落ちた。

（けっ。これからだったのによ。俺の）

急速に視界が黒ずんでいった。

（俺の春ぁ、真っ黒だ）

人生を振り返ることも惜しむこともできず、迫水保は、そこまでだった。

三

マンションの敷地外から四階を窺っていた片桐は、西崎が入った部屋から出てくる男を確認した。

「おっ」

だが、男は西崎ではなかった。

遠目でよくはわからないが、頭の中のリストを広げれば、ＭＧ興商の社長迫水保という男に行き着いた。確信ではないが、それしか似通った男はいなかった。

胸が騒いだ。

一度携帯を手に取ったが、そのままましまった。今絆はこちらに向かっている最中だろう。掛けたところで、なにができるわけではない。

片桐はふたたび四階に視線を上げた。西崎はまだ、部屋から出てこなかった。

——て、手前ぇ！

昼間だったら聞こえなかったかもしれないが、深夜だ。片桐は、そんな声を聞いた気がした。胸騒ぎが激しくなった。

足はおのずと声が聞こえた方、マンションの駐車場内へ向かっていた。最後は早足になった。

駐車場内に入り、オートロックのゲート側を見ると、常夜灯の下にひとりの男が倒れていた。先ほど四階で見た男だった。

血溜まりの中に男は倒れていた。

片桐は駆け寄って膝を付いた。

「おい」

男は間違いなく、迫水だった。

脈を取ってみる。絶えていた。

「なんだってん――っ！」
呟きの語尾は口中に隠れた。
暗がりから人の気配がいきなり湧いた。
気づかなかった。
遅れた。
「くっ」
体勢も悪かった。完全に避けることはできなかった。
(クソがぁっ！)
風の速さで寄り来る影が通り過ぎる瞬間、片桐の脇腹に冷たい痛みが突き立った。
片桐は前のめりに、迫水の血溜まりの中に倒れた。
急所だけはかろうじて避けたが、すぐには動けなかった。
視界の端に、猿のような小男が駐車場内に走り込んでいくのが見えた。
間違いなくキルワーカーだった。
すぐに車のエンジン音がした。西崎のレクサスにライトが点った。
「くぉおっ」
片桐は渾身《こんしん》の力で立ち上がり、ランサーに向かいかけていったん止まった。
ポケットからナビ型の受像器を取り出し、迫水の遺体の上に投げた。

レクサスの明かりが、駐車場内を動いていた。

それ以上の時間はなかった。

もつれそうになる足を懸命に動かし、激痛に耐え、片桐はランサーのドライバーズシートに乗り込んだ。

シートベルトはできない。その場所にナイフが突き刺さったままだった。

(急げよ、絆。もてよ、俺の身体)

片桐はランサーを発進させた。運転しながら番号を呼び出し、スピーカーにした。絆はすぐに出た。

――どうしました。

「迫水がマンションの駐車場で殺《や》られた。キルワーカーだ。西崎はわからねぇ。部屋から出てきてねぇ」

徐々にスピードを上げるレクサスを追う。ハンドルやアクセルのわずかな動きにも、脳天に突き抜けるような痛みが走った。

声は、どうしようもなく大きくなった。

――片桐さんは大丈夫ですか。

「なんにもねぇよ。今、奴の車を追ってる」

――車？

「西崎のレクサスで逃亡中だ」

——今どこです。俺も隊の車です。

「こっちはまだいい。後でまた連絡する。それより、マンションだ。迫水の遺体の上に受像器を置いた」

——受像器、ですか。

「そうだ。レクサスに発信器を仕込んだ。一キロ圏内なら受ける。お前、それを取れ」

片桐が追跡用の道具を捨てた。いや、託した。

それでさすがに絆も、なにがしかの異変に気づいたようだった。

——片桐さんっ！

「やかましい。言われた通りにしろ。後でまた連絡する」

問答無用に片桐は電話を切った。

レクサスが片桐のランサーに気づいたようで、もう法定速度も信号もあったものではなかった。

シートがべたつき始めていた。ナイフは刺さったままにしたが、やはり出血はそれなりにあるようだ。意識こそ保たれているが、いつ飛ぶものか。

芝浦《しばうら》のランプから高速に乗るまでは、どこをどう走ったかはわからなかった。片桐はレクサスのテールランプだけを必死に追いかけた。

(野郎っ。高飛びかよ)

向かう方向は千葉だった。成田空港、と片桐は当たりをつけた。絆の番号を押し、助手席に放り投げた。

――片桐さんっ!

叫びにも近い絆の声がした。その声が片桐に活を入れる。

「受像器、どうした」

――確認しました。今どこです?

「有明から湾岸方面だ。成田空港かもしれねえし、誘いで反転するかもしれねえ」

――じゃあ、県警に緊配って。いや、無理ですかね。

「遅いな。空港に網を張っても、行かない可能性もある。ああいう奴らは空でも海でも、場合によっちゃ国内うろついても、逃げる手はいくつも持ってんだろ。犠牲が増えるだけだ」

――でも、このままじゃ。

「心配すんな」

片桐は覚悟を持って言った。

絆は黙った。

「なんとしても、空港へは行かせねぇ。追ってこい。追ってきて、俺の跡を継げ」

刑事に捜査のことを告げながら、親の心が被る。
夢にまで見た会話だった。
（もっとも、本当に跡を継がれちゃ困るがな）
片桐は笑えた。
「携帯はもう、これからぁ繋ぎっ放しだ。逐一報告する」
少し間があった。
――了解です。
いい返事だった。喜怒哀楽を沈め、静めた性根が声に聞こえた。
明鏡止水の境地。
強いと認めた、息子の声だ。
通話の中にサイレンが混じった。
絆も動き出したようだ。
（さて、じゃあ、もうひと頑張りするか）
片桐はアクセルを踏み込んだ。
オービスは特に気にしなかった。レクサスもブレーキランプがつくことはない。
（呼び出される明日があるなら、いくらでも出頭してやらぁ）
エンジンが唸り、風が鳴った。

ただし、レクサスとカーチェイスをする気は今のところ片桐にはなかった。追い越し車線を走るレクサスから一番離れて近づく。近づくだけで並びはしない。保つべき距離は五十メートルと判断した。

真夜中過ぎの東関道は、ほかに走る車も少なかった。時折り、止まったように感じるトラックのテールランプを避け、追い抜くだけだ。

四街道《よつかいどう》インターを過ぎ、酒々井《しすい》インターを過ぎ、成田空港はもうすぐだった。

「富里を過ぎたぞ。空港は近ぇ」

片桐は叫んだ。

百七十キロ超の車内は騒がしい。絆の返答は聞こえなかった。

空港まで後一キロとなって、レクサスが追い越し車線から真ん中の走行車線に移った。

「降ろすかよ!」

片桐はさらにアクセルを踏み、左側の走行車線から一気にレクサスに並んだ。

命が薄くなったからだろうか。五感が鋭敏になったかもしれない。レクサスのキルワーカーから、動揺が伝わってきたような気がした。

レクサスがスピードを上げるが、前に出すことはなかった。ブレーキにも片桐はついて行った。

ランサーは常に、レクサスの左側をブロックした。

何度かの攻防の末、成田空港のインターを過ぎた。車道は二車線になった。

レクサスはさらにスピードを上げた。次のインターを目指すつもりだろう。

片桐は遅れなかった。

今や片桐にはキルワーカーの息づかいまで感じられるようだった。

気のせいかもしれないが、結果を信じた。アクセルもブレーキも、キルワーカーと片桐にはおそらく、どちらにもコンマ数秒のロスもなかった。

「絆、このまま最後まで行くっ！」

空港からできるだけ離すのだ。

絆が到着するまでの時間を稼ぐ。

ランサーは常に左側にあって、レクサスをブロックし続けた。

東関道の果ては潮来インターチェンジだ。二車線は合流して一車線となる。

片桐はわずかにスピードを落とした。

それまでと違い、回りには民家も点在していた。一車線になってもメーターが示す速度は百四十キロを超えていた。

下手に接触したら惜しくもない命だけでなく、寝静まった民家を巻き込むことにもなりかねなかった。

料金所のストップバーを押し開いてレクサスは走り抜けた。片桐も続いた。

「潮来に着いた。ここからが勝負だ！」

絆に伝えるためだけではない。片桐は、自分の心身にも決意と覚悟を落とすために叫んだ。

一般道に降りての目まぐるしいアクセルとブレーキの操作は、確実に片桐の命を削るだろう。だがそんなことに忖度《そんたく》する気はさらさら無く、命を惜しんで追跡を放棄する気もなかった。

その上で言えば、一般走行車や寝静まった民家を巻き込むことは絶対にあってはならない。

案の定、キルワーカーのレクサスは、一般道に降りてからはランサーを振り切ろうとし始めた。

無軌道に、藻掻くように突っ走る。カーブでタイヤを軋ませ、ときに急ブレーキや急加速を繰り返す。

「こんの、ヤロウッ！」

そのたび身体にかかる重力は、片桐にとって激痛以外のなにものでもなかった。

ただ、目的から言えば結果オーライか。

のんびりとしたドライブ気分の尾行だとしたら、いつ意識が飛んでもおかしくない状態だった。痛みが片桐の意識をつなぎ止め、レクサスとのチェイスを可能にした。

どこをどう走ったかはわからなかった。キルワーカーもおそらくわかっているわけではないだろう。

平泉《ひらいずみ》という交差点は赤信号を無視し、動き始めていた大型トレーラーに激しいクラクションを浴びせられた。

西宝山《にしほうやま》では直角に曲がりきれず、レクサスは車体の後部を街灯にぶつけた。ランサーも同じ辺りを擦った。

それでも追跡は終わらなかった。

片桐はランサーのドライバーズシートでひとり、命をエネルギーにして無に近く、自在だった。レクサスのテールランプを見失うことはなかった。

だが、やがて片桐はひとつのことに気づいた。

（いけねえ）

メーターパネルの燃料ゲージに、オレンジのランプが点灯していた。レクサスの方がどうかは知らないが、ランサーは早晩燃料が尽きることを警告していた。いつからかはわからない。

「ここまで来てかよ」

片桐は力無く呟いた。吐き捨てるような力はもうなかった。

走行可能距離を、後三十キロと想定した。その間になんとかしなければならない。

五キロほどテール・トゥ・ノーズの追跡を続けた。

いきなり、左手にうっすらとした光が湧いた。

東雲《しののめ》の曙光《しょこう》だった。真っ直ぐにどこまでも光が続いている。

海岸線だった。

海原の向こうから、朝が始まろうとしていた。

ワインディング・ロードの正面遥かに、光を映す白い灯台が見えた。

「絆、犬吠埼《いぬぼうさき》だ。灯台だ！」

片桐は助手席に向かって声を張ったが、つなぎっ放しにしたはずの携帯は見当たらなかった。激しい追跡のうちに、ドアとの隙間に落ちたのかもしれない。つながっているかどうかも、もう確認はできなかった。

(俺が、決着をつけるしかねえな)

片桐は不退転の決意を固めた。

残り少ない命を以《もっ》てレクサスを止め、キルワーカーを止めるのだ。

それでも、朝が始まったことは片桐にとって僥倖《ぎょうこう》だった。遠くまでが見渡せた。

灯台入り口を通過し、しばらく走ってからは、道は海岸線の一本道だった。

銚子ドーバーラインだ。ほかに走行車も民家もなく、左手はガードレールで、右手には果てのわからない防風林の緑が続いていた。

片桐の目が光った。いつの間にか左側の路側帯が広がり、その先に海に突き出したようなスペースが見えた。

躊躇することなく、片桐はアクセルを目一杯に踏み込んだ。

ガードレールとレクサスの間に、強引にランサーの車体を突っ込み、一気にハンドルを右に切る。

「このっ！」

激しい衝撃が来た。

「ぐおぉっ」

激痛に意識は飛びそうだったが、歯を食いしばって耐える。右に切ったハンドルの手も緩めない。

後は、アクセルとブレーキワークの勝負だった。レクサスは逃れようとして前後に暴れたが、逃すものではなかった。なんと言っても今の片桐は、自在を得ていた。押し切った。

急ブレーキの煙を上げ、レクサスは木々に車体の側面を激しく打ち付けた。

そのまま反動で跳ね上がり、上下逆転した状態でランサーの前に降ってくる。

「なろぉ」

片桐もブレーキを踏むが、遅かった。

逆さになったレクサスに、ランサーのノーズがはまりこむように突っ込んだ。エアバッグが開いた。

「がぁっ!」

押されて脇腹のナイフは、さらに深く片桐の体内をえぐった。

もつれた二台は火花を上げて滑り、やがて止まった。

焦げ臭い煙の中、片桐は転がるようにして車外に出た。

膝に力は入らなかった。立ち上がるのがやっとだった。

二台が停まった先は、ちょうど片桐が目をつけた、海に張り出したスペースだった。観光スポットのようだ。大型バスが停められるような白線も引かれ、奥にトイレも見えた。

レクサスの反対側、運転席のドアが激しく鳴って、開いた。額から血を流した猿が現れた。

憎悪の目が、片桐に向けられた。

「お前、しつこい。ここで殺す!」

そのときだった。

反対車線を走ってきた一台の覆面車両が、タイヤを鳴らしながら駐車スペースに入って停まった。赤色灯は載せたままだが、サイレンは消していた。

激しいチェイスと激突の直後だった。気づかなかった。

車から降りてきたのは、絆だった。

太平洋に弾ける朝の光を背に受け、東堂絆がやってきた。

車道側からゆっくりと近寄る絆の目は、悟りきった者の慈愛に満ちていた。

「片桐さん。お待たせしました。発信器、役に立ちましたよ」

キルワーカーには見向きもしない。

「へっ。それにしても遅ぇよ。俺ぁ、いっぱいいっぱいだぜ」

片桐は、自分の役目が終わったことを自覚した。

絆が来た。もう大丈夫。

絆がいる。もう、自分の出る幕はない。

片桐は絆の肩を借り、駐車場に入ったところにあるベンチに座った。

その間に、キルワーカーはレクサスの車内からなにかを取り出した。

曲がった刃が朝陽に光った。青竜刀かなにかだろうか。

それでも、親子の時間は平然と流れた。

ベンチは、喫煙スペースのようだった。

「ちょうどいいや」

ポケットから煙草を取り出し、片桐は震える手でくわえようとした。

上手くいかなかった。絆がくわえさせてくれた。ライターを渡せば、火もつけてくれた。至れり尽くせりだ。

一服、大きく吸い付けた。

美味かった。

「吸い過ぎは、身体によくないですよ」

「末期《まつご》だぜ。文句言うな」

片桐は、もう一服吸った。

「これ一本分だ。仕留めてこいや」

紫煙とともに吐き出す。

承知、と絆は返した。

泣きたいほどに男臭く、任せるに足る、いい返事だった。

四

絆は片桐に背を向けた。

「さて」

キルワーカーに正対する。猿のようなヒットマンは、十メートルほど向こうでオリジナルの型の刃を光らせていた。

「お前もね。あの男といいお前といい、この国はなんなのよ。しつこいよ」

「能書きは要らない」

絆は普段と変わらない足取りで近づきながら、背腰のホルスターから特殊警棒を振り出した。

「時間がないんだ。さっさと済ませよう」

爆発するキルワーカーの殺気を全身に受け、絆は目を半眼に落とした。

事件のことも、金田のことも片桐のことも、すべてを溶かして腹に収める。喜びも悲しみも、すべてはエネルギーだ。

剣士として覚醒する。

潮の匂いはやけに濃かった。海からのあらゆるものを受け止める木々の連なりに、生気が強い。

キルワーカーがなお一層の殺気を浴びせてくるが、なにほどのこともない。

〈自得〉はなにものにも負けない。

絆の歩みは止まらない。

S大学付属病院でも見た曲刀を背後に回し、キルワーカーも前に出てきた。左右に上体を揺らし、足運びにも緩急をつける。こなれた動きだった。それはそれで、一流なのだろう。

対峙の距離が四メートルを切った。

絆は止まった。

冷ややかな目で全体を〈観〉る。

「本来は、陽の下にさらすべき技じゃないんだろうに。暗闇の中でこそ生きる暗技。そんなもの、朝の光の中では、児戯だ」

言ったところでわかりはしないだろう。キルワーカーは止まらない。

三メートルを切って、絆はわずかに左足を引いた。

「キァッ！」

最後は、キルワーカーが飛び込んで来た。

朝陽を撥《は》ねる銀色の閃きが絆を襲った。

しかし――。

贋物《にせもの》の陽の光より、絆の目からほとばしる白光の方がなお清々として強かった。

切り裂かれる大気が、四度鳴った。

収縮する関節、変化する刃の軌道。

だからどうした。

刃は、絆の身体に触れることさえなかった。

絆はいつも通りの三センチで、キルワーカーの攻撃をすべて見切っていた。

「馬鹿なっ」

猿の目が血走って引き剝かれた。

絆はキルワーカーの眼前に、海風を浴びつつ悠然と立っていた。

「一度見た」

それが〈自得〉。

絆の本気が爆発した。

一瞬の攻防は、稲妻に近かった。

キルワーカーに絆の動きは捉えられなかったろう。

俊足で走り抜ける絆の特殊警棒が唸りを上げて脾腹《ひばら》を打つ。

キルワーカーは、ゆっくりと仰向けに傾いた。

と——。

消えかけていたキルワーカーの気がわずかに燃え上がった。

「私、捕まらないねっ」

壮絶に笑い、キルワーカーは曲刀を自分の首筋に当てて一気に引いた。

「ガァァッ！」

それがプロの覚悟ということか。噴き出す血潮は、まるで噴水のようだった。

残心の位取りのまま三歩飛び退き、一瞥の確認だけで絆は特殊警棒を納めた。

確実なキルワーカーの死を、黙って眺めている暇はなかった。

ひと息だけ吐き、ベンチの片桐に走り寄る。

手の煙草からはまだ、細い煙が上がっていた。

「間に合ったな」

片桐は笑った。

真っ白な笑顔だった。

「当たり前です。あなたの子ですよ」

「そうか。——そうだな。俺の、子だ。俺と、礼子の子だ」

辺りを見回し、片桐は目を細めた。

「来たことあると思ったら、ここぁ屏風ヶ浦の辺りじゃねぇか」

「そうですよ」

「——礼子の死に場所だ。俺ぁ、運がいい」

絆はなにも言えなかった。ただ涙が流れ、海風にちぎれた。

「いい腕だ。凄ぇもの見せてもらった。だから絆、最後にひとつふたつ、置き土産だ」

声がだんだん小さくなってゆく。

絆は片桐に耳を寄せた。何言かを聞き取り、うなずく。

「了解です。わかりました」

片桐も満足げにうなずいた。

煙草を挟んだ震える手が、口元に上がった。火種が小さく熾《お》こった。

「ああ。煙草が本当に美味ぇ。二十八年ぶりに、美味《うめ》ぇ」

片桐の最期の言葉だった。

絆はしばしたたずみ、やがて風に向かって立った。

水平線から昇る朝陽が眩しかった。

大自然は冷たく、温かく、厳しく、優しく、絆を包んだ。

（抱かれている）

絆は大きく胸をさらした。

警察車両のサイレンが遠く近く、潮風を割って聞こえてきた。


〈ティアドロップ〉に関わる一連の事件は、これで本当の終結を見た。

新馬場のマンションで殺害された迫水のポケットから発見されたＵＳＢスティックは、長年に渡る西崎次郎の犯罪を点で浮き彫りにした。

〈ティアドロップ〉の販売ルート、エムズについて、輸入のためのダミー会社のいくつか、各地に点在する拠点、MG興商の裏の顔、沖田組とのつながり、魏老五との関わり。さらには沖田信子を介した竜神会との接触。沖田美加絵とのつながり、サ連への指示、複数の外国人研修生を受け入れるための団体の設立、入国後の外国人労働者の配分、キルワーカーの手配、そして星野尚美の使役。

録音された音声や動画は、それらを浮き彫りにした。

魏洪盛の殺害については関与だけだろうが、宮地琢、沖田美加絵、沖田丈一に関しては、殺害自体をほのめかす言動や、実際殺したというワードもあった。自ら口にしたというよりは、迫水が誘導して引き出したようだった。稀代《きたい》の犯罪者、西崎次郎という男を意図的に作り上げようとする姿勢が見え見えではあった。迫水の保身、あるいは切り札としての記録だったのだろう。相手方もなかなかどうして、一枚岩ではなかったようだ。

それらの記録の間をつなげてゆく作業はこれからだが、広範囲かつ地道な作業がやがて全てを白日の下にさらすことは明白だった。

警察上層部の公式発表にマスコミは食いついた。

群馬のN医科歯科大学にも品川のS大付属病院にも後日、マスコミが大挙して押し寄せたようだ。

史上稀《まれ》に見る犯罪医師、西崎次郎。

世の中は、その生い立ちからすべてを白日の下にさらす。

情報の一つ一つに驚き、ときに同情もしたようだ。

いずれにしても、一時の話題だ。主要な関係者のほとんどは、西崎次郎本人をはじめとしてみな死亡している。

一連の事件の終結は、本当に終結だった。これ以上変化することはなにもない。

付記するなら、MG興商は副社長に任じられていた男が一応、後を引き継ぐようだった。見る限り凡庸な男だが、西崎も迫水も、だからこそ良しとして据えたのだろうと思われた。会社の行く末がどうなるかはわからない。

沖田組に関しては、トップの本家が壊滅した関係上、中にはこれ幸いと解散を所轄に届け出た組もあったが、鵜呑《うの》みにはできない。警察庁からの通達によれば、関西の竜神会がなにやらの支度をしているようだった。

フロント企業の連中に特に目だった動きはなかったが、かえって動きがないことが怪しい。

竜神会本部、おそらく五条国光あたりとの密約。

それが、捜査関係者全員の統一見解だった。

いずれにしても、西崎次郎の恩讐に端を発する一連の事件は終わった。

なにか起こったとしても、それは別の誰かが新たに起こす、別の事件だ。

西崎次郎本人の死によって、事件ファイルは閉じられた。

ただ、表に出せない、ひとつのことを除いては——。

五

三月三日、絆はサ連事件の時同様の、A1のポスターケースを背に斜め掛けしてJR御《お》徒町《かちまち》の駅に降り立った。

うららかな春の午後だった。

上巳《じょうし》の節句、つまり雛祭《ひなまつ》りの日だ。

成田の東堂家では、なぜかそのまま居着いてしまったゴルダが、祭りだフェスティバルだと騒いでいるらしい。

千佳は通常勤務の後、親しい同僚と空港内の雛祭りイベントに参加するという。

若先生も必ず帰ってねとゴルダには念押しされているが、男三人の雛祭りは、少し憂鬱ではあった。

上野広小路の交差点に出た絆は、そのまままっすぐ仲町通りを目指した。

向かうべき目的地は、当然のように魏老五の事務所だった。

七階に上がってインターホンを押す。すぐには誰も出なかった。

が、中の動揺はドア越しにも伝わってきた。動揺させるつもりで来たのだ。特に警戒すべき事ではなかった。

この日の絆は、御徒町の駅に降り立ったときから、すでに剣士だった。

――なんの用か。

若い男の声が聞こえた。

「用がないと来ちゃ駄目かい。いや、実際、用はあるんだけどね」

――だから、なんの用か。

絆はカメラに顔を近づけて笑って見せた。

「言えない」

しばらく待った。ドアが開錠される音がした。

それだけだった。開けてもくれないようだが、望むところでもある。絆はドアを開け、中に入った。

途端、数を集めた圧倒的な敵意と、濃い中華の匂いがした。

「へぇ。勢揃いって感じですね」

事務所内には、今まで一番人が集《つど》っていた。

二十六人、と絆は一瞥で確認した。

真ん中の広間といっていいスペースにはいくつもの円卓が並べられ、所狭しと様々な中華料理が載せられていた。脇に置かれた多くの瓶は、紹興酒だろう。

「なんですか。春節は終わったし、まさか雛祭りじゃないですよね。こんな男ばっかりで」

言いながら近づく。一瞬、脳裏でゴルダが笑ったが捨て置きにした。

円卓の周りから男たちが退いた。

道を空ける感じだったろう。

絆は泰然として進んだ。

逆に、清々として泰然とした生気が、道を空けさせたのかもしれない。

「パーティよ。雛祭り。悪いかね」

いつもの奥で、紹興酒のグラスを片手に魏老五が言った。

「まあ、雛祭りじゃないけどね。特に理由はないパーティよ。馬の店、儲けさせないといけないからね」

「ああ。迷惑を掛けたからってやつですね。父に聞いてますよ」

魏老五の目がかすかに光った。

「ほう。親子の名乗り、したのかね。それはいい。血脈の確認、大事ね。じゃあ、言っておこうか。ご愁傷様」

魏老五は軽く頭を動かした。

絆は、払うように手を振った。

「あなたにしみじみされることでもないんで。放っといてください」

魏老五は肩を竦め、椅子に深く背を預けた。

「お互い、見たい顔じゃないね。なんの用？　言いたいことがあるなら、言ってさっさと出てって欲しいね」

「ああ、言ってすぐ帰る用件じゃないんですけど、まず話を先に進めましょうか」

絆は言いながら、誰のものかはわからない紹興酒のショットグラスを手に取った。

「なんだかんだ言ってもこのパーティ。祝宴ですか。でも、残念でした」

一気にグラスを空けた。熱い塊が胃の腑を満たし、燃えた。

「長崎に送った〈ティアドロップ〉、台湾には回りませんよ」

このひと言で、一同の気配が凍り付いた。魏老五も例外ではない。

凍った気配が溶け出して後、吹き上がるものは、蒸気のような敵意だった。

「なによ、それ」

魏老五がグラスを置いた。

「父の置き土産のひとつ、ですね。生前、ここに来たでしょ。キルワーカーの件で」

絆は辺りを見回した。強く睨み付けるような目、また目ばかりだ。

「もう電池も終わってますけどね。その辺のソファに仕込んだらしいですよ。盗聴器」

睨む目が、吹く風に揺れる竹林のような動きでざわめいた。

「だから、国外には出させません。向こうの仲間から、まだ報告もないですか？」

魏老五はなにも言わなかった。

「じゃあ、一網打尽かな」

絆は腕のＧ－ＳＨＯＣＫを見た。

「一時間前には、押収作業に入ってます。こっちこそ言いましょうか」

魏老五を真似するように、絆は頭を軽く動かした。

「ご愁傷様」

蒸気のような全体の敵意が、凝って冷えてゆく。

雪のようだと絆は〈観〉た。

〈観〉て、平然と浴びた。

「だからといって、私との関係がどこにある。探せるものなら探してみるがいい。――用件は、それだけかね」

低く、絞り出すような魏老五の声だった。聞いたことのない声音だった。

「へえ。それが正体ですか。やっぱり、なかなか渋いですね」

「よけいな話はいい。それだけかと聞いている」

「そうですね。本筋は、まぁそれだけですが、これだけじゃ終われないんだなあ」

絆は頭を掻いた。

「俺、結構頭にきてんですよ。暗躍って言うんですかね。コソコソやってくれたおかげで、JET企画の人間たちは心身に立ち直れないくらいの傷を負いましたし、千佳は顔に消えない傷を負ったし、カネさんや父は命そのものを落としました。あなたが償いをしなければならないのは、なにも馬さんだけじゃないでしょう」

「だからどうした。さっきも言った。私を逮捕したいのなら、証拠を持ってこい」

「うーん。今日は、そんな話じゃないんですよ。本当は、そうなればいいんですけどね。だから、ひとりなんです」

絆はふたたび、辺りを見渡した。

「ここ、完全防音ですよね」

魏老五は怪訝な顔をした。

「俺もあなたに、お灸《きゅう》を据えようと思ってね。父があなたを殴ったように」

絆は気負いも衒《てら》いもない笑顔で携帯を取り出し、振って見せた。

「録音でも録画でもどうぞ。俺も録ってますから」

「ふん。遊びに来たというわけか」

魏老五は足を組み、両手を広げた。

「やれるものならやってみるがいい。私を殴ろうという、そのひと言分の対価でも万死に値する。五体満足ではすまされないぞ」

一同の空気が、絆目がけて殺気の渦を巻き始める。

半数以上、特に若い方がすでに動いていた。素手、バタフライナイフ、青竜刀、ひとりふたりは、懐に拳銃。

望むところだった。

「承知の上というか」

絆は、右肩口から覗くポスターケースの上蓋を取り、ショルダーベルトを手前に振った。

滑り出てきたのは、白木の短い、木刀のようなものだった。

手に取り、絆は左腰のベルトに差した。

白木は白鞘であり、木刀などではなかった。

東堂家に伝来する備前長船と対になるべき、藤四郎吉光《とうしろうよしみつ》の脇差、真剣だった。

「能書きはいい。――来いよ」

絆は近場の、怒りがもっとも燃え上がって〈観〉える若い男を挑発した。

それが戦闘の合図になった。

「オラァッ」

懐に呑んでいた鉈《なた》のようなナイフを取り出し、男は絆に駆け寄ってきた。

〈観〉るともなく見、振ってくるナイフを眼前に落として裏拳を振った。

それだけで男は吹き飛んだ。

青竜刀の閃きが四方にあった。すでに刃は動き出していた。普通なら死地だ。

しかし、絆は動じることはなかった。腰をわずかに沈め、目に冴えた光を宿し、左腰の白鞘に手を掛けた。

「おおっ！」

絆の腰間から走り出た銀光は光の円を描いた。

唸りとともに天に昇り、激流となって降り落ち、燕《つばめ》の速度で跳ね上がる。

足捌きは言うまでもない。拍子と体幹が整わなければ電光石火の斬撃は生み得ない。

砕かれた手首では支えきれず、四振りの青竜刀が床に落ちて雑な金属音を響かせる頃、絆はすでに死地の外にいた。

白刃はすでに鞘の内だった。

上中下で絆の身体を捕りに来る者たちがいた。

わずかなズレは見ずとも〈観〉えた。

半歩動き、上を捕りに来た男の手の間から肘を顔面にぶち込む。

そのまま押してできた空間に振り返って足を降り出せば、つま先は低い姿勢の男の鼻をたしかに潰した。

そちらに重心を移し、中を捕りに来た男の手をつかんでひねり、呼び込んで背中に乗せて巻き上げる。

宙を飛ぶ男の身体は、固まっていた五人に激突してソファごと辺りに散らばった。三人は動いたが、三人はその場でのたうった。

この間、十秒とは経っていなかったろう。

ひとり一秒は、本気の絆にとってまずまずだといえた。

と——。

ごく微量だが、強い針のような殺気を感じた。

〈観〉が騒いだ。すでに〈自得〉した感覚だった。

気合でありったけの気魂を寸瞬の前に投げる。

〈空蟬〉だ。習熟は深まっている。それも〈自得〉だ。

轟《ゴウ》っ、と激烈な音がした。銃声だった。

二重写しの絆の影を、かすかに焼けた銃弾が貫いてゆく。

壁際の青磁が派手に砕けた。

「馬鹿野郎っ」

魏老五が頭を抱えて吼《ほ》えた。

「跳弾があるだろう。使うな！」

これは№４、陽秀明の叫びだ。

一瞬の隙を絆は逃さなかった。

「おうさっ！」

全身を火の玉に変え、颪に乗せ、絆はひと塊になった男たちの中に飛び込んだ。

藤四郎吉光の白刃が閃くたび、誰かの苦鳴が上がった。

打っては返り、流れては留まり、絆は縦横無尽だった。

塊を突き抜けて立てば、魏老五は目の前だった。

さすがにアンダーグラウンドな世界に名の通った男だ。魏老五は、絆の冴えた眼光を真っ向から見返した。

「若造がぁ！」

「だったらどうしたっ」

絆は藤四郎吉光を鞘内に戻し、峰を下にして大きく踏み込んだ。

正伝一刀流、小太刀の型を居合いに使う。

！

紫電のごとく、藤四郎吉光は一閃する。

抜すなわち納、それが居合いだ。

ほとばしり出た銀光は一瞬の閃きで、また白鞘に吸い込まれた。

軽やかに、鞘が鳴った。

しばし身を低く、絆は残心に位取った。

魏老五にはおそらく、颪が啼《な》いた、としか認識はできなかったろう。
絆を睨んだまま、魏老五は動かなかった。
一拍、二拍。
静かに息を吐き、絆は残心の位取りを解いた。
「皮一枚もらった。毎日鏡を見るたび、自分の愚行を呪え」
魏老五の額に、真一文字に血玉が浮いた。
後から後から湧く血玉は、やがて流れた。顔中が血に染まった。
手を出せなかった者たちは色めき立った。
〔不恐慌《プーコンホワン》（狼狽えるな！）〕
魏老五は片手を突き出した。
なにを言ったのかは絆にはわからない。ただ、全員の動きが止まった。
魏老五は顔を絆に向けた。向けて、真っ赤な顔で笑った。
「気は済んだかね。爺叔の息子」
ショットグラスを手に取り、魏老五は呷った。
「気が済んだら、帰れ。こちらはお前に、用はないね」
すべき事は、終わった。
絆は踵を返した。

歩きながらポスターケースの蓋を拾い、脇差をケースにしまった。

「ああ。爺叔の息子。言っておく。お前と私も、これで血を結んだ。宿縁よ。覚えておくといいよ」

「ろくな付き合いには、なりそうもないけどな」

「それでも、逃れられないよ。勝手に血を結んだのは、お前の方だよ。爺叔の息子」

絆は特に答えなかった。

事務所を出、ビルからも出た。

陽が、西に傾き始めていた。

仲町通りに出れば、いつもと変わらない、金曜の繁華街があった。

日常は、変わらないことに意味がある。

絆は改めて思い、足を通りの奥へ向けた。

六

仲町通りを奥に抜けた絆は、そのまま湯島の地に入った。

父の置き土産のもうひとつ、それは湯島坂上の、今は主のいなくなった片桐探偵事務所にあるものだった。

坂上に出る頃には、もう西に落ちる陽の影が長かった。空には、鮮やかな夕焼け雲が浮かんでいた。

階段で五階に上がった。鍵は、亡くなった父のポケットに入っていた。

――持っていけ。金庫の中のもん、お前にやる。

それが父の、もうひとつの置き土産だった。

鍵を出そうとして、ふと絆は動きを止めた。

わずかに目を細めるだけで、鍵は出さなかった。

そのままドアノブに手を掛けた。開いていた。

「へえ」

まずは感嘆が漏れた。

室内は、驚くほどに整理整頓がなされていた。

これほど広かったのかと改めて思う。主がいないということが、現実より感覚としての広さを助長する。

ふと見れば、扉の内側には束ねられた新聞や古雑誌、可燃・不燃のゴミ袋が大量に積まれていた。

片桐は絆の言いつけを守って、一生懸命掃除と片付けをしたのだろう。残像が、事務所にこびりついた片桐の思念の中に〈観〉えるようだった。

出せずじまいのゴミが、命の儚《はかな》さを見せつける。

(父さん)

胸の内に熱いものが込み上げた。

だが、今は涙を見せる場合ではなかった。

絆は顔を正面に向けた。

狭い一本道だったデスクまでのルートに、今や遮るものはなにもなかった。デスクの上に配された、オブジェのようだった酒瓶もない。

すべてが整然としていた。

ただひとつのことを除いては――。

デスクの向こうの背の高いキャスター・チェアが室内ではなく、窓の方を向いていた。

「空き巣まがいって、趣味が悪くありませんか」

「ははっ。ばれたか」

伸びのある朗らかな声が聞こえた。キャスター・チェアが音もなく回る。

「本気で気配を絶ったつもりだったんだけど、さすがだね」

彫りの深い、中東に吹く風を思わせる端整な顔が、悪戯猫《チェシャ》のような表情を見せて笑った。

公安総務課庶務係の分室長、小日向純也《こひなたじゅんや》警視正だった。

小日向はデスクに頬杖をつき、ふうん、と言いながら目を細めた。

なにをどうしても絵になる男だった。

「どうにも、見違えたね。少しの間に、僕にも手の届かないところに行っちゃった感じだね」

「それはどうも。ただ、言葉通りに受け取っていいものかどうかが、こちらにははなはだ疑問ですけど」

「心外だね。言葉通りだよ。僕は真面目に本気だった」

両腕を広げ、肩を竦め、小日向はまた悪戯猫のように笑った。

「次は、本気の本気を出さないといけないいけどね」

「……なるほど」

あきれてものが言えなくなる前に、絆はデスクに近づいて頭を下げた。

「色々お骨折りいただいたみたいで、ありがとうございました」

「――なにが？」

小日向は、本当にわからないといった顔をした。

本心かどうなのかは、相変わらず〈観〉えない。

「いえ。キルワーカーに関する公安二課の漆原さんや、成田の、ゴルダ・アルテルマンさんのこと」

「ああ。それは別に」

小日向はゆっくり首を横に振った。

「僕が君に、お礼を言われるようなことじゃない」

「けれど、助かりました」

「それは二次的な結果だよ。僕は漆原警部補の仕事にちょっと手を貸し、成田の商売下手なI国人の仕事を、少し回るようにしてやっただけ。やったことはそれだけ。汗も掻いていない」

静かにスマートに、しかしこれ以上の会話を拒む切れもあった。

そこいらのただのキャリアとは違う、と絆は改めて認識した。

「警視正。いつから関わってたんですか」

絆は話題を変えた。

「おっ。会話を回したね。なかなかいいね」

小日向は楽しそうに見えた。

くどいようだが、心底は〈観〉えない。

「君の相棒の金田さんが、うちの鳥居《とりい》主任に連絡を入れてきたときから、かな」

それは絆が初めて小日向に会った、すぐ後のことだ。

「あのころからですか。全然気づきませんでした」

「うちは、部下も優秀だからね」

小日向は胸を張った。

「でも、色々面白かったよ。ああ、こういう表現はいけなかったかな。気を悪くしたらすまない」

「いえ」

「でも、君の動きを面白いと思ったのは事実なんだ。僕にはできない。感心させられたことも何度かあった。だから、と、ここからが今日、僕がここに来た本題だ」

「と、言いますと」

「そこの金庫の中にまとまった現金があるだろ。魏老五からの報酬とかはある程度知ってたけど、結構あるね」

ことともなげに小日向は言った。

絆は視線を金庫に向けた。

両扉に取っ手がある観音開きの金庫だった。古いシリンダータイプの金庫だ。

セキュリティとして難はあるが、問題はそこではない。

「はぁ。まとまった現金が、金庫の中にあるんですね」

「そう。あるんだ」

「えーと。あるんだってことは、見たんですか」

「うん。見たよ」

絆は金庫に近づいた。

レバーを握ってみる。

動かなかった。

「見たってことは、開けたんですよね」

「開けた」

「で、また閉めたんですか」

小日向は意外そうな顔をした。

「当たり前だろう。人の物だよ」

どうにも会話は、論点がずれているようだった。

「うーん。よくわからないんで、先をどうぞ」

「うん？　ああ、よくわからないけど本題に入ろうか」

促され、小日向は夕陽を背に立ち上がった。

スーツの内ポケットからおもむろに一枚の紙片を取り出して広げた。

プリンターで打ち出した紙のようだった。ひとつ、メディクス・ラボという社名だけは見えた。

「これは？」

小日向はまた、はにかんだような笑みを見せた。

「多くは言わないが、主に小日向のグループに連なる会社でね。金庫の中の現金を分けて、株式に投資するといい。来週中にね」

「――そうすると、どうなるんです？」

「おそらく一週間後には、間違いなく全体として四倍から五倍にはなるね」

こともなげに小日向は言ったが、事が事だけに聞き逃すわけにはいかなかった。

「それって、インサイダー取引になるんじゃないんですか」

「だから、多くは言わないって言ったじゃないか。けど、捜査費用は必要だろ」

「そりゃまあ」

「そういうことだよ。これは色々見せてくれたことへの、ささやかなお礼さ」

「なるほど」

小日向はデスクを回り、絆の前に立った。

差し出される紙を、とりあえず絆は受け取った。

「どうするかは君次第だけど。どうする？」

小日向の目が、少し挑発的に見えた。

近づいてかすかに、〈観〉えた気がした。

〈あまり関わり合いにならない方がいい。今はね。彼らは、本庁の闇だ〉

金田の言葉が蘇《よみがえ》った。

「そうですねぇ。ま、こうしますか」

絆は紙片を丸め、デスク脇のクズ籠に放った。

「俺は公安じゃなく、組対ですから」

言い放っても、特に小日向に変化はなかった。

一度クズ籠を見詰め、

「ま、それもありだ」

とひと言呟いて出口へ向かった。

「小日向さん」

絆は呼び止めた。

「小日向さんって、友達少なくないですか」

あれぇ、と小日向はモデルのように反転した。

「心外だね。僕は、君と友達になろうと思ってきたんだけど」

見事に嚙み合わなかった。

じゃあまた、と言って、小日向は出て行った。

やがて、もともとあるかなきかだった気配すらが消えた。

ひとり残った絆はもう一度事務所内を見回し、やおら金庫に寄った。

片桐から引き継いだ鍵で開ける。

中には、帯封の束が八つ入っていた。労働の対価だと思えば尊い。だが、片桐が、父が命を削って八百万かと思えば、ちっぽけな額だった。

「ふうん」

引き替えられるなら、もう一度父と酒を呑みたい。それくらいの額だ。

特に取り出すこともせず、絆はそのまま扉を閉めた。

おもむろにデスクに寄り、手を載せた。

いつも片桐がいた場所だ。デスクを染める夕陽が、ぬくもりに感じられた。

ふと視線をずらせば、デスク脇のクズ籠が目に入った。

綺麗に片づけられた部屋だ。クズ籠にゴミは、先ほどの紙一枚しか入っていなかった。

「八百掛ける五は、四千か」

少し気になった。

拾い上げて皺を伸ばすと、いきなりあからさまな視線を感じた。

小日向純也がドアから顔だけ差し入れ、笑っていた。

「ああ、ちなみにこれは、本気の本気」

なにも言えなかった。まだまだ未熟だと苦笑さえ漏れた。

「それでいい」

小日向はひと言言って、ドアの向こうに退いた。

「必要以上に感傷的になってはいけないよ。吸って吐く。悲しみは呼吸と同じさ。君ならわかるだろ。それができるようになれば、君は――」

その後もなにか言っていたようだが、今度こそ言葉も気配も階下に消えた。

「小日向純也、警視正か」

絆は差し込む夕陽に目を細めた。

よくわからない男だったが、わかったことがひとつだけあった。

「食えない男だ。あの人は」

普通に笑えた。

それで、刑事の日常が蘇る。

気分は悪くなかった。

（シリーズ第四巻に続く）

本書は書き下ろしです。
また、この物語はフィクションであり、
実在の人物・団体とは一切関係がありません。

中公文庫

キルワーカー
——警《けい》視《し》庁《ちょう》組《そ》対《たい》特《とく》捜《そう》K《ケイ》

2017年3月25日　初版発行
2017年10月30日　3刷発行

著　者　鈴《すず》峯《みね》紅《こう》也《や》

発行者　大橋善光

発行所　中央公論新社
〒100-8152　東京都千代田区大手町1-7-1
電話　販売 03-5299-1730　編集 03-5299-1890
URL http://www.chuko.co.jp/

ＤＴＰ　柳田麻里
印　刷　三晃印刷
製　本　小泉製本

Published by CHUOKORON-SHINSHA, INC.
Printed in Japan　ISBN978-4-12-206390-7 C1193

各書目の下段の数字はISBNコードです。978－4－12が省略してあります。

中公文庫既刊より

す-29-1
警視庁組対特捜K 鈴峯紅也
本庁所轄の垣根を取り払うべく警視庁組対部特別捜査隊となった東堂絆を、闇社会の陰謀が襲う。人との絆で事件を解決せよ！　渾身の文庫書き下ろし。
206285-6

す-29-2
サンパギータ　警視庁組対特捜K　鈴峯紅也
非合法ドラッグ「ティアドロップ」を巡り加熱する闇社会の争い。牙を剝く黒幕の魔の手が、絆の彼女・尚美に忍び寄る⁉　大人気警察小説、待望の第二弾！
206328-0

と-25-32
ルーキー　刑事の挑戦・一之瀬拓真　堂場瞬一
千代田署刑事課に配属された新人・一之瀬。起きる事件は盗難ばかりというビジネス街で、初日から若い男性が被害者の殺人事件に直面する。書き下ろし。
205916-0

と-25-33
見えざる貌　刑事の挑戦・一之瀬拓真　堂場瞬一
千代田署刑事課そろそろ二年目、一之瀬拓真。管内で女性ランナー襲撃事件が発生し、捜査に加わるが、なぜか女性タレントのジョギングを警護することに⁉
206004-3

と-25-35
誘爆　刑事の挑戦・一之瀬拓真　堂場瞬一
オフィス街で爆破事件発生。事情聴取を行った一之瀬は、企業脅迫だと直感する。昇進前の功名心から担当を名乗り出るが……。〈巻末エッセイ〉若竹七海
206112-5

と-25-37
特捜本部　刑事の挑戦・一之瀬拓真　堂場瞬一
公園のゴミ箱から、切断された女性の腕が発見される。その指には一之瀬も見覚えのあるリングが……。捜査一課での日々が始まる、シリーズ第四弾。
206262-7

こ-40-24
新装版　触発　警視庁捜査一課・碓氷弘一1　今野敏
朝八時、霞ヶ関駅で爆弾テロが発生、死傷者三百名を超える大惨事に！　内閣危機管理対策室は、捜査本部に一人の男を送り込んだ。「碓氷弘一」シリーズ第一弾、新装改版。
206254-2

こ-40-25
新装版 アキハバラ 警視庁捜査一課・碓氷弘一2
今野敏
秋葉原を舞台にオタク、警視庁、マフィア、中近東のスパイまでが入り乱れるアクション&パニック小説。「碓氷弘一」シリーズ第二弾、待望の新装改版！
206255-9

こ-40-26
新装版 パラレル 警視庁捜査一課・碓氷弘一3
今野敏
首都圏内で非行少年が次々に殺された。いずれの犯行も瞬時に行われ、被害者は三人組で、外傷は全くないという共通項が。「碓氷弘一」シリーズ第三弾、待望の新装改版。
206256-6

こ-40-20
エチュード 警視庁捜査一課・碓氷弘一4
今野敏
連続通り魔殺人事件で誤認逮捕が繰り返され、捜査は大混乱。ベテラン警部補・碓氷と美人心理調査官・藤森のコンビが真相に挑む。「碓氷弘一」シリーズ第四弾。
205884-2

こ-40-21
ペトロ 警視庁捜査一課・碓氷弘一5
今野敏
考古学教授の妻と弟子が殺され、現場には謎めいた古代文字が残されていた。碓氷警部補は外国人研究者を相棒に真相を追う。「碓氷弘一」シリーズ第五弾。
206061-6

さ-65-5
クランⅠ 警視庁捜査一課・晴山旭の密命
沢村鐵
渋谷で警察関係者の遺体を発見。虚偽の検死をする美人検視官を探るために晴山警部補は内偵を行うが、そこには巨大な警察の闇が――！ 文庫書き下ろし。
206151-4

さ-65-6
クランⅡ 警視庁渋谷南署・岩沢誠次郎の激昂
沢村鐵
同時発生した警視庁内拳銃自殺と、渋谷での交番巡査銃撃事件。警察を襲う異常事態に、密盟チーム「クラン」がついに動き出す！ 書き下ろしシリーズ第二弾。
206200-9

さ-65-7
クランⅢ 警視庁公安部・区界浩の深謀
沢村鐵
渋谷駅を襲った謎のテロ事件。クランのメンバーは「神」と呼ばれる主犯を追うが、そこに再び異常事件が――書き下ろしシリーズ第三弾。
206253-5

さ-65-8
クランⅣ 警視庁機動分析課・上郷奈津実の執心
沢村鐵
包囲された劇場から姿を消した「神」。その正体を暴く鍵は意外な人物が握っていた。警察に潜む悪との戦いは佳境へ！ 書き下ろしシリーズ第四弾。
206326-6

各書目の下段の数字はISBNコードです。978―4―12が省略してあります。

や-53-9
リンクス
矢月秀作
最強の男が、ここにもいた！　動き出す、湾岸の守護神――。大ヒット「もぐら」シリーズの著者が放つ、高速ハード・アクション第一弾。文庫書き下ろし。
205998-6

や-53-10
リンクスⅡ Revive
矢月秀作
レインボーテレビの爆破事故に巻き込まれ世を去った、巡査部長の日向太一と科学者の嶺藤亮。だが、二人は新たな特命を帯びて、再びこの世に戻って来た……!?
206102-6

や-53-11
リンクスⅢ Crimson
矢月秀作
レインボーテレビに監禁された嶺藤を救出するため駆けつけた日向の前に立ちはだかる、最凶の敵・クリムゾン。その巨大な陰謀とは!?「リンクス」三部作、堂々完結！
206186-6

や-53-12
リターン
矢月秀作
高校時代、地元で出会った奴らが帰ってきた。「あの日」に復讐するために……。「もぐら」「リンクス」の著者が放つ、傑作バイオレンス・アクション長篇。
206277-1

や-57-1
天保水滸伝
柳蒼二郎
若きころ道場で出会い竜・虎・鯨と呼ばれ高めあった平田造酒、神崎、捨松の三人。長い時を経て、それぞれに背負ったもののため、今己の剣を抜く！　江戸水滸伝シリーズ第一弾。
205938-2

や-57-2
明暦水滸伝
柳蒼二郎
江戸の町が炎に包まれた――。明暦の大火の背後で大蛇のように渦巻く幕府の陰謀を、かぶきもの・水野十郎左衛門成之がブッタ斬る！　シリーズ第二弾。
205947-4

や-57-3
慶応水滸伝
柳蒼二郎
国定忠治、勝海舟、徳川慶喜、土方歳三、座頭市……。幕末、綺羅星のように咲いた俠達の中心に、炎の男・新門辰五郎がいた。江戸水滸伝三部作、完結。
205962-7

な-65-5
三日月の花　渡り奉公人　渡辺勘兵衛
中路啓太
時は関ヶ原の合戦直後。『もののふ莫迦』で「本屋が選ぶ時代小説大賞2015」に輝いた著者が描く、反骨の武将・渡辺勘兵衛の誇り高き生涯！
206299-3